MISS

***

JAVIER TERRISSE

Elipsis Ediciones

MISS

A mi madre

10 RELATOS

MISS

Hacia una matemática comprensible

Azul espléndido, el sol brillaba, las gaviotas hacían cabriolas, y un señor cayó desde las rocas al océano. En la caída golpeó un tobillo contra un saliente de granito, cemento y calcárea, con tan mala suerte que, al zambullirse, tenía el señor la mitad del cuerpo paralizado y no podía nadar. Como una enorme bolsa de sandías, fue descendiendo suavemente hacia el fondo. "Vaya", pensó. "Esto no va bien." Una señora rubia que había estado paseando por el caminito sobre las rocas, recogiendo pinaza, vio la caída del hombre.

Al ver que éste no emergía, empezó a gritar.

Llegó el helicóptero. Sacaron al hombre, que estaba azul y gris, y ejercitando ciertas maniobras sobre el pecho y la traquea, lograron reanimarlo. El hombre escupió agua salada y tosió y miró alrededor.

-¿Dónde estoy? –dijo.

Había perdido la memoria.

Físicamente estaba bien, pero no lograba recordar nada. Era como si hubiera nacido en ese momento, en la arena de la playa, junto a un helicóptero y un montón de chicos del servicio de urgencia.

-Ha caído desde las rocas —dijo la señora rubia. El hombre reparó en la bolsa de plástico, llena de pinaza, que ésta aferraba.

-¿Lleva pinaza usted en esa bolsa, señora?

La señora, sorprendida, respondió:

-Así es.

-Oh... ¿y puedo preguntarle por qué?

La señora miró alrededor, con un gesto dubitativo. ¿No era acaso más importante reconstruir la escena, ayudar a recordar cosas al señor? Con un suave movimiento de las manos uno de los chicos del servicio de urgencia, alto y pelirrojo, la alentó a continuar. Es de difícil predecir qué camino va a llevar un hombre que ha perdido la memoria. Lo mejor es siempre seguir su corriente.

-Colecto pinaza, señor mío. Es una de mis aficiones estivales.

-Qué maravilloso... —masculló el hombre-. Colecta pinaza. —añadió, y estirando de la toalla en la que estaba envuelto, apretándose, preguntó - ¿Y qué otras aficiones estivales tiene, mi querida señora?

La señora se sonrojó levemente.

-Bueno, recojo minúsculas piedras de colores en las playas. Las clasifico y lleno recipientes de cristal con ellas. Tengo cinco recipientes llenos. Ahora lleno el sexto.

El señor reflexionó.

-Lleva unos veinte estíos con esa práctica recolectora, ¿sí?

La señora se mostró nuevamente sorprendida. Y nuevamente respondió:

-Así es.

-Oh, qué maravillosa práctica, mi querida seño..

De pronto, el hombre contrajo los labios y arqueó las cejas: era el rostro del que acaba de ver un espectro desayunando en la cocina de casa y transluciendo los fluidos.

-¿Dónde estoy? –dijo.

Y abriendo mucho los ojos, confundido, pálido, añadió:

-¿Quién soy?

Y así, se desmayó.

Era una casa de dos pisos, húmeda, encalada, con un gran jardín salvaje y un balancín. Se accedía desde el caminito sobre las rocas. Ese camino serpentea de playa en playa, siguiendo la línea de la costa. Probablemente algún tipo en el ministerio correspondiente lo tiene clasificado y cartografiado, pero para los que por allí pasaban, aquel paseo era lo más cercano a un desprendimiento total de la civilización conocida: pinos a un lado, rocas al otro, océano por todas partes y cielo absoluto alrededor.

Sobre la gran mesa de madera, la señora había vertido la bolsa de pinaza y ahora la pinaza estaba esparcida por ahí. Era una simple cuestión de probabilidad. Antes o después encontraría la inscripción. Desde luego era un proceso farragoso y bien podría volver loco al más cuerdo de los hombres. Sin embargo, la señora estaba altamente estimulada por la compensación que, suponía, recibiría cuando hallase la inscripción. Nadie en su sano juicio comprobaría una a una todas las pequeñas agujas de cada juego de pinaza sino tuviera un motivo superior para ello. La lupa magnificaba de tal modo que podía ver las pequeñas grietas que resquebrajaban, en nivel microscópico, cada aguja seca.

Antes o después la encontraría. Había sucedido una vez. Tenía que volver a suceder.

A buen recaudo guardaba la aguja con la primera inscripción.

La encontró su abuela, en ese mismo camino, muchos, muchos años antes. Nada encontró su madre. La señora tenía paciencia, y ciertamente, mucho tesón. La aguja no iba a llegar flotando en una corriente de aire hasta su terraza. O quizás sí. En cualquier caso, tenía seguro que debía comprobar absolutamente todas las agujas: era una mera cuestión de probabilidad. Nada más. Se levantó, se sirvió una taza de té helado y volvió a la mesa de trabajo. En la radio sonaban sinfonías de Sibelius.

Pasó la tarde desechando pinaza.

Al caer la noche, tranquilamente sentada en la terraza y escuchando el suave murmullo del mar y las estrellas que tintineaban, la señora decidió que por la mañana pasaría a visitar al hombre sin memoria, y de vuelta cogería más pinaza. Tal vez le llevase alguna piedra de la playa. Parecía un buen hombre aquel hombre. La casa desprendía, naturalmente, un envolvente olor a pino y humedad.

-¿Era yo una persona locuaz o solía estar silente?

Estaba el señor sin memoria de pie junto a la ventana, donde la luz era fuerte y blanca limón. Hablaba solo, al aire. La habitación estaba llena de flores que, sin embargo, no desprendían fragancia embriagadora alguna puesto que eran de plástico, tela y trapo. Si a algo olían, era a plástico, tela, y trapo.

-No tengo alianza en los dedos, de modo que no debo tener familia. O al menos, no tengo una familia que haya yo generado por mi cuenta. ¿Cuál era mi *entourage*? ¿Qué debían pensar de mí? ¿Me amaban?

Las flores de plástico son un extraño interlocutor. Escuchan, se mecen y nunca dicen nada, no dan consejos, no opinan, tan solo escuchan y nunca dicen nada.

-Pero, si bien recuerdo el significado de una alianza, o del concepto del matrimonio, ¿es posible que haya olvidado otras cosas? ¿Qué cosas son esas? Y sobre todo ¿cómo puedo saber qué cosas he olvidado? Oh, qué terrible incertidumbre.

-Hola —dijo alguien.

Se volvió sobre si mismo. Bajo el quicio, donde en letras negras en un cartel blanco se leía "Paz y Reposo", estaba la señora rubia del día anterior. La de las bolsas de pinaza y las piedras de la playa.

-He venido a ver qué tal se encontraba, señor —dijo.

-Oh —dijo el hombre -. La señora recolectora, ¡cuánta amabilidad!

-Le he traído algo, señor.

El hombre sin recuerdos sonrió.

-¿De veras? ¿Y qué cosa ha traído?

-Bueno. Una piedra de la playa –dijo la señora, y del bolso sacó y le extendió al hombre una pequeña caja de color marrón.

El hombre la abrió y allá estaba, una piedra aguada en varios colores. Maravillosa y perfecta en su simetría.

-Qué hermoso presente, señora. Muchas gracias.

-De nada.

El hombre se quedo ahí parado, con la cajita marrón en la mano y sin decir más. Sin recuerdos y sin nada más que palabras por dentro...

La señora rubia dijo:

-¿Qué tal está su memoria, señor? ¿Mejora?

El hombre sonrió y con un gesto invitó a la señora a sentarse en la butaca de cuero que había junto a la alta cama de hospital. Había pocas cosas allí aparte de flores de plástico, la butaca, la cama y unas cortinas descorridas.

-Lo cierto es que no. Por el momento, ni siquiera sé cómo me llamo.

-Vaya.

-¿Curioso, verdad?

-Desde luego, señor mío.

-Y bastante molesto, ciertamente.

La señora se recogió la falda suavemente, y extrajo del bolso un abanico con el que empezó a ventearse aire. Su melena rubia ondeaba.

-¿Hay algo que yo pueda hacer por usted, señor?

-Oh. Lo cierto es que me gustaría creer que sí, pero lo ignoro.

-¿Qué le han dicho los médicos?

-Esos hombres no miran por mi memoria. Dicen que estoy bien, que mi cuerpo está bien —el hombre se miró el cuerpo, cubierto por la bata de hospital, acariciando el bordado en el pecho donde se leía "Paz y Reposo" bajo el cual palpitaba sano y robusto su corazón -. Dicen que, poco a poco, mi memoria irá emergiendo, como bultos de un naufragio saliendo a la superficie, y lentamente todo volverá a re-ubicarse por dentro.

-Vaya.

-Pero no logro adivinar dónde ha podido ir mi identidad.

-Tal vez esté bloqueada en algún recoveco del cerebro, señor.

-Tal vez. Varada en un pliegue. Es posible.

-Tengo una idea.

-Anegada en alguna falla.

-¿Por qué no volvemos al lugar donde todo se produjo? Tal vez provoque alguna reacción en su psicología. Terapia de choque, o como se llame.

El hombre reflexionó. No le era sencillo reflexionar de forma natural: ¿y si estaba pasando algo por alto? ¿No debía estar también afectado su sistema de pensamiento, sus conclusiones, sus motivaciones, debido a la pérdida de memoria? ¿De qué manera se conforman los recuerdos y la memoria entera? Oh, vaya. Había tanto por saber, tanto qué ignoraba. Por ejemplo, no había olvidado que los pomos de las puertas son mecanismos sencillos que traban o liberan las hojas de las puertas del marco al que están unidas mediante un simple gesto de torsión. Eso lo sabía. Y sabía qué era y cómo, en mayor o menos medida, funcionaba la televisión o la radio. Aunque ese conocimiento podía ser debido a... Un momento. Tenía que pensar, pero después. Dio unos pasos por la habitación y concluyó de vuelta en la ventana, donde la luz aún era fuerte y limón, contemplando la vista desde allí. Un mosaico de tejados descendía hacia el océano que brillaba alterado en una gran constelación de reflejos plateados.

-De acuerdo —dijo al fin.

-Le traeré ropa mañana y saldremos de aquí.

Así, la señora abandonó la habitación y el hospital, y de vuelta recogió un montón de pinaza que después desechó, una a una, a lo largo de la tarde.

A la mañana siguiente, recién despuntando el sol sobre el océano, la señora rubia apareció de nuevo en el hospital. Le entregó al hombre una bolsa llena de ropa de caballero cuidadosamente plegada. El hombre entró en el baño y se vistió.

Luego, salió, abotonándose la camisa.

-Creo que no me gustaban los pantalones de bolsillo francés, demasiado estrechos. ¿O es algo que no me gusta ahora? ¡Oh, vaya! ¡Qué contrariedad!

La señora, de pie en el centro de la habitación, con falda blanca y sombrero de paja, miraba a su nuevo amigo sin memoria y sonreía. Era un buen hombre aquel hombre, tan atribulado sin sus recuerdos.

-¿Cómo determinar la personalidad de una persona, mi querida señora? Si bien no nacemos exactamente como una tabla rasa, nacemos como un folio en blanco, con los renglones regulados por nuestra genética, y creo que son en gran medida las vivencias y experiencias los elementos principales que influyen en la formación de nuestro carácter particular y único. ¿Qué clase de persona era yo? ¡Qué incertidumbre irritante!

-Yo no puedo saberlo todavía, señor mío, qué clase de persona era, aunque tengo alguna idea que voy a compartir con usted – extrajo el abanico del bolso y empezó a ventarse -. Creo que es usted un hombre honesto y tenaz. Creo que quizás tiene los modos de los científicos, o de los filósofos, "cada problema tiene una solución, bla-bla-bla..." dirían éstos y creo que de ese mismo modo opera usted su cerebro y creo que es usted un hombre sincero y esta confusión, si me permite, resulta atractiva y, le gustasen o no le gustasen, los pantalones de bolsillo francés, debo decir que en cualquier caso, señor mío, éstos le sientan de maravilla...

El hombre la había estado escuchando, y miró a la señora directamente a los ojos y sonrió. No se sonrojó. Después torció el gesto hacia serio y no dijo nada. Pensó la señora en el primer momento que su amigo no iba a decir nada, y pensó luego que quizás hubiera activado algún resorte en su memoria, rememorando a su esposa o sus hijos, en caso de tener tal cosa. No fue así, o al menos eso parecía, puesto que el hombre sin memoria, que había estado esperando que su cuerpo y su cerebro convergieran para dar una respuesta a la sentencia de la señora, finalmente dijo:

-Gracias, o lo que sea pertinente.

-De nada, señor mío.

Sonrieron.

-¿Vamos entonces?

El sol brillaba a media altura sobre el suelo y el océano. Enfilaban por la avenida junto a la playa y siguieron más allá. El hombre parecía desenvolverse sin problema, todo y nada le llamaba la atención. Parecía feliz, lleno de curiosidad, como un niño grande.

-Esto es intrigante –dijo de pronto.

-¿El qué, señor mío?

-Nada de todo esto que vemos me sorprende, nada me asusta, y sin embargo hay cosas alrededor cuya naturaleza ignoro por completo. Al tiempo, aunque las desconozca, entiendo que están cumpliendo una función que nos resulta a todos necesaria y no hostil. Es decir: no soy como el hombre que hubiera viajado de pronto a través del tiempo desde el pasado. Ese hombre no podría asumir los resultados del progreso entre el momento histórico al que perteneciera y el actual. Moriría de un terrible impacto cultural. Yo no. Yo sé abrir puertas con pomo, sé qué es la radio y la televisión, sé qué es el matrimonio y sus implicaciones en la actualidad, la ropa, las toallas, las antenas, casi todo lo que veo lo conozco, pero a la vez hay cosas que no recuerdo, ¡cosas que no sé! No logro desenmarañar este terrible enigma, mi querida señora: ¿por qué me sucede esto? ¿Por qué sé que eso de ahí es un coche y sin embargo no sé qué es eso otro que hay allá?

Señaló en dirección a la rotonda. En ese momento un trolebús se incorporaba al giro. Los cristales despuntaron al sol. Tenía dos carteles rectangulares publicitando una marca de cerveza, adosados al costado, bajo las ventanillas.

-Eso es un trolebús.

-¿Trolebús? ¿Tro-le-bús? ¡Qué hórrido nombre!

-Funciona como un autobús... –hizo una pausa, y con un gesto interrogó al hombre con una sonrisa, y al asentir el hombre, ella siguió: -, y un tranvía a la vez. ¿Un tranvía?

-No, no tengo conocimiento. Pero deduzco que debe ser otro útil de transporte masivo, operado por corriente eléctrica en este caso, puesto que veo las características comunes entre este llamado trolebús y las que conozco del autobús, de modo que aíslo el elemento discordante, los flamentos que unen a este llamado trolebús con el tendido de aspecto eléctrico que discurre sobre él como elemento esencial para su avance, y deduzco así que ese artefacto llamado tranvía es un útil de transporte accionado por impulsos de corriente eléctrica. ¿Está bien o me equivoco?

-Muy bien, señor mío.

-Excelente.

Entraron en la arena que ardía y siguieron hacia las rocas. Los bañistas comenzaban sus tediosas actividades matinales, como una jaculatoria al descanso. Sombrillas insertadas en la arena por aquí, fiambreras por allá, toallas, radios.

Subieron entre las rocas hacia el caminito. Había mucha pinaza por allí.

-Señora... —dijo el hombre entonces-. Creo que he sido terriblemente descortés con usted, todo el tiempo hablando de mí y mi actual estado de carencias. ¿Sería usted tan amable de disculparme? Si supiera mi nombre, se lo diría. Hablemos de usted, mi querida señora. Estaría encantado de saber más de usted.

Fue el calor o la señora se ruborizó.

Caminaban mirando alternativamente al suelo, cielo y océano. Instintivamente la señora se agachó y recogió un puñado de pinaza.

-No le diré mi nombre —dijo, esbozando un sonrisa. Se sacó el sombrero y depositó el puñado de pinaza en el interior -. Me siento encantada; de algún modo atrapada por el misterio de esta situación. Yo no sé quién es usted y usted no sabe quién soy yo y aquí estamos, en busca de su identidad. Y quizás también en busca de la mía, que se está viendo por seguro modificada.

-Este extraño velo alrededor, mi querida señora, debo

reconocer que también resulta sugerente para mí. Un espacio íntimo. Sin embargo usted sabe de su pasado mientras yo ignoro tanto el suyo como el mío propio...

-Cierto.

-...pero no me importa: me encuentro bien, y me gustaría decir que me encuentro mejor que antes, pero es imposible de saber —hizo una pausa y sonrió. Prosiguió: -Y, mi querida señora, me siento honrado por esa modificación de su identidad que acaba de sugerir, de algún modo relacionada con nuestra pequeña aventura. Me siento halagado, y ciertamente conmovi... ¡Oh, vaya! ¡Ya estoy hablando de mí otra vez!

La señora rió y entonces cogió al hombre de la mano. De algún modo, el mundo alrededor pareció detenerse. Y con él, ellos. Se pararon en mitad del camino: dos figuras maduras al sol, mirándose. La brisa cálida mecía las copas de los pinos. Surgió ahí. ¿Es el amor un impulso químico? Debe serlo en tanto en cuanto no atiende a saltos temporales, posesiones o conocimientos. Siguieron por el caminito y después bajaron hacia el saliente de rocas. Desde ahí había caído el hombre. El sol brillaba y el océano también.

No era más que una anotación al margen en una página de un viejo tratado botánico del siglo XVIII: el siglo por excelencia de los tratados en un tiempo en que las ciencias comenzaban a desenmarañarse las unas de las otras, adquiriendo metodologías propias y contenidos específicos en sí mismas. Bajo un título simple para la época, *Descrptio Naturae Signum Explanis: plantae, fbrisque arboris*, se encontraba el conjunto de unas de las mejores y más depuradas páginas de botánica de todos los tiempos. La precisión descriptiva de las láminas y las brillantes observaciones y deducciones expuestas hacían del *Descriptio Naturae* una obra de referencia en cualquier caso, algo así como la *Déscription de l'Egypte* ordenada por Napoleón, para los egiptólogos del mundo. Si bien el tratado era anónimo, algunos teóricos y expertos sostenían que se trataba de un texto elaborado a cuatro manos por dos eminencias naturalistas del Instituto Estuardo de Ciencias Naturales que habían preferido mantenerse en el anonimato en un tiempo en el que aún se creía que el mundo había aparecido, había sido creado, el 23 de octubre del 4400 aC a las diez y media de la mañana, según los cálculos de un tal Lightfoot, basados en quién sabe qué historia de la Humanidad. Esa presión moral de esos ciertos sectores les indujo a mantenerse a la sombra sin renunciar a difundir sus conocimientos. Fue pasando lentamente el siglo XIX, con los incendios de las guerras y las constituciones, las repúblicas, las unificaciones, la carrera militar, las colonias, la nueva literatura y la nueva ciencia creciente. Numerosas copias del tratado corrían por todas las grandes universidades europeas en las últimas primaveras del siglo. Así, a principios del siglo XX un copia del *Descriptio Naturae* cayó, por azares de la vida, en manos de una joven estudiante, de grandes ojos marrones y melena rubia, siempre recogida en un moño excepto en privado y en verano, que por aquel entonces no era abuela ni era madre, sino la única estudiante femenina de la Facultad de Ciencias Exactas en su ciudad.

La joven, con la fuerza y hambre de conocimiento conferida, como una mano impulsora misteriosa y divina en los pasillos, bancos y aulas de la facultad, cuanto más sabemos más queremos saber, se había volcado en el estudio de ese tratado, en los días libres de aquellas vacaciones de abril de 1906. Y siguió estudiando en adelante, en los ratos libres, al acabar las clases, en la gran biblioteca y bajo luz de gas.

Existen en la Naturaleza unos números armónicos y una partícula llamada por algunos cursis, partícula de la belleza por el patrón sorprendentemente equilibrado que presenta. Aparece, por ejemplo, en relación constante entre las dos mayores pirámides de Gizeh, Keops y Kefrén, de un modo peculiar puesto que la diferencia matemática entre ambas es exactamente la misma diferencia que vincula a nuestra estrella Sol con Sirio A, la estrella más próxima a nuestro sistema y a la vez más parecida al Sol. La joven estudiante no miraba a las estrellas, pero estaba buscando esas relaciones entre la Naturaleza terrestre y la Matemática, y comenzaba a asumir conclusiones ciertamente llamativas. Ese patrón, esa partícula 1'6 se repetía una y otra vez y le parecía casi la auténtica naturaleza de Dios, consideración que le hacía sonreír y ajustarse las gafitas. Entonces, una mañana de junio de 1906, por azares de la vida nuevamente, reparó en una anotación al margen.

¿Existe un lenguaje Natural?

¿Pretende el Mundo Vegetal comunicarse con los hombres?

No era más que eso. Una apariencia. Una simple reflexión en el margen de un folio del capítulo Pineus, dedicado a los pinos. Un lenguaje Natural, ¡qué cosa! Si los hombres percibimos el Mundo Vegetal y lo conocemos, somos seres vivos como ellos, ¿podrían ellos tener conciencia de nosotros? ¿Podrían estar intentando comunicarse con nosotros? Habitamos la misma tierra y el mismo mundo. Parece existir cierto modelo de comunicación entre nosotros y los animales, ¿por qué no podría darse lo mismo entre nosotros y las plantas? ¿Por qué no? Santo Tomás venía a decir que no hay cosas que contradigan a la Naturaleza, sino cosas que nuestras leyes no pueden encajar en la Naturaleza que nosotros hemos descrito. Estamos siempre en el camino adelante y debemos mantener la mente abierta. Eso es. Oh, claro. ¡Eso es! Todos somos matemática, se decía la joven estudiante. Todos pertenecemos al mismo lenguaje esencial, ¡todos hablamos lo mismo! Le parecía plausible. Ciertamente, le parecía incluso posible, y al poco le parecía evidente. Llegado el verano de 1906 que iba desplegándose cálido y aromático por las costas mediterráneas, la joven estudiante comenzó meticulosamente a recoger agujas de pino para examinarlas bajo lupa de magnificación posteriormente. ¿Por qué agujas de pino? El tratado daba una pequeña clave que permanecía inexplorada. En el anexo de aquel capítulo Pineus se referenciaba una extraña anomalía que los científicos habían hallado en una aguja de pino mediterráneo y a la cual no le conferían mayor relevancia. Decían que las grietas habituales que siegan la cobertura vegetal de la aguja, la corteza, habían aparecido en ese único caso revelando una curiosa formación. Incluían la transcripción de aquella curiosa formación y, ¡válgame Dios! recordaba enormemente (aunque eso lo había observado sólo la joven estudiante, puesto que les hubiera sido simplemente imposible a los autores del tratado hacerlo al no haber sido todavía descubierta) a la Escritura Lineal A. Esta escritura permanecía aún indescifrada (y de hecho aún hoy en día lo está) y se suponía propia de los pueblos micénicos, del año 1500 a.C. Esa coincidencia sorprendió, naturalmente, a la joven estudiante. ¿Podrían aquellos pueblos conocer ese lenguaje Natural? O ¿no era aquello una prueba de que tal lenguaje existía? Parecía la inscripción realmente expresar una secuencia lógica, de algún modo generada de forma inteligente. Era difícil creer que fuera un mera cuestión de azar. Aún así, se reservó ciertas dudas mientras perpetró su recolección de pinaza.

Era la joven perfectamente consciente de la impensable relación de probabilidades a la que se enfrentaba, pero aún así, decidió confiar en la suerte porque, en verdad, ignoraba cuántas agujas podían tener tal inscripción. El cálculo era, sin más, imposible de realizar. Recolectó y recolectó, se casó y tuvo una niña y siguió recolectando, hubo guerras y nuevas repúblicas, dictaduras, y recolectaba y recolectaba. Con tesón recolectando verano a verano llegó finalmente la recompensa. En el verano de 1932, halló la aguja. Allá estaba: una inscripción, perfecta, formada en las grietas de la corteza. El sol de atardecer de agosto entraba por los ventanales. De pronto sintió que desde el exterior, los árboles le sonreían, le animaban a seguir investigando. Copió la inscripción y guardó la aguja a buen recaudo. Eran frases diferentes, pero con caracteres comunes. Habían aparecido en un lapso de 150 años. ¿Qué podía hacer? Sólo seguir recolectando. Y cuando su hija fue adulta, la introdujo en esa búsqueda de fundamentos hacia la teoría quizás más maravillosa y relevante de todos los tiempos. Y cuando ésta fue adulta, y sin haber hallado nada, introdujo a su hija, la hoy en día señora rubia, en esos mismos principios. Así hasta el día de hoy. Y esa era, a grandes trazos, la historia.

-Qué aventura fascinante, mi querida señora. Qué aventura fascinante...

-Me alegro de habérsela explicado, señor mío —comentó la señora.

-Y yo que lo haya hecho, sin lugar a dudas.

El océano levantaba olas embravecidas contra las rocas que rompían en espuma blanca e intensos aromas de sal y salitre. Se sentaron en las rocas. El viento soplaba.

El hombre miraba el oleaje y reflexionaba. Quizás todo lo que sabía sobre el mundo procedía de un Inconsciente Colectivo, algo, como una bolsa de conocimiento, que todos los nacidos en el mismo Tiempo compartirían sin saberlo, sin ser conscientes de ello. Un niño al crecer no se horroriza frente a los relojes digitales o los coches: sabe qué eso son cosas que pertenecen, normalmente, al mundo. A su mundo. A su tiempo. Si eso era así, la verdad para é se abría aún más cruda: ignoraba efectivamente todo lo relativo a su propio pasado, aunque podía vivir integrado normalmente en su entorno gracias a esa esclusa del Inconsciente. ¿Qué podía hacer? Se miró el cuerpo. Sabía que el sol quemaba la piel y que el frío podía matar a la gente. El cuerpo. El cuerpo podía tener respuestas escritas de algún modo, pero había que encontrar el lenguaje. Lenguaje. ¿Quedará memoria del hombre que yo era en mi cuerpo o mi cuerpo no es más que cuerpo? ¿Dónde existe la identidad? ¿En el cerebro? Si somos en gran medida las vivencias que a la espalda cargamos, ¿qué probabilidad existe de regenerar esas vivencias, con la cadencia e intensidad en que fueron vividas? Una entre infinitas; el cálculo es fútil. Es semejante, inimaginablemente precisa, cadena de acontecimientos del todo y por completo irreproducible, imposible de reconstruir. Sería más fácil obtener por mero azar y combinatoria el cuerpo viviente de una actriz famosa a partir de un cubo de vísceras sanguinolentas que reconstruir todos los elementos, vinculados entre ellos tal y como estuvieron, que forman la identidad. ¿Podría el cuerpo memorizar nuestras vivencias de algún modo, actuando como una especie de biblioteca biológica? Oh, por favor. ¡Qué horror! ¡Qué horror, válgame!

La señora rubia lo miraba.

Estaban ambos sometidos al mismo severo rigor de la probabilidad matemática, ambos vivían inclinados sobre el mismo eje. El hombre suspiró, exasperado. ¿Qué debía estar el hombre haciendo en las rocas cuando cayó al agua? ¿Qué hombre pasado los cincuenta años saltaría desde esa altura? Por allí no había nada, salvo agua muerta y verde, estancada en las porosidades. No había nada allí, salvo aguas muertas y... Agujas de pinaza.

No. No era posible. ¿Qué relación de probabilidad había? Dos personas buscando agujas de pinaza por el mismo motivo en la misma parte del mundo. Imposible. O casi. Casi. Pero esa probabilidad quizás era mayor que la de hallar agujas con la inscripción, pero, ¡válgame! ¡No podía ser!

-Le ayudaré con la recolección, mi querida señora —dijo el hombre de pronto -. De algún modo creo que su causa y la mía son la misma... Ambos somos Historia viva.

El océano oscilaba embravecido. El hombre sin memoria se

incorporó, quedándose de pie en el filo de las rocas. La señora no respondía. Tenemos los hombres una memoria histórica, en los restos y en el cuerpo, en la mente.

Tenemos el arma más poderosa. La imaginación. Estaba de pie, recortándose al sol y el océano rugía embravecido y ella lo observaba. Amaba a ese hombre, y no sabía quién era. Vivimos en la leyes de la probabilidad. Las gaviotas hacían cabriolas, el viento soplaba.

Diluvio

Lo que no había llovido en cinco años, cayó en treinta y seis horas, un agosto. Catástrofe, alarmas, gritos, accidentes, televisores sin señal. Los semáforos fallaron, las vías de circunvalación se convirtieron en canales, murió gente y quedaron anegados parques y centros comerciales y la propia ciudad entera, que estaba construida en un plano y siempre había parecido un poco estúpida. Un grupo de ocas salvajes se asentó inexplicablemente en el tejado de mi casa. Era mi casa, pero ellas llegaron antes. Mala cosa. Mi casa, una pequeña casa obrera, de dos plantas y escalera estrecha y sin luz, era ahora una pecera donde todo flotaba alrededor. La ropa interior había formado un nenúfar gigantesco de varios colores junto con las camisas, y daba miedo y repulsión. Aquí y allí flotaban libros, mesitas, lápices, fotografías. Un auténtico vertedero a la deriva. Agarré una loncha de salami que flotaba libremente a ras del quicio de la puerta de mi habitación, en la planta de arriba. Aquel día comí aquello. Otras cosas quedaron en las profundidades, como coral maravilloso, difractado a la luz gris. ¡Los teléfonos de mis chicas! ¡No, por Dios! Nada que hacer. Daños materiales, siempre. Bueno. Debía instalarme en el techo, pero, jaja, amigos, ahí estaban las ocas locas. Buceé por la ventana exterior de mi habitación (una piscina de ensueño: varios metros bajo mí el callejón trasero de mi casa, entre la valla de mi pequeño patio y el solar de al lado) y a la superficie, mi cabecita al sol blanco, en dos brazadas me acerqué a mi tejado. Las ocas me miraban con suspicacia. Ocas zorras, vamos a bailar. Trepé, ayudándome por el canalillo de desagüe, ahora una mano, ahora la rodilla, como saliendo de una piscina, y el canalillo cedió con mi peso. Adiós al desagüe. Genial. Al menos un bronce en las olimpiadas del sarcasmo, se perdió en las profundidades del diluvio. Apoyé una rodilla en las tejas, balanceé el cuerpo, las palmas, otra rodilla y entonces reparé primero en los chillidos: ya no había. Al levantar la vista de mis tejas, allí estaban. Las ocas, expectantes, en silencio, tantos pares de ojitos mirando, de lado, y picos amarillos con regiones moradas. Fue todo muy rápido, como un baile caníbal en dos fases: 1) la invocación: con sus picos en alto y corriendo en círculos, chillando, profiriendo histéricos cantos por la presencia de aquel monstruo marino que asolaba de pronto su costa... [un concepto maravilloso, amigos, me era revelado. La inteligencia coordinada. Una unidad cualquiera de inteligencia limitada y que vale poco por si misma y que tiene unas capacidades operativas limitadas es, sin embargo, combinada con novecientas noventa y nueve unidades de novecientas noventa y nueve veces inteligencias limitadas crean un grupo en el cual, si bien coordinadas, pueden subsistir como una inteligencia de mil veces el valor de una unidad. Es algo tan estúpido que sólo puede ser infalible. Mil monedas son las suma de mil veces una moneda. Una moneda por si misma no hace nada. Pero mil bien utilizadas, dios lo sabe, pueden hacer rico a un hombre] Bien. Un baile caníbal en instantes. 2) el ataque: el primer picotazo me vino en la mano, el siguiente en la cabeza, otro en la rodilla, otro en la mejilla, otro en la mano, después ya no lo sé. Un caudal caliente resbaló deprisa por mi frente, la curva de la nariz, los labios. Sangre, sangre que sabe a cobre. Lancé un manotazo abriendo la palma de la mano. Tuve la divina fortuna de encontrarme con el cuello de una de esas zorras. Cerré los dedos entorno a su cuello, hice más fuerza, me intenté incorporar y blandir la oca presa contra sus compañeras. Apreté y le partí el cuello. Todo esto en instantes. Se desplomó como un saco. A mi alrededor el universo era una masa mal compactada de plumas, alas y picos, aleada con trozos de cielo y membrana. La constante gravitatoria de aquel microuniverso era un endemoniado chillido irreductible, como una alarma incontrolada que no permite pensar. Intentaba mi último embate: sacar el cuerpo del agua, dejar mi posición intermedia entre agua y tejado y a la vez hacerme sitio entre el cerco enemigo mediante unos cuantos mandobles de oca muerta. Como un saco, la blandí. Intenté el ascenso, rodilla, impulso, picotazos en mis costillas y en los muslos, en la mano, en la oca muerta, putas ocas zorras, perdí mi posición, caí al agua. Chof. Desde el tejado. Perdida la posición, volé risco abajo, menos de medio-metro, torpemente contra el agua gris. Me dejé ir agua abajo y pataleé entonces buceando sobre el callejón hacia el solar. Luego emergí al aire, las ocas locas chillaban, henchidas de triunfo. Miraban triunfantes desde el tejado, croando y agitando sus alas. Me habían jodido. La marea de lluvia estancada subrayaba bien y a conciencia las múltiples nuevas heridas que constelaban mi piel. Chillé, agitando la oca muerta en su dirección, y se la lancé. La oca muerta voló hasta dar contra el borde del tejado y acabó flotando como un bebé de Herodes. Si hay algo que la especie humana hace bien es aniquilar a otras especies. Las nubes se habían abierto y pseudo-divinas franjas de sol arañaban ahora la atmósfera, partiendo el aire, reflejándose en aquel enorme lago que habíamos pasado todos a ser. En cierto modo, las tornas se habían nivelado. Éramos, yo, las ocas, el estanquero, las ardillas, todos, criaturas de un nuevo ecosistema, pugnando por un lugar y sobrevivir. Tenía que adecuar una estrategia. Me alejé a nado hacia el edificio de oficinas próximo Edificio Shepard-Sunderland, tres plantas sobre el nivel del agua, tres bajo él, sería mi base de operaciones provisional. A nado y a nado y dolido por las ocas. Se van a enterar, me dije, lo que yo te diga, lo que no está en los Escritos... Y así, haciéndome fuerte, fui acercándome hacia allí. Edificio Shepard-Sunderland. Puta lluvia, nuevo medio, chop, chop... Fue tótem cuando en su día lo construyeron en nuestro humilde barrio y lo era ahora aún más sobresaliendo sobre las aguas, como un coloso, sereno entre un oleaje que la brisa mecía a su alrededor, contenidas y dirigidas las ondas por las cuatro aristas; oscuro contra el cielo blanco al atardecer. Me aproximé. El interior estaba en sombras y el efecto reflejo de la luz plata que rodeaba todas las cosas le daba un aspecto atemporal, de otro tiempo, remoto o futuro, no-presente. Vi una ventana abierta en uno de los extremos, al final de una fila de ventanales oficinistas reglamentarios, que marcaba la tercera planta. Di unas cuantas brazadas hacia allí, harto de agua gris grasienta e infecta. Pensaba chorradas de compensación. Mousse de fresa, cerditos rosas cojín, el momento supino de relajación al estirarse en la cama de madrugada, puajjjjjjjj. Complicaciones en el parto, viene un niño-humano-tortuga-mono, señora, lo lamento, empuje por favor... Una terrible vaharada de fermentación y oscuridad barrió de pronto mi pensamiento. Emanaba de la ventana abierta por cuyo umbral ya prácticamente cruzaba. El agua salpicaba allí, en el marco, vertida desde el interior y vuelta dentro; fuera, dentro, fuera, dentro, en las complejas ondas del oleaje general. Como bajo el Arco de Mármol, pasé nadando. El Rubicón, Ave Cesar. Empezaba a necesitar soporte. ¡Diablos! Allí debía tocar, allí había fondo, un magnífico suelo de moqueta sumergido, trillones de trillones de colonias de ácaros a la mierda. Soy, por alto, feo y patán, así que, por alto, pude cesar mi natación y poner los pies en firme. Bien. Calé. El agua me trepaba sobre el ombligo, y las curvas de la barriga. Las sombras oscilaban entorno. Tenía que buscar mi camino a la planta superior. Todo sequedad.

Asentar la base. A tientas, a tontas, a locas, avancé recto y sin más. Aquello era una planta entera, sin paredes; distinguía aquí y allí las sombras más claras que debían corresponder a los separadores de los oficinistas. Shepard-Sunderland, a lo tonto, había tenido allí sin duda un buen jodido edificio. Los sonidos quietos y un permanente rumor de chapoteo. La brisa en aquel espacio interior corría con una carga de pestilencia ácida y escabrosa, pútrida y pestilente. Iba a ciegas adelante, palpando aquí y allí, tropezando con mesas y ruedas y cajones y otra serie de cosas que no podía ver en la medida que el atardecer caía y oscurecía, luciendo oscuro sobre este miasma interior, cada vez más lejana la luz a medida que avanzaba hacia el centro de la planta y me alejaba de la ventanas. Luz oscura y de plata. Un manotazo suelto, aquí, allí, golpeé algo duro y húmedo. Flotaba. Palpé. Ese hedor corrupto, amigos. Como el de las manzanas caramelizadas o las brasas, festival de cadáveres. Claro. Era un cadáver. Un pobre cadáver flotando a la deriva, olvidado por su madre y su padre y compañeros, quien sabe si todos flotando. Palpé. La piel de la cara parecía al tacto inflada como un melocotón corrupto. Aparté la mano veloz de aquel tacto repulsivo y empujé el cadáver lejos de mí. Cosas del diluvio, me dije. Y si en esta ocasión Dios no nos había prevenido con un Noé, teníamos que apechugar. Continué, intentando orientarme. Bien. Tras enredarme la mano en una melena empapada y viscosa, flotante secretaria fenecida con buen culo por cierto (palpé) y diversos esfuerzos por esquivar y no distraerme con nuevos cadáveres y mesas y objetos, di finalmente con la salida. Un distribuidor, amplia sala cuadrada regular, las plantas y tiestos flotaban ahogados por ahí. En la penumbra crepuscular brillaban en el centro de la sala, hueco de obra, hueco de elevadores, las puertas plomizas de los ascensores. Debía buscar la escalera y no podía estar lejos. Oscurecía mucho. Fui tanteando. Di con una puerta de emergencia, bloqueada abierta, a esta altura el por la cintura. Alrededor, la sinfonía del goteo que caía desde las plantas más arriba por el amplio hueco de las escalera, semi-mítico sonido. Comencé el ascenso, saliendo finalmente del agua. Chorreando, el corazón latiendo, los peldaños metálicos, la oscuridad, el goteo. Allá iba. Aquello iba a ser una base de operaciones fantástica, podría encontrar lo que necesitaba, echaría a las ocas locas zorras de mi tejado cuanto antes y... Oí voces. Eh, no. No en mi cabeza aún. Voces humanas. Arriba. En la planta cuarta. No entendía una palabra (el acero y el cemento bloqueaban, entumecían), y me resultó imposible determinar el estado de ánimo que motivaba aquella conversación, aunque no parecía histérico ni desesperado. Más bien sonaba a charla scout. Tampoco supe distinguir el número de voces, sólo una amalgama enlazada de tonos y vibraciones vocales. En el último tramo de peldaños hacia el siguiente piso, percibí una vibración lumínica que me era familiar. Antorchas. Mi tío, que me crió en su jardín y chabola lejana, solía encender antorchas al atardecer. Salíamos y compartíamos botellas, unas Navidades me regaló un camión de juguete; otra, el sabor, por una hora, de una mujer pelirroja. Me enseñó a ser quién soy, mejor o peor, y luego murió. Eso fue. Antorchas, decía. Al llegar a la entrada (el mismo vestíbulo distribuidor, el mismo cubo de elevadores central, cuadros en los muros, aquí todo seco y el aire muy húmedo) había efectivamente inseridas, clavadas en los muros dos antorchas, hechas de lienzo, cuyas luces y sombras temblaban en la pared y se esparcían por el techo. ¡Un campamento, coño! Precaución, Ananás, precaución... Asomé la cabeza a la planta. Allí estaban. Tres siluetas, iluminadas por una hoguera lateral. Una parecía alta y con la cabeza puntiaguda, acomodada contra una mesa y gesticulando. Los otros dos estaban en el suelo, sombras. En cuclillas una, sentada la otra. Hablaban. En esta vida debemos ser prudentes y desconfiar. Bueno, a ver. Hay que confiar, pero no en exceso, o desconfiar de los desconocidos, ser precavido, vigilar, o, bueno, yo qué sé... ni tampoco soy quién. Yo fui precavido. Las heridas que me habían hecho las ocas locas estaban blandas y alguna supuraba. No podía arriesgarme a un nuevo asalto. Respiré hondo. A veces en el mundo hay que tomar ciertas decisiones. Si salía y los tipos eran malignos y me atacaban, moriría, pero, ojo, uno, uno de ellos, se vendría conmigo, por Dios seguro. En esas condiciones, me sé capaz de morder en la yugular y llevarme venas, músculo y tendones. Allá fui. Aparecí por la puerta sin más. Las voces siguieron un instante, después se silenciaron según me acercaba. Vi como todos se volvían hacia mí. Podía oír mis pasos sobre la moqueta seca y mi respiración en la humedad. Oía incluso el suave bamboleo de las aguas contra el edificio. Cuando la distancia entre ellos y yo era aún considerable, pero me acercaba, y estando ofuscada nuestra visión por la tenuísima luz que ya entraba por las ventanas, la bisagra del anochecer que caía lentamente, y visto que ninguna de las siluetas hacía ademán de hacer o decir algo, o al menos darme el alto, me decidí por un clásico: ¡Hola! ¿Cómo va? y quise sonar sereno, como si no fuésemos los supervivientes de un cataclismo. Una voz de mujer, espetó de pronto: Bien. ¿Quién eres?, y sonó menstrual y agria y soberbia y me irritó con sus modales. Me llamo Ananás..., dije. Y soy vecino, añadí, porque pensé que, joder, que eso era un dato importante. La voz agria volvió: Y qué quieres.. Yo seguía avanzando, la tarde en el parque, la-la, lo-lo, aquí no pasa nada. Bueno, creo que necesito ayuda, dije, ¡no te acerques más!, chilló ella. ¿Por qué los humanos no somos capaces de conservar los modales cuando algo falla? Es curioso, es como si los modales dependieran de nuestro auto-control. Cedí, claro. Me detuve. Aquella era la actitud del tipo que va armado y tiene miedo. Serio peligro. Quiero acercarme al fuego... dije. Estoy empapado y herido, y he perdido mi casa... Creo que soné convincente gracias a que era verdad, pero eso no es un absoluto. No es tan fácil convencer de la verdad. La figura en cuclillas se puso en pie. Era un hombre, de pelo corto. Enchuto y enjuto. Veía su silueta recortada y en la intermitencia de la fogata en el bidón o papelera. Oye, dije, ¿cómo habéis encendido las antorchas y ese fuego, amigo? El hombre al principio no dijo nada, pero luego contestó: Yo tenía botellines de gasolina para recargar mi mechero en mi escritorio, explicó. Parecían estar valorándome, escrutándome, como un puñado de alienígenas contemplarían a un recién abducido: el almuerzo desnudo. El momento anterior a la devora. Eran lentos. Debían tener miedo. Así que mechero, amigo... dije, ¿y podrías invitarme a un pitillo?. Acércate, dijo la mujer y así hice. Hubo movimiento entre ellos y se pusieron en fila de paredón, casi hombro con hombro, los tres. El de la izquierda parecía un niño. Una extraña sagrada familia. La ropa pesaba, tenía frío. Gracias, saludé. No hay que perder el respeto, sin que eso quiera decir que darse de hostias no es otra forma de respeto. Todo alerta. A la luz de su fuego, y de cerca, se veían bien y me veían bien a mí. Uno por uno. Sin duda, ella tenía su buen tema. Era rubia y tenía el pelo suelto y que ya se secaba, con una blusa blanca y sucia y una falda gris. Iba descalza. Muy buena planta, ojalá una heroína. Bien, dijo, y me gustó un poco más cuando pareció que su tono se había relajado al preguntar ¿...Dónde está tu casa?. Me gustó un poco más, pero yo no había venido a meter los dedos en las braguitas de nadie. Señalé en la dirección. El número 37... Dos plantas y un tejado... Lo cierto es que no queda mucha cosa. Otra verdad como un puño, amigos. Oh, dijo el hombre. El hombre era esa clase de tipo que parece medio enterrador, medio podólogo de animales, un tipo extraño y siniestramente afable. ¿Dónde están vuestras casas?, pregunté. Yo vivo en Barrio Arabat, dijo el niño. Que no era un niño, era una mujer en miniatura. Una persona que aquejaba de enanismo, conservando ella en su caso perfectamente las proporciones. Como una muñequita morena. Yo vivo en Lirios, dijo le hombre. Otro barrio periférico. Lejano al nuestro. Hay gente que habita el centro que suele decir que las personas de extrarradio, pese a ser los que están más alejados los unos de las otros, ¡diámetros enteros!, tienen formas y pareceres asombrosamente semejantes entre sí. Como vecinos, o más. Yo creo que es cierto, y creo que la gente del centro también se parece asombrosamente entre sí. En fin. La mujer rubia propuso sentarnos y me ofreció arrimarme al fuego, nos sentamos, sobre la moqueta, como misioneros y charlamos. La señora muñeca quiso echar un vistazo a mis heridas, a lo que yo decliné, pero en otra ocasión me encantaría. El señor me ofreció tabaco. Nos sentamos los cuatro, en corro. No tenían comida. Yo no tenía hambre. Eran los nervios seguramente, por aquel jaleo del cataclismo y el diluvio. Fumé pitillos, charlando. Me preguntaba qué demonios hacían ellos allí, hablaban, no iban a ninguna parte, no hacían nada, y al poco rato me encontré preguntándome qué hacía yo allí. Base de operaciones. Eso es lo que quería, y un remedio para las ocas en mi tejado. Una vez tuviera resuelto eso, ya me preocuparía por lo siguiente, fuese lo que fuese. Jugábamos a describir sus casas y después hablábamos de nosotros mismos. La rubia era contable de la tercera planta, el hombre técnico informático en la segunda, la señora muñeca una cliente de la quinta planta. En la quinta planta concedían préstamos. Bien. La conversación se desvió salubremente hacia la descripción de la situación actual. De los labios de la mujer rubia brotó la siguiente sentencia: Es el Fin del Mundo. Brotará uno nuevo a partir de ahora... Eh, a mi me interesaba el nuevo plan de la conversación, el cataclismo y eso. Veía a enterrador podólogo cabizbajo, la clase de persona que sale derrotada a la batalla. Era la mía. Esos amigo tenían un arma y yo sospechaba que empezaba a necesitar una. Veamos... empecé, Francisca, si esto es el Fin del Mundo, ¿dónde está la Escalera? Mira yo creo en Dios y sé que el último día Él nos tiende su Escalera. Esa gran escalera dorada, descendiendo de los Cielos... ¿No se suponía que Él nos iba a salvar? ¡Ja! ¡Yo no lo veo a Él por ningún lado! Me había levantado, goteaba aún un poco, tenía un pitillo entre los dedos. Me miraban. Bien, proseguí, ¿la veis vosotros?, ¡pues entonces es que no es el Fin del mundo ni pamplinas! Es un caos transitorio, amigos. Calma, de verdad, resoplé y sonreí, buenas noches señora, buenas noches señor. Con tanta tontería, la noche sobrevenía imparable, y ajena como suele a todo. Todo rozándole el coño. Era noche gris y el halo de la luna protegido tras las nubes, húmedo agosto, cerrándose alrededor. ¡Seamos fuertes, demonios!, bramé. Dieron un respingo. Aquel asunto de sentarse en el suelo del diluvio acabaría por darles cistitis al final. El Fin del Mundo y con cistitis. La monda. Debemos ser amigos... ¡No! ¿Qué digo? ¡Hermanos! Ahora más que nunca..., me aparté un poco. Hacia el foco del fuego. Un par de papeleras de metal. La clase de genios que enriquecen uranio y luego no son capaces de demostrar un uso que no sea el del negocio nuclear. Bien. Fui rodeando el fuego hacia la mesa en la que estuvo antes sentada la rubia. Yo os agradezco vuestra hospitalidad, la cordialidad de este campamento, pero... debemos movernos, amigos. Salir fuera, buscar un medio. No mentía. En absoluto. Eché un vistazo bajo la mesa. Ahí estaba. El agua en vino, los panes, los peces... Una Winchester 70. Efectivamente, tal y como había creído, aquellos amigos iban armados. Mis ocas locas se iban a enterar. Una a una y por la boca, oca loca. Junto al arma, había un pequeño zurrón. Munición, una pequeña escalera dorada con la marca de la sucursal que Dios abrió en el nivel de las pequeñas cosas. Agité los brazos, como el conejito Bugs, y vigilando a mi cariño de reojo continué: ¿Acaso no saldríais a ver qué pasa si se rompiera el transbordador galáctico en el que viajáis?, y entonces, al dejar la pregunta en suspenso, como un rayo, me lancé desbocado hacia el rifle. Lo agarré y apunté hacia los amigos. Enérgico, ¡Muy bien! ¡Aquí no se mueve nadie! y entonces hice un gesto con el cañón, tal y como había visto tanto en las películas. De un lado a otro, como una pala. Se muevan, se muevan. Creo que enterrados Lirios aún creía que aquello formaba parte de mi discurso anterior, una elipse, sinécdoque, lo que fuese, con aquella cara. Bueno. Le di expresividad al asunto y disparé. El tiro sonó como una bomba en la planta. Gritaron; y casi grito yo también. Detonación. El Yeti comiendo del camión de la basura una luminosa mañana otoñal. Sorpresa. Llorar de emoción. De forma natural, los amigos se acercaron y se juntaron, bien cerraditos sobre sí mismos, trío de canto. Queridas chicas, estoy encañonando a tres tipos en el primer anochecer del Fin del Mundo... ¿Vosotras qué tal? Muchos besos. Os quiero. An. Demasiado trascendental. Disparé otra vez. El fogonazo congeló perfectamente en mi retina sus caras de pánico. El trío de canto tembló. ¿Qué quieres...? dijo la señora muñeca, asustada. ¿...qué quieres de nosotros? Todo trágico, me agobié, hablé en su dramática descriptiva: Que os vayáis fuera. Que luchéis. Que salgáis a buscaros un sitio donde sobrevivir. Vaya. Pequeños temblores en las filas, consternación, pero mucho honor. Fuera, ordené. Me miraban, heridos. Podéis retiraros, o estáis derrocados, o como queráis verlo, pero esto, como diría un novio a otro, es lo mejor para ambos. Reaccionaron. Bien. Me dieron la espalda y se alejaron hacia la puerta por la que había entrado yo, con cierta parsimonia torpe y poco concluyente. Algo sacarían juntos. Cuando desaparecieron absorbidos en la penumbra, diluidos en la lejana mancha vibrante de las dos antorchas y hacia la escalera, disparé en su dirección. Fiesta. Todo iba bien, muy bien, mejor de lo previsto. Busqué un lugar cómodo en el que dormir. Bang, bang, jugaba. Si te mueves, disparo. Estoy solo en casa, voy a tocarme. Controlaba la cosa. Pensé en mis ocas, remolinos de plumas y trocitos de pico ensangrentado... Un banquete. Pero justo antes de dormirme, me asaltó una duda: ¿de dónde habían sacado aquellos tíos el rifle...? ¿Iba a atracar la señora muñeca a los prestamistas?, pero luego, me hundí en el sueño seco y quieto y zumbón... *Zzzzzzzzzz.* Dormí peor que nunca en mi vida. Los malditos mosquitos nacieron al amanecer, con el ligero cambio de temperatura y la humedad. Me desperté, picaban. Amanecía. El sol había vuelto a salir sin cojones, blanco y tapado por un extraño manto de cielo encapotado, brillando tibiamente. El astro estaba débil, pero yo confiaba plenamente en él. Tenía hambre. Un hambre atroz. El zurrón estaba lleno de cartuchos. Aquel modelo de Winchester tenía capacidad para cinco. Tocaba irse de caza. Me asomé a la ventana. Espanté unos cuantos mosquitos y allí miraba, en la dirección de mi casa. El barrio. Anegado. Aquí y allí sobresalían, emergían contornos desde el agua gris, azoteas, tejados y antenas. La enorme carpa festiva de la plaza parecía una ballena varada o durmiente. Localicé entre la bruma casi transparente del aire, el tejado de mi casa. No podía distinguir con precisión, pero las ocas seguían allí, de eso estaba seguro. Pequeñas señales blancas en movimiento. Ese puto animal es terco y chillón. Me habían vencido y debían considerar en su cerebrito que aquel terreno les pertenecía. Acodado estaba sobre las aguas, cuyo nivel se mantenía a la altura del piso de abajo, cuando vi acercándose en una ola un bulto fbtante bajo el amanecer metálico. Era un hombre, de espaldas. Chaqueta marrón. Tenía las piernas sumergidas por el peso de los zapatos y la cara bajo el agua y solo asomaba su espalda sobre el nivel del agua. Su lomo. A la que puede, Dios, el Ser-Proyector que ilumina la realidad, tiene un atasco y te cuela una aparición espectral.

Apoyé la escopeta contra un escritorio, trepé al marco ventana y salté a la aguas. Zambullida, un increíble fondo de acuario. Recuperé la superficie justo junto al cadáver. Bien. Me apoyé en él y lo llevé nadando hasta el interior de la planta, entrando por la ventana y haciendo pie, el agua por la cintura. El cadáver flotaba. Lo tenía como el señorito tiene una colchoneta en la piscina. Clavé las uñas en el costado del cadáver y ejercí mucha presión. Logré enganchar en la carne fláccida y arranqué un pedazo. Retiré el jirón de ropa y lo mordí. Sangre y venas y grasa. Mastiqué. Era sabroso. Tal vez mejor si se cocía y salaba. O frito. Frito debía estar buenísimo. Tragué. Sorbí mocos y agua salina. Escupí restos de carne contra el agua, opacos tipo perlas viejas. El sol brillaba como un medallón de merluza. Me adentré en la penumbra de la planta a buscar cadáveres con los que urdir una balsa.

Perímetro

1

Zinea llega tarde y andando porque ha roto el radiador en la cuesta, ha dejado el coche al sol y ha subido el resto del tramo a pie. Ahora, envuelta en la bruma de mediodía, aparece despuntando como un rayo sobre el desnivel de la carretera, según se ve desde el porche donde Mi está sentada y espera, batiendo un abanico. Alto en el cielo, tras Zinea, planea un grupo de pájaros negros en formación. Huele a arena. Lentamente, su hermana se acerca.

A media distancia, levanta la mano y saluda:

-Mi, hola —y se detiene. Se sacude el polvo de las perneras y la chaqueta a palmetazos, y casca contra el suelo las botas que asoman bajo los tejanos. Dos pequeñas nubes de polvo se elevan desde sus talones.

-Zinea, ¿y el coche?

-Abajo. A media cuesta.

-¿Al sol?

-¿Tú que crees, Miranda? −sonríe-. ... El radiador.

La formación de pájaros ha desaparecido en el lapso, y la vista de Miranda ahora va sobrevolando sobre la caída de la carretera, colina abajo, entre el cielo y el mundo, planeando. A cada lado, las dos sierras se levantan, parduscas, rojizas, amarillas, y hay pequeños núcleos de pinos por las lomas. Arena y rocas. Y abajo, por la grieta, serpentea la línea brillante del río, río Espejo. Sobre todo ello, el cielo absolutamente inmenso y azul.

Mi es delgada y sus líneas de expresión están marcadas con la finura del melocotón. El pelo que cae suelto recorta su rostro y sus ojos, como plazas de toros vistas desde el cielo. Deseo contenido. Objetos bañados en la luz.

Se levanta de pronto y se encamina hacia el cobertizo.

Sopla el viento caliente. Zinea está aproximándose al porche por el camino. Mi sale en dirección al cobertizo, que se encuentra trastabillado en el margen de esta zona delantera de la casa. Mi se acerca y abre la puerta de una patada, y es engullida, estomacal, hacia el interior del cobertizo. Coge una lata vacía y con la manguera la llena de agua. Un chapoteo metálico. Concluye la tarea y vuelve al exterior. Pleno sol.

Zinea alcanza ahora los escalones del porche, entrando en la franja de sombra del porche.

Mi avanza hacia la carretera y levanta con las sandalias polvo a su paso. Llega al asfalto que, irregular en esa zona, es el tanto el final como el inicio de la carretera, y parece una rara lengua.

Zinea accede al interior de la casa. Agradece la sombría atmósfera del recibidor. Pasado el pasillo, se abre a derecha el salón inundado en luz solar. Las cortinas están corridas y oscilan en la brisa ardiente. La tele está encendida y sin volumen. Avanza por el pasillo directa a la escalera y, crujiendo algún escalón, acompañada por el repicar del reloj en el hueco de la escalera, sube a la planta de arriba. La luz cristalina y amarilla incidiendo por los ventanales del techo dos-aguas. El sonido de sus pasos absorbido por la moqueta. Al final del pasillo, su habitación. Entra... Asombradas e ilimitadas por la penumbra de esta estancia, se esparcen sobre la enorme cama varias dunas formadas por su propia ropa. De pie ante la cama, Zinea se inclina y se libera de sus botas, dejándolas caer al suelo y casi simultáneamente suelta los botones de los vaqueros, quitándose por la cabeza la camiseta empapada. Deja resbalar muslos abajo los vaqueros al suelo y sale de ellos, hacia la ducha, desprendiéndose por el camino de la ropa interior y canturrea y así será, ella camina estas colinas, en un largo velo negro, y visita mi tumba, cuando los vientos nocturnos soplan, nadie sabe, nadie ve, nadie sabe, excepto yo..., y el agua empieza manar y continua con ello entrando bajo el chorro y cambia de canción al frotar la piel y sigue tarareando y la mente se enfría aliviada y con ella las venas, que se hinchan, y el pulso que progresivamente se vuelve más pausado y rítmico.

Esa mujer azul.

2

El líquido en la lata chapotea al ritmo de las sandalias y el paso de Mi. Cuando iba al colegio le enseñaron canciones, sobre cosas, sobre números y sobre arañas, sobre coches y trenes, aprendió canciones en los patios, himnos también, y ahora afina, afina una canción sobre cosas, una espiritualidad Alicia en el País de las Maravillas, una que le trae recuerdos de luminosos atardeceres del sábado, caracoles, hierba quemada y piedras, y así, deslizando, su tarareo como el cimbreo de un piano, avanza carretera abajo y en cierta forma como la mujer que baja desde casa al baile de verano al atardecer, o más atrás, antes, cuando bajaban a pescar. La joven Mi baja sola a pescar al río. Shhh. Zinea no ha querido finalmente acompañarla. Shhh. Clase, clase, por favor, shhh.. Muy bien, escuchadme todos, os voy a contar un historia, ¿de acuerdo? Shhh. ¡Ludo, santo cielo! ¿Quieres dejar eso? Vamos, cielo... Venid todos...Sentaos por aquí, Olga, amor, ya te ocuparás de eso luego, Ludo tú aquí conmigo, muy bien, y Clara, cielo, ven aquí también, cariño... Bien. Todos juntos. Muy bien. Esta que os voy a contar es la historia de la joven Mi que fue a pescar al río... Mi tenía un cesto y una caña y una hermana malvada que siempre la intentaba fastidiar. Mi gustaba de tocar el banjo en el porche y bajo las estrellas, canciones sobre satélites y luces y praderas, versos sobre granjas y noches en los claros, pero su hermana detestaba eso y no hacía otra cosa que beber y encender repetidamente el motor de su motocicleta. Mi canturreaba, pero al final, oyendo a su hermana destrozar botellines en el interior del garaje, el motor rugiendo, acababa por callar y subía a su habitación. Una mañana, su hermana volvió de muy mal humor de un viaje al pueblo y tal y cómo ella llegó, Mi decidió ir a pescar, para aprovechar aquella mañana de jueves, no oír las tonterías de su hermana y pasar a gusto la mañana. Podría hacer a mediodía los pescados a la brasa. Bajó al río canturreando. Eligió un lugar abierto bajo el cielo y lanzó el anzuelo. Las aguas corrían oscuras bajo el sol. En el momento en el que sintió el primer tirón, el río se volvió claro de pronto, y unas nubes blancas y atómicas cruzaron el cielo y bloquearon la incidencia del sol... Aterrorizada, en la limpia sub-corriente, Mi vio pasando de pronto horribles pedazos de huesos y manos, caras, trozos, pechos, cuellos, piernas de hombres, ojos, dedos, pelo, flotando los trozos revueltos río abajo, y entre los despojos, largos peces coleaban... Y atravesado por su anzuelo se retorcía un corazón... ¡Ah, por Dios, Ludo! ¿Dejarás eso de una vez...?Así, gracias... Bien. Niños, ¿qué os parece, qué ha pasado?

¿Olga? Una guerra... Podría ser, sí. ¡Ah, los peces han comido a esos hombres! Hem... ¡Buena idea! Muy bien, Cristina, eres un sol... ¿Pablo? ¿Louis? Vamos, hijos... ¿Helden?¿Bárbara? Decid algo... El anzuelo por supuesto. ¿Y ese corazón? ¡Claro, claro! Así es... O eso parece. Allí está. Ese destello es del coche. Medio kilómetro más y lo tendrá. El cielo brilla en plenitud y su azul no tiene matiz.

3

El andar de esa mujer había tenido a Zinea en vilo. Ojalá te hubiera conocido antes, ojalá te conociera en modo absoluto: eso pensó. Como un golpe de fusta o fuego. Un temblor de triángulo, un brillo en el pensamiento. Quizás una recién llegada al parador, muy elevada, alto servicio... No. No encajaba. Tan enigmática era.

Lejana.

Como una estrella del cielo.

La había visto por vez primera bajando de aquella furgoneta azul, azul rayo, Mercedes Benz, frente a la oficina del Banco Halifax en la avenida mayor.

Aguas Calientes se asentaba en un desértico plano, a pleno sol eterno del sur, irrigado adecuadamente por el Espejo, de forma que cierta agricultura de secano podía reproducirse, pero en forma general el pueblo, vivía de la administración de sus recursos minerales, un sector, y los alquileres y suministro de la ciudad universitaria de la Estatal de Cercana.

Bien podía ser la mujer de un profesor. Curiosa, tal vez excéntrica, intelectual de ciudad de pronto movida a los páramos desérticos. Sin nada que hacer, arraigándose tal vez para proseguir el proyecto que traía, amaba cosas intrincadas, residiendo en el interior de su enorme casa de alquiler.

El agua cae.

Resbalando claramente por el pelo de Zinea, y su barbilla y sus rodillas y sus pies. Desestimando todo el cansancio, logrando descanso.

¿Qué proyecto, esa mujer? Física, sexo, libros, traer los muertos al mundo de los vivos... Se engancha como cometa a la mezcla de ideas, llevándola. En su mente la secuencia de la mujer cubriendo la sección de la acera, desde la furgoneta a la puerta del Banco. Andares de esa mujer, y su negra pamela, apenas mecida en su paso y la falda corta negra y el chaleco negro abotonado. Los brazos al descubierto, musculados, los pechos tan prietos, dos colinas redondeadas y morenas, sobre el pico del chaleco, y el último botón, y qué las largas piernas fibrosas y bronceadas, los zapatos negros de tacón... A mediodía, saliendo de una furgoneta Merecedes Benz azul y yendo a la oficina del Banco Halifax. Sus tacones repicando sobre el asfalto ardiente. La luz como sirope y miel. El agua cae, los músculos ceden.

Extraña-estelar.

Con dedo índice y corazón, Zinea se abre los labios del coño... Con el anular, suavemente, empieza a estimular su clítoris.

El agua cae.

4

Le decían que tenía grillos en la cabeza y que por ello, por ese chirriar, no podía prestar atención en clase, pero Mi nunca pensó que tuviese grillos porque lo que ella oía era más bien algo semejante al rumor de un jardín hidropónico y cantos lejanos de loros. En cualquier caso, a menudo acababa retenida en el aula al otro lado del patio junto con el resto de muchachos que durante el día no habían, siempre según la valoración de sus respectivos tutores, aprovechado la jornada lectiva adecuadamente. Solía sentarse siempre en el mismo pupitre en ese gran aula de permanencia. En la tercera fila por la cola, y en la mesa junto a la ventana. En el transcurso de las semanas descubrió que en aquel aula se constituía y definía nítidamente una asociación. No era exactamente una casta, ni una agrupación; era un país, o la generación de un país: era una sociedad. En ella existían jerarquías y operaban ciertas leyes tácitas. Los más venerables y respetados eran, como en toda sociedad, los ancianos. Siendo niños, la ancianidad y sabiduría se medía en función de la frecuencia de asistencia a aquella sala que era, a fin de cuentas, el perímetro, el límite geográfico del territorio en el cual la sociedad convivía. Era pura lógica estatal que aquellos que por más tiempo recalaban en la sala de permanencia fuesen los administradores principales del territorio. Eran los que mejor lo conocían y los que mejor lo podían calibrar. Existía así la jerarquía establecida en función de la frecuencia. Mi tenía muchos grillos en la cabeza, profundos rumores hidropónicos, y eso solía financiarle viajes regulares a su patria al otro lado del patio. Ella ejercía su silenciosa y cómoda posición de administradora parcial del territorio sin alianzas, eligiendo siempre el mismo pupitre apartado. Sabía, sin que ello hubiera sido dicho ni escrito, que el resto de chicos en su jerarquía, aquellos que en este pequeño país de pupitres solían agruparse en los pupitres del centro del aula, la alianza central de poder, así como el resto de provincias aisladas, pero nacionales, los chicos y chicas como ella en solitario, en su mismo nivel de adscripción (por frecuencia) al país del aula de retención, respetarían siempre esa mesa y ese espacio y quizás algunos de ellos, los más activos en su ejercicio de administración, la defenderían si llegara el caso. Esto último lo ignoraba y jamás lo sabría, pero siempre tuvo seguro, mientras aquel período de su escolarización duró, que si debía acudir al aula de permanencia al final del día, iba a encontrar su pupitre libre y prácticamente igual que lo dejó. Por ello, empezó un dibujo, rascando con el plumín, sobre el pupitre. Tuvo que partir de una muesca sobre la madera barnizada, en la esquina inferior izquierda. Miranda dio forma a la muesca, le otorgó cuerpo. Una cabecita, un cuerpo, inclinado hacia delante, corriendo, una falda, una chica, hacia una puerta. Una valla. Es un laberinto. El resto de la mesa, un laberinto.

Entre los ciudadanos humanos se identificaban tres grupos: 1) aquellos que jamás hacían los deberes y sus variables motivos para ello, 2) aquellos que se distraían o decidían resueltamente no colaborar nunca jamás en la asignatura impartida, y 3) aquellos que interferían activamente en el desarrollo normal de la clase con sus actividades subversivas anti-docencia. Existían otros tipos de visitantes, ocasionales, que acababan dando con sus huesos en uno de los pupitres del aula de permanencia por alguno de los múltiples e incontables motivos por los que uno podía verse en problemas en el transcurso de una clase cualquiera durante la escuela secundaria. Fuesen los que fuesen, durante la jornada escolar habitual, los visitantes del aula de permanencia hubieran sido imposibles de agrupar, debido a sus diversas procedencias; diversas aulas, diversos cursos, chicos, chicas, muy dispares. Pero entre ellos, en ese devenir diario de la jornada, estos chicos a veces se miraban, fugazmente, pocas veces implícitamente, cada uno pertenecía a un mundo allí arriba, pero esos ojos eran como encontrar matrículas del país conduciendo por las autopistas lejos de las propias fronteras. De la hora de Gimnasia venía un variopinto remés. No haber sido capaz de completar un ejercicio por limitaciones de resistencia o interés; haberse encarado protestando con efusividad una decisión del juego, arbitrado por el profesor, y tras un exceso de verbalización inapropiada en boca del alumno, o haber sido cazado en el acto de repetir con evidente espíritu de mofa la figura que el profesor realizaba exponiendo el ejercicio que debía seguirse a continuación solían llevar al aula. Y ciertas niñas guapas, en la hora de Gimnasia, quizás aplicadas en otras materias, quizás no, y generalmente vistosas, rehusaban frontalmente realizar ciertos ejercicios. Era imposible, no iban a hacerlo y eso era todo. La profesora las enviaba al aula de permanencia a completar un ejercicio escrito sobre el deporte o práctica deportiva en cuestión que había sido rechazada por la joven.

Así, como recién descendida de un camión repleto de civiles eurasiáticos y británicos, pequeñas Alicias en guerra, entró un día Zinea al aula de permanencia.

Inocente, su melena morena recién duchada, su gesto de mal humor adolescente, casi indignada y sosteniendo la bolsa con la ropa sucia. Qué injusto. ¿Por qué la profesora insistía en hacerle saltar el plinton? ¡Le daba miedo! La cuerda, el volley, la *course navette*, los balones medicinales, badminton, natación, sí, todo sí, también fútbol, le gustaba de lateral, pero ¿plinton? ¡Plinton no! Y se negaba y se negó.

Rotundamente.

La profesora entendió su última salida, levantó el brazo apuntando casi cortando el aire con el dedo y dijo:

-Eingrenzung, al aula de permanencia.

-¡Pero señorita! –protestó Zinea.

-Ahora, Zinea. Una redacción resumen sobre lo que expliqué el último día que llovió.

-Pero, no...

-Gracias, Zinea. Ya está. Ve por favor.

Y fue, salió del campo y fue por la escalinatas de los patios hacia el edificio, refunfuñando, a la ducha y ya vestida luego cruzando el patio. Caía el sol de la tarde, sus pisadas a través del patio vacío y las ventanas de las aulas como miradas de diversos pozos.

Se acercó a la mesa donde el profesor de guardia leía una novelita bajo el torrente de la luz del atardecer. Era el profesor de Biología. Levantó la vista y fijó a la chica cuando esta alcanzaba la mesa, acercándose.

-Eingrenzung. ¿Qué tienes?

-Señorita Cecilia, no hacer el plinton.

El profesor registró en su cuaderno.

-Muy bien. Ya puedes sentarte. Allí está tu hermana.

Miró.

Encontró la mirada de Mi. Miranda encontró la de Zinea. Le habían encargado a ella la escala climática de la primavera en la región, tema 7, completo, realizar la gráfica correspondiente, un soporífero horror. Zinea se encaminó por el pasillo despoblado, fugazmente vio las viñetas del comic que asomaba bajo el libro de Matemáticas de un chico que leía con la cabeza gacha, sosegadamente disimulando, y llegó a la altura del pupitre de su hermana.

-Hola.

-El plinton.

-Ya veo.

-Me siento aquí.

Se sentó en la mesa contigua en la fila, separadas por el pasillo.

Miranda sonrió. Zinea dejó la bolsa junto a la silla y la mochila al otro lado. Sacó un folio y un bolígrafo y sonriendo a su hermana se inclinó sobre el pupitre, jugando con el boli. Llevaba un pantalón de chándal y camiseta blanca, el pelo mojado de la ducha cayendo por la espalda. Sobre la cintura del chándal sobresalía, perfectamente ajustada, la cinta blanca color nieve de sus braguitas.

Un inmenso cielo azul. El sol bajaba fuera. Llegando el final de la hora, las luces del techo encendidas, el exterior morado. Zinea descansaba ahora la cabeza sobre el brazo, tendida sobre la mesa. Con la otra mano, estaba rascando el principio de un dibujo en su mesa. Sol, estrellas y luna.

Sonó el timbre.

Todo movimientos. Mochilas, pasillos. Se fueron juntas caminando a casa, sus sombras diluyéndose bajo los haces de las farolas en la luz ocre y verde del momento final del día.

5

Queda envuelta en la toalla y sale a su dormitorio, desde el baño privado del cuarto, y cruza a través hacia el area del vestidor, el armario y el banquito, que, a diferencia del resto de la estancia, se encuentra inundado en luz blanca, justo bajo el ventanal exterior. De pie frente al armario, mira por esta alta ventana, estrecha, fuera. No hay rastro de su hermana. Sólo el sol. No hay forma humana alrededor. Siente en el abdomen todavía el desorden de tensiones.

Tía Ana las dejó. Zinea había cumplido los 18 aquel abril. Mi tenía 16. Tía Ana dijo: Zinea, cuidarás de Mi y la protegerás y te protegerás a ti. Sí, Tía Ana. Bien, hija mía. Y la besó y se fue. Dejó aquellos enormes ahorros para las niñas en el Banco. Sed fuertes, hijas mías. Sí, Tía. Zinea pensó que para proteger a Mi debía postergar sus planes inmediatos de futuro y asegurar los de Mi, y empezó a trabajar, era lo correcto. En la Biblioteca. Era junio. Asumió que no tendría un verano como los de antes y que en septiembre podría desplazarse al campus y acudir por las mañanas a clase y por las tardes a la biblioteca, y así mientras Mi llegaba a cumplir los 18 y entrase en la universidad también. El silencio se le antojaba un suspiro. Gris y plomizo y reverencial. Oía el regurgitar de las tuberías y toses en la distancia. Le inquietaban las intensas franjas de sol que por los ventanales entraban, como incorpóreos gigantes vigilantes. El espacio de la biblioteca municipal estaba constituido por la sala principal, amplia y con largos renglones de mesas y estantes y la planta superior que, habiendo sido concebida como una galería, corría abalconada y parecía volcarse sobre la sala principal y su propia cabeza. Zinea desarrollaba su trabajo en el interior de un pequeño perímetro de muebles mostrador y estantes, si necesitaba salir al exterior, lo hacía cruzando una puerta batiente. Sentada, se veía apenas su cabeza tras el mostrador principal. A su espalda tenía un mueble estantería donde se apilaban diversos tipos de libros, generalmente peticiones y devoluciones atrasadas. Nunca hacía Zinea nada que se saliera de la norma. Leía y observaba las franjas de luz. Se habituó al silencio.

A casa, un día llegó una carta.

Teresa, la propietaria de la cafetería y restaurante TERESA DESAYUNOS Y COMIDAS, el bonito puesto de toldo rosa en la intersección de las dos calles principales de Aguas Calientes, había escrito desde la capital. Por azares de la vida, viéndose desplazada a la capital en asuntos personales (ella no lo contaba en su carta, pero había ido a resolver un asunto de herencias y eso lo sabía prácticamente toda la fracción del pueblo que tenía interés en esos menesteres) había dado con Tía Ana. Vivía en el pasillo de un hotel, a tres manzanas de la estación. Un viejo hotel de viajeros. Tía Ana vivía al final del pasillo en la quinta planta. La quinta planta había tenido que ser desalojada por problemas en la estructura y en los conductos de gas, pero Tía Ana, hospedada allí, en la última habitación al final del pasillo, había decidido que no quería irse de allí, que no pensaba moverse. Le dijeron que si permanecía, su vida corría peligro y ella argumentó que su vida era cosa suya, y que había pagado dos años por adelantado a la dirección del hotel por aquella habitación y no pensaba moverse. Una diva enloquecida, pensó el director. De acuerdo, se dijo, cerraremos la planta entera y la señora permanecerá a su cuenta y riesgo. Se lo expuso por escrito. Ella lo aceptó encantada. Le hicieron firmar un contrato de cesión de la planta. Alquilaban la planta entera a la mujer, siendo ella sabedora de las condiciones en las que la estructura se encontraba en que aquel arrendamiento se realizaba. Tía Ana firmó y una vez rubricado el acuerdo, sonrió ampliamente y dijo: Ahora espero que suba usted a cenar conmigo alguna noche, director. Y así fue, pero esa parte de la historia quedaba irresuelta en la carta. Explicaba Teresa que, resultando la resolución de los asuntos que la mantenían en la capital iba a alargarse más de lo previsto (favorablemente, informaba) había creído que era mejor enviar esa carta en lugar de esperar a regresar. Creía que aquella era información importante para las chicas y esperaba que les fuese de ayuda o, al menos, si no era así, deseaba que no al menos no les importunase, pues su única intención era ayudar a unas buenas vecinas del pueblo.

Zinea concluía entonces su segundo semestre en biológicas y estaba obteniendo buenos resultados. Seguía con su trabajo en la biblioteca, en turno de tarde, y ahora alternaba los ratos muertos allí entre repasar sus apuntes. La imagen serena de Tía Ana, forjando ahora un palacio en la planta de un hotel inundada en la luz, la acunaba serenamente y ella acunaba a su hermana. Los exámenes llegaron y Zinea aprobó y Mi se graduó felizmente en la secundaria. El verano se expandió bañado en la luz y por primera vez desde niñas, bajaron de nuevo a pescar al río. Se aman.

Se viste de forma ligera, tejanos y una blusa, y baja a la cocina. Abre la nevera, se sirve agua helada. Tras las ventanas, el sol está en su apogeo. Sale al porche. Todavía, ni rastro de Mi.

Los campos brillan en el sol de mediodía y así el desmonte y la carretera. Fuerza la vista: supone que aquel destello es el coche y que el pequeño punto negro es Mi bajando hacia él y aún más allá, menos claro ahora que al amanecer, en las brumas de mediodía las sombras, techos y porches de Aguas Calientes. En una bruma cálida. La ciudad. Y algún movimiento entre, algún movimiento difuso, tal vez, por qué no, la mujer azul.

6

Ahí está el coche. Acercándose al automóvil, una imagen se forma en el escenario mental de Miranda. Su hermana, deshaciendo el camino que viene ella de hacer. Al reverso: sale del coche, por el lado del conductor, al ardiente calor de junio, se ajusta los tejanos, mira al coche con desdén y del escote donde permanecían pinzadas, coge y abre y se pone las gafas de sol, no estudia el entorno, mira al suelo y aprieta a caminar; cada cierto centenar de pasos, se detiene, se vuelve a ajustar los tejanos a la cintura, bien recogiendo sus nalgas y sigue camino arriba.

Se acerca al coche, deja la lata llena de agua en el suelo y lleva la mano al tirador de la puerta. Para Miranda: son subacuáticas, muy limpias, las pulsaciones del sol y la luz alrededor, intensa la sensación de reverdecer cuando abre la puerta del coche y se desliza al interior, las piernas fuera, sin sentarse, la luz recogida, profundo el impacto del olor del cuero tapizado, dejado al sol y extendiéndose como las dunas; es lento el mundo al accionar la palanca que destraba el capó, y empieza su movimiento de retracción, serpenteante, en la penumbra de pronto, de vuelta al exterior, fugaz la estrella que por un instante brilla en el centro de su cerebro, espacial, al impactar de vuelta a la luz exterior, la arena, saliendo de nuevo, una rara reina, delgada, la brisa ardiente de junio agita su falda negra, pequeños estampados florales color hueso, las pantorrillas, sandalias, se inclina, recoge la lata y rodea el automóvil, se agita, el capó abierto como un toldo-boca, escrutando el laberinto de cables, una maqueta de guerra, corazón de motor y bosque de bujías, un retén alcázar de batería. No ha roto el radiador. Qué loca es. El coche se ha parado de pronto por ese cable cobre y ese otro que han saltado de su cierre, cortando el encendido de la mezcla. Los cables. No hay más que enroscarlos de nuevo y el coche toserá otra vez. Todo debe marchar. Marchar como por avenidas en un día de fiesta. Paso arriba, sube un escalón en el aire y llena los pulmones de atmósfera, fruta, tierra, aire, más lejos las calles y nos coge la noche en las calles, volvemos, para llevar, pizza en el salón y manchas el teléfono de aceite pepperoni y mozarella del borde cuando más tarde marcas el número y destapas una cerveza y el resumen final del partido marcha, sin volumen, contienda, celebración, rodea el coche, entra, y mientras abres la segunda, la tercera, y sigues al teléfono, una película, algo en la conversación te da, te da, te da una erección, o una primera garganta de orgasmo clitoriano, te da, porque da igual lo que seas, fuimos el mismo zigoto, da igual todo porque, de pronto, simplemente eres y tus fronteras son solo por ti conocidas.

Se sienta al volante.

Al accionar la llave y mugir el motor, Miranda tiene por un instante conciencia de lo que significa descubrir una noche al llegar que tu camarera se ha ido para siempre y ha dejado una nota para ti: desde una barra lejana, yo beberé ahora por ti. Y el corazón dibujado y la inicial son de belleza única y un final sin adscripción.

El coche ronronea encendido y sin entrar la marcha.

Turba bajo los asientos.

Sexo matinal, aquella dulzura con aquel chaval. Rebrota de pronto la belleza de unos besos en la piel, una franja de sol, no quiero que me faltes jamás. Como un ligero arranque de trombón y saxo, entra el embrague, y arranca dando el giro completo, enfila carretera abajo, hacia el pueblo y verá, verá que hace, tal vez la tienda de trastos, un par de novelas de céntimos, una copa, una ensalada de cangrejo, un diario y, pensando así, su corazón se inunda de color y calor y piensa, quizás Zinea también quiera bajar al pueblo. No estaba aquí al amanecer, como dijo, no han podido ir al río como se suponía, pero, por qué no, quizás quiera bajar al pueblo. Quizás puedan hacer cada una sus cosas, y quedar después en Teresa para comer. Tal vez pasear escaparates juntas después. Da nuevo un giro completo en la solitaria carretera polvorienta, los neumáticos pesadamente girando, los ejes, y toma la curva del giro completo, progresivamente suavizando la maniobra conduce ahora colina arriba, llevada con suavidad. Y el aire es cálido en la ventana y ve el reflejo de sus ojos en el retrovisor y luego sus ojos se separan del reflejo y mira a la carretera y abajo a sus pies y baja la mano para ajustar el asiento a su altura, tantea, buscando la palanca, el cuerpo inclinado, el retrovisor ahora devuelve asientos traseros vacíos, parabrisas trasero y la carretera que atrás queda lacerada por la línea discontinua de circulación, subirlo desde la posición de Zinea, una mano al volante, y buscando la palanca sus dedos rozan algo tibio, parece frío, y con los dedos tantea y lo asegura, es fino, un folleto, azulado y con letras amarillas:

H O L E b3b3w

Sábado Junio 29 / 11:30 pm

Colina de Pinar / Carretera a Pozo / Km 7

Sigue marchando. Hole. Agujero. La vista al frente y un ligero traqueteo en el camino, pliegues y fisuras del asfalto, sostiene el folleto ante sí. Un folleto azul noche y letras amarillas. Una fiesta, un carnaval, una reunión de lunáticos buscadores de platillos. Be tres, be tres, uve doble, ¿qué era? Esta noche. No hay más signo ni indicación. El pensamiento es lo que forma auténticamente las naciones reales, las naciones invisibles.

Hubieron de poner esa cuartilla en el parabrisas, algún día, aparcado, Zinea fuera. De nuevo ve a su hermana ejecutando una acción: llega al coche aparcado y tal y cómo llega arrambla con el folleto y abre la puerta del coche, lanzando el folleto al interior como suele, sin darse cuenta, a lo loco, como las multas u otra cosa, a veces pequeñas ampollitas vacías, o envoltorios, revistas, papel del interior de una caja de zapatos.

Ese extraño azul lunar.

Miranda guarda el folleto en el bolsillo de su camisa, todavía una mano en el volante, el coche tuftufando y deja que el aire ardiente recorra el coche y que el sol de mediodía toque otra vez su extendida serenata exterior.

Está contenta de ir a recoger a su hermana.

7

Cinco más y lo deja. Qué te pasa, Zinea. Es este calor. Es la caída del último polvo y polen, la bruma caliente de la región. Es el verano. Son imágenes en exceso atractivas, adictivas, generan un conflicto en su interior. Quiere masturbarse de nuevo. La pantalla parpadea. Está en el despacho. Ha entrado al despacho después de la ducha a mirar su correo y a la vez ha abierto NASA TV en TVU-player así que mientras leía mails corría en un pequeño recuadro en su pantalla la imagen de un científico con gafas y bigote explicando el mecanismo de una cámara que funciona en la Mars Surveyor, intercalándose en su narración imágenes de la superficie de Marte, con los enormes picos separados ascendiendo sobre la plataforma desértica tan gris. Después de los mails ha silenciado el reproductor y la mente ha ampliado su ondular. De nuevo por dentro rozando las orillas del sexo. El reproductor dispara un video. Hay pantallazos y cambios de luz sobre el rostro y retinas de Zinea. Después el video acaba. Zinea lo pasa de nuevo. Esa pulsión de la sexualidad la atrae, le place y la confunde. Su creciente viaje por los vericuetos de la pornografía en internet. Se trata de una pulsión individual, como una ola en un inmenso mar, pero ese movimiento y el rompiente común, esa pulsión compartida por otros en su propia ruta, cada web, cada thumb, cada foto y cada vídeo, un punto de encuentro, un micro-nódulo en la inmensa red humana. Tal vez ese sea aurícula del corazón profundo del atractivo en todo ello: todas las personas que interactúan en el acto, un acto de sexo individual colectivo, unidas las unidades de humanidad a un lado y la parte de la humanidad que en las fotografías se encuentra al otro. Los millones de imágenes accesibles en la red. Todos nosotros. Cinco thumbs más y lo deja. Se palpa. Un funeral en la cocina... y ¿qué es lo que trae en la mano la mujer de la máscara?

<<Vamos, perra.>>

De nuevo los dedos depurando los límites del valle. Empieza a cabalgar lentamente colina arriba, más ritmo, y más, más rápido, y un cambio de ritmo, cede, más rápido, más vueltas, círculos con el dedo, arriba y arriba hasta llegar y al llegar gime y mueve la mandíbula y resopla y se muerde el labio inferior – pellizca con sus uñas el pezón izquierdo, tan duro, afirma con dureza el pecho derecho, pellizca, gime, se corre, la vibrante garganta del orgasmo, rozando las paredes, caverna orgánica, y entonces cae, como una veladura, se pregunta qué demonios ha hecho y suspira de placer y cierra todo el sistema y se pone en pie.

No piensa que la escena en su buffer era en una cocina cuando entra a su propia cocina y se sirve de una jarra de zumo de limón un vaso generoso y enciende los fogones y pone una sartén a sofreír cebolla, y descorre las cortinas, ahora el sol sobrepasa el tejado de la casa y empieza a incidir sobre el otro lado, al frente del salón y sobre el porche, no visible, y por la ventana de la cocina Zinea ve más, ve primero el patio en la sombra clara del atardecer, dos sillas caídas, la mesa, algún bulto, un cubo, una caja de madera, y la vieja valla y más allá las líneas consecutivas de colinas, maizales y tierras amarillas, bajo el cielo azul e inundadas de luz limpia de verano. Una catarata de limón va garganta abajo, fresca como luna en la ventana.

Sonner. Han sido cuatro noches de viernes y quedan cuatro noches de viernes más. Cada viernes por la tarde, desde hace cuatro, Zinea abandona la casa y a Mi y sale hacia Cercana. Una cita con Sonner.

Cercana está dividida por una gran avenida principal a plena luz y por los túneles, con un pequeño centro financiero, un gran parque, barrios, y plaza principal, el campus y la sede de la Universidad se encuentran a las afueras, por el oeste. Allí acudieron Mi y ella durante cuatro años con más o menos regularidad, avanzando cursos, los largos veranos, el trabajo, y ahora Zinea se encuentra de nuevo volviendo con regularidad a Cercana. La carretera y el trayecto son el mismo, salvo novedades habituales: un depósito de agua, un salpicado de nuevas casas, por las lomas, una Texaco, un restaurante. La carretera y el trayecto son el mismo, pero no lo es el viaje. Este viaje es realizado siempre al atardecer para la ida y suele llegar anocheciendo en Cercana y la vuelta es, si es posible, en el momento anterior al amanecer, en el último tramo de la noche, el más negro y frío de la noche, amaneciendo sobre ella en carretera. Ese viaje no tiene nada que ver con aquel de la Universidad.

Tampoco el viaje lo realiza para ir al mismo lugar. Siempre rebasa la salida que solían coger, Universidad de Cercana, en blanco sobre el cartel de láminas azules y la flecha. Las nubes de la mañana diluyéndose sobre los árboles al otro lado de la carretera. Así era entonces. Pero ahora va al otro extremo de la ciudad, al este. En el este se agolpan los antiguos almacenes y edificios de tres o cuatro plantas que en su día se levantaron para los recién llegados y los trabajadores de la mina y el pantano, en un tiempo en que Aguas Calientes no era más que un puñado de cabañas y casa de madera. Hoy esos barrios se han vaciado y en ellos se instalan personas solitarias que conviven con algunos que todavía quedan de aquel tiempo, hay profundos bares abiertos a todas horas y oficinas de administración, un aparcamiento de camiones, algún taller, hay pisos vacíos y algunos almacenes permanecen cerrados.

Zinea aceptó el trato.

El hombre le había prometido que no la tocaría y así era, que no se trataba de nada sexual y de eso no estaba Zinea del todo segura, pero le daba igual. Iba a permitírselo a si misma. Al principio le pareció intrigante, un velo. Le gustó. Acudiría cada viernes por la noche al loft del hombre y sencillamente debía aparentar ante el resto de invitados a la cena que ella era su pareja, es decir, había dicho, estamos empezando, algo así como si fuesen las primeras noches que te quedas en mi casa... De acuerdo, dijo Zinea. Le parecía extraño, raro, caro y divertido: le gustaba. Zinea conocía al hombre, Sonner, pues habían acudido ambos al instituto de Aguas Calientes. Él era del pueblo y en el pueblo aún vivían su tía y su hermana. Sin ser él alguien con quien hubiera tratado particularmente, en Aguas Calientes se conoce la vista y la pista de todos tus compañeros de promoción, cursos arribas y abajo, y a él, recordó, le había perdido la pista en el año que Mi fue a la Universidad y ahora lo tenía delante, proponiéndole semejante cosa, de improvisto, una tarde luminosa el mayo atrás, en una heladería de Cercana donde había ido Zinea a recalar casualmente, en un descanso de compras por la capital.

El chico sonreía educadamente, vestido con un polo negro y bermudas. El llavero brillante de Mercedes brillaba al sol de la tarde, íntimos imperceptibles destellos azules se desprendían del metal de la llave. La miraba con ojos profundos como pozos.

Como un rayo, la captó.

-Sé -sonríe- que podría pedírtelo como favor tal vez, pero sería tan excesivo que huirías, nos recordamos, pero ¿habíamos hablado? Es que es complejo. Yo, créeme, no es una cuestión de ti, no es que te desee a ti, sino, una persona que haga esto, yo, casi prefiero mantenerlo como transacción... Necesito que simules que somos pareja, que estamos empezando, ante ellos, no nos besaremos: nos estamos conociendo. Ese estadio incipiente. Me gusta que seas tú porque te conozco de vista y te puedo situar, no me eres ajena y para mi sería de verdad un gran favor, que aceptases dinero por pedirte este favor...

Zinea lo observó. El rostro expectativo del chico y su sonrisa contenida destellaban como el sol. La invitaba a sonreír.

-Estás confundido —dijo Zinea -. Acepto. No quiero dinero — rió. Le gustaba- Gracias por proponerme esta extrañeza.

-No. Gracias a ti.

Y sonrieron y así quedaron.

La pasada noche ha cumplido con su cuarta cita. Dijo: ocho viernes, nada más. Gracias. De acuerdo. Lo hermoso en todo es que ahora cree no representar papel alguno.

Tan sorprendente y llamativa fue la propuesta de Sonner que se descubrió a si misma disfrutando de un extraño hormigueo muy emocionante que marchaba desde el estómago al corazón, como bandas en un día de fiesta, el primer atardecer mientras cubría el trayecto hasta Cercana. Confianza. Podía aparentar estarlo conociendo porque precisamente eso estaba haciendo, conocerlo, y si bien es cierto que el proceso del enamoramiento es a veces fugaz como una flecha, explosivo y desestabilizador, también lo es que en otras ocasiones es un movimiento progresivo y creciente como una majestuosa apertura, y en esa rara apertura se encuentra Zinea.

Hoy ha dormido allí.

Cuando los amigos se fueron, dejaron el Monopoly abierto sobre la mesa, las fichas guardadas y las botellas vacías apiladas junto a la puerta, Zinea dijo: he bebido más de lo que quería y no quiero conducir... Puedes dormir en el sofá, ofreció él y habiendo ella aceptado de buen grado la invitación, él se esmeró en prepararle una situación cómoda en el sofá del salón, con sábanas y una manta y cojines y el mando del televisor.

Zinea ha dormido, su pensamiento la masturbaba y se le ha hecho tarde al despertar. El chico no estaba y había dejado una nota, bajo un plato de bollos. Se había ido a sus asuntos, que desayunase a gusto, ducha, café, lo que quisiera, estaba en su casa, hasta el próximo viernes muchas gracias.

Se ha lavado la cara, ha cogido un bollo y se ha ido al coche. A media mañana conducir todo el camino desde Cercana, la radio encendida y sus pensamientos circulando como nubes bajas por sus ojos ocultos tras las gafas de sol. Todo estaba volviéndose muy extraño. Llegando a casa, en la cuesta, ha roto el motor.

La vida es larga y pasa rápido y quizás un día se encuentre en el escritorio de su habitación en un hotel en la ciudad, redactando una carta de despedida para él, piensa ahora, sentada en el sofá, las imágenes pasando en pantalla. Está entrando en el perímetro establecido por él, pero quizás él no está aquí. Ella cree que sí. Pero no lo ve. Quizás ella, quizás es ella que ha salido, quizás un día... Quedan cuatro noches más. ¿Las desea? Existe un proceso oscilar del equilibrio en su interior. Esta sensación azul lunar, la mujer, el andar de esa mujer está copando su espacio. Las humanas son relaciones mistéricas. Pasos, fases. Sobre la tabla, vegetales. En los fogones, una sartén sobre la que se funde un dado de mantequilla. Es plenamente consciente ahora: comienza una marcha. Lentos movimientos celestes en el interior. Oye el ruido de un motor, el motor del coche. Miranda vuelve a casa.

8'

Mi entró en casa por la puerta principal, buscando a su hermana, saludó al aire, encontró la pantalla del televisor encendida, las noticias locales, pero no a Zinea, y el bullicio venía de la cocina, como si las partículas de luz tuviesen sonido, un crepitar ardiente, y al entrar vio a su hermana manejando una sartén al fuego bajo la campana central de la cocina, restos de vegetales esparcidos sobre una tabla de madera, como raras junglas, y un oleoducto de trapo. Ella la miró y le sonrió y Mi dijo:

-Iba a bajar al pueblo, pero he pensado que quizás tú también quisieras bajar, ¿es así? Podríamos ir a comer juntas después o tomar un helado.

Zinea sonrió.

-Estoy haciendo comida, Miranda.

-Es verdad.

-Sí.

-También dijiste que llegarías a tiempo para ir al río, realmente yo deseba esa clase sobre plantas de rivera, Zinea.

-Lo sé, Miranda. Lo lamento.

Mi esperó un instante, pero Zinea se extendía. La miraba. Zinea imploró con la mirada y una sonrisa preciosa, apartando la sartén. Tenía pequeñas arrugas en la comisura de los ojos. Estaba muy bronceada. No dijo nada.

Miranda sonrió.

-¿Vamos al pueblo?

Zinea sonríe y corta el gas y tapa la sartén.

-De acuerdo. Esto lo cenamos. Me resulta genial, Mi. Yo... tengo que hacer algo en el banco... Y un paseo por el aire acondicionado... -sonríe-. Bajemos -y se sacude las manos en el delantal y gesticula para quitárselo.

Salen al exterior.

Plácidamente sobre su corazón verde se mueven las sombras en tránsito de unas nubes veraniegas. Iluminadas desde lo alto por un sol exterior-interior.

Aire caliente.

-Yo quería acercarme a donde las novelas. Podemos quedar en Teresa después.

-Genial, Miranda.

-Vamos.

-Yo conduzco.

-Tú eres la mayor.

Se aman.

8"

En el transcurso del corto viaje a Aguas Calientes las dos hermanas hablan. El viento caliente batiendo la conversación, agitándose por las ventanillas bajadas. Zinea conduce siempre muy rápido. Se pierden fonemas a esta velocidad.

-M - gust -stación e radio qescuchas . . . Pe-r o e- n poco so-s-no? N te p-g-a.. .

-C-mo? N-sé... Gra-d-s éxit-s, Mi. Lo norm-l. C-mbio? Quier-s

-Nop E gust- Shak-ra ! . . . E s p e- e c to, Z i . . .

Mi se encoge en su asiento y siente una curva de afecto por su hermana. Qué mona. El viento ardiente agita y expande por el coche la canción de Shakira, señal del Mundial de Fútbol que se está jugando en Alemania. Un gran éxito en todo el planeta. Zinea, preciosa, siempre viendo las series de moda, leyendo los libros de moda, bajándose melodías para su móvil de moda, la ropa, la forma. Quiere mucho a su hermana y le gusta que sea del mundo. La mira conduciendo tan deprisa y con los labios apretados. Sonríe y la quiere. Después mira por la ventana a los pinos polvorientos en la cornisa de la carretera.

El mundo es un zumbido de luz y viento.

El jardín hidropónico se despliega en una lenta danza acuática. Lejanos tintineos, agua fluyente, canturreos de cacatúas y el crujir del mecerse de altas pasarelas entre las copas de palmeras, acacias y abetos.

9

Zorra de alquiler. Putas en el Valley. Prisión y castigo. La dama del castillo. Este rabo no me lo acabo. Fiesta anal. Eduardo Manospenes. Investigación profunda. La puta, la negra y la monja. Especial Trannies Brazil. Hermanas de leche. Analcore. Juicio de guarras. High-heels & hard-spank. Polla criminal. Intenciones sexuales 3. Potrancas... Este, aquí, para aquí y coge este dvd: Potrancas. La portada es fucsia y amarilla y la palabra Potrancas figura en color negro en la parte alta de la carátula. Una imagen en primer plano y un fotomontaje de colores velados en segundo. El primer plano, el rostro de una mujer; lleva una máscara, los ojos ampliamente descubiertos, una correa sobre su nariz y la boca al descubierto, un penacho de plumas sobre la frente. Es bellísima, sus ojos verdes, los labios rojos, y sonríe. Las imágenes veladas del segundo plano muestran diversas escenas donde hombres y mujeres llevan a cabo diferentes prácticas de caballeriza sexual, no hay animales – todo entre humanos. Se ve un hombre montado sobre la espalda de una mujer perfectamente ataviada en su rol de pony, el hombre lleva camisa y pantalón y una fusta con la que parece azotar piernas y nalgas de la muchacha. En otra imagen junto a ésta, una mujer sostiene una larga rienda, que va atada en el otro extremo a, parece, un arnés colocado en el pecho de un señor barrigón. El señor barrigón es caballo y a juzgar por lo mostrado, está aprendiendo a cabalgar y a comprender las señales tensionales de las riendas.

Mi siente su estómago revolverse de pronto y cree que el café de máquina le sentará mal si no deja esa zona de la tienda inmediatamente. Ha llegado buscando libros, revisando objetos viejos, al sector de pornografía, tras una cortinilla en el fondo de la tienda. Mayores de 18 años. La joven entiende de pronto la sensación de estómago revuelto y la traduce, como si de una impregnación flotante se tratase, en la intensa sensación que tuvo el último chiquillo que se escurrió a este lado de la cortina. Un alud de imágenes, no sólo tetas y tías buenas, sino tetas y tías buenas y mayores y hombres con hombres y mujeres con mujeres, animales, toda clase de cosas increíbles, el chiquilló se mareó. Y como si los estados de ánimo pudieran forjar espacios, Mi siente marearse ahora.

Resopla.

Tose. Se acabó. Descorre la cortina y sale a la zona no sexual de la tienda. Tienen allí lámparas, viejas lámparas que asoman como copas de un bosque encantado desde las cajas de cartón que las contienen. Ciudad de libros, junglas de copas, costas y dunas de revistas, cortinas, telas y banderas, hay fotografías enmarcadas, cestos llenos de objetos impares, cascos, locomotoras, una formación de soldaditos, divisiones romanas y napoleónicas, arqueros, Osiris, Anubis, Una ennegrecida pecera esférica, victoriana. Toda clase de habitantes imposibles, juntos bajo el mismo estandarte que bien se muestra en el cartelón exterior y en el escaparate: Libros Viejos y Objetos Usados – de 0'50 a 250. Una nación permanente.

Miranda deja caer el vaso vacío de café en la papelera junto al mostrador. Zumba el aire acondicionado. La señora al otro lado del mostrador, pendiente hasta ahora del pequeño televisor y un documental sobre los cartógrafos y geógrafos ilustres -Mi lo sabe porque esa tonadilla de expertos y voz de narrador la ha seguido, con diversas intensidades según su posición, durante todo su periplo por la tienda-, le sonríe ahora que está cerca y pregunta:

-¿Algo interesante, hijita?

-Todo, señora mía... Todo lo que tiene me encanta.

-Ay, querida... Qué muchachita amable. ¿Qué te gusta más de todo?

-¿Se puede fumar aquí?

-Yo sí −sonríe y de algún estando bajo el mostrador trae a su altura un cenicero de cristal que deja sobre el tablero.

Mi saca su cajetilla de Camel Orange y enciende uno con media sonrisa en los labios. El humo se dispersa cálido y aromático.

-Quizás... −dice-, lo que más me gusta son esas estampitas en las cajas de puros...

-Ah sí. Cierto. Preciosas... Anunciación, Crucifixión, Resurrección, Ascensión, oh, a mi... a mi, en fin, me conmueven esas imágenes... ¿Eres creyente, preciosa?

-Bueno. Soy creyente, sí. Es decir: creo. No sé si exactamente en esa...

-Está muy bien −la interrumpe la señora -. ¿Qué me dices de las miniaturas de las bicicletas? ¿Las has visto? Allí, junto a las porcelanas...

-Un amor, señora. Maravillosas.

Mi da una profunda calada. La señora enciende un largo y fino pitillo de filtro blanco.

-Lo son —susurra y expulsa el humo como un fino tubo vaporoso.

-En realidad quería un libro, pero... con sinceridad, dudo.

-¿Cuál es tu nombre? ¿Eres una de las niñas Eingrenzung, no es cierto?

-Sí. Soy Miranda... Mi, la pequeña.

-Sí. Yo soy... —y se reclina en la silla y señala con la mano que sostiene el cigarrillo hacia el escaparate, donde, más allá de la fina columna de humo, en el crital justo bajo el 0'50 a 250, en cursiva (y todo visto al revés, lectura contra-espejo) está escrito: Sra. Dolores Omtrek.

Sonríe.

-Te he visto por aquí otras veces, y leyendo en el parque y, ya sabes, Aguas Calientes...

-Claro. En fin. Encantada, Sra. Omtrek.

-Igualmente.

Mi lanza una mirada alrededor, apura su pitillo y lo apaga en el cenicero de cristal. Las pequeñas lágrimas de las dos lámparas de araña que cuelgan en el centro de la tienda —sobre una formación de muebles coloniales, copas, candelabros y mantel- tintinean. En el exterior la luz es global y el sol de primera hora funde el pavimento mientras aquí la temperatura es gris y gruesa, el aire acondicionado zumbando.

-Bueno.

-Un libro, me decías.

-Sí. Pero creo que voy a salir y seguir con mis recados y regresaré más tarde, señora Omtrek.

-Por supuesto, querida. Aquí seguiré.

Miranda sonríe y sale al exterior, al sol. Siente un diamantino vuelco al corazón. Al salir. Cree haber visto el folleto [HOLE] el mismo folleto azul en la mesa baja en el vestíbulo junto al mostrador, colgando al borde de la mesa bajo dos polvorientos álbumes fotográficos. HOLE. Agujero. Impacta − colisión con el día exterior. Las personas caminan recortadas en el clima, lentamente, como figuras, recuerdos brumosos. Una furgoneta de Heineken tuerce por la esquina. Suenan nítidamente los aspersores del parque. Percibe los tintineos de las cucharillas en las tazas de las personas en la terraza de Teresa. El rumor del viento ardiente y las motas de arena chocando infinitesimalmente contra los parabrisas y chapas. En el suelo. Agujero.

10

Camina como llevada por animales invisibles. Estirando de ella y ella de ellos, por correas invisibles. Ha querido volver al último lugar en el que la vio. Ese tramo de acera frente a la oficina del Banco Halifax. Ayer, viernes por la mañana. El tiempo dice que ha pasado un día, un día y medio, pero su cuerpo y corazón perciben un milenio, una era, traducen el tiempo de reloj a tiempo legendario.

Zinea se levantó temprano, se asomó a la ventana. Mi estaba ocupada en la construcción de su maqueta en el patio trasero. Aprovechaba ciertos momentos del día para ello. Generalmente el amanecer. En Aguas Calientes, después de las diez de la mañana, ya en junio, el mercurio indica inmenso calor y a Mi no le importa madrugar, si es que se ha ido a dormir.

Le gustaba la maqueta de Mi.

Estaba construyendo una muestra, decía, a una teoría. Quería efectuar unas pruebas de erosión sobre estructuras. Estaba reproduciendo exactamente la meseta de Giza. Mi cursaba geológicas. Había recalado por los edificios de antigua y acudido por curiosidad a la sala de conferencias: narraba un hombre sobre una tumba llamada KV55, Valle de los Reyes 55, exponiendo las diversas disquisiciones que trataban y discutían la identidad de los restos hallados en ella: Akenaton, Nefertiti o Tiy. Se interesó por

Egipto, y lo truncó con su carrera. Mediante un sistema de ventiladores e irrigación, pretendía realizar un experimento de erosión sobre las estructuras de Giza, pirámides, templos y esfinge. Los pequeños ventiladores moverían y removerían la arena, continuamente, reproduciendo así, sostenía, la erosión eólica tradicional del desierto. Pero la clave era la irrigación. Esta mañana estaba trabajando en los conductos de irrigación. Mi pretendía simular un gran diluvio, el diluvio correspondiente al final del último período de glaciaciones y las lluvias y deshielos que dicho fin de período trajo. Quería demostrar que algunas estructuras estaban allí cuando aquellos torrentes centenarios cayeron.

Se la veía atareada allá abajo. Encantadora en cierta forma, arrastrando el cordón de manguera y ajustándolo centímetro a centímetro por la estructura de raíles que había levantado sobre la planicie en miniatura, en total, tres mesas de ping-pong a lo largo.

Miranda se movía ajetreada.

Zinea tenía esa noche su cuarta cita de viernes noche en Cercana con Sonner y por tanto tiempo suficiente para hacer algo durante la mañana. El sol resplandeciente sobre el mundo y las sombras de los árboles cortando el camino. La pacífica melodía de aspersores matinales, trinos, ladridos, rumores y píos. Desde el umbral de la puerta de la cocina, se despidió de su hermana, luz de la mañana, cogió el coche y bajó al pueblo. Entrando, se detuvo en Starbucks, pidió un frappuccino, llevaba tejanos prietos lavados a piedra y ancho cinturón, una camiseta blanca corta y el pelo moreno recogido en una coleta. Al acercarse al mostrador de los condimentos, con su frapuccino en la mano, quería verter dos pizcas de canela a su café, de un gesto lanzó sin querer al suelo dos sobrecitos de azúcar. Se agacha a recoger los sobres y al hacerlo, por la postura en cuclillas, revela la naturaleza de su ropa interior, mínima, un *g-string* negro, y desde el otro lado de la barra, es Egon, el ayudante de barra, quien capta la imagen al vuelo y la registra, con su estenopeica cerebral. No tienen las imágenes valor moral, las imágenes son imágenes. Egon, almacena ese destello en su particular estante mental. Zinea se levanta, deja los sobres de azúcar donde estaban, y con dos dedos se ajusta los tejanos de vuela a la altura de la cintura, ni un milímetro más ni uno menos, bien prietos al culo.

Zinea se lleva la mano a su bolso y comprueba su nokia, lo deja de nuevo en el bolso y sale del Starbucks a la fuerte luz exterior, acompañada por la vista periférica de Egon que la sigue y la lleva, a cada paso, y la observa mientras Zinea atraviesa el aparcamiento hacia su coche y cómo lo abre y cómo recoge un papel que alguien ha dejado en su parabrisas y lo lanza al interior sin siquiera mirarlo y después el bolso al asiento del copiloto y luego entra ella, se sienta al volante (¿siente ella en ese momento cierto tirón la cinta del *g-string* cruzando su coño, estira o presiona también su vulva al sentarse?) y parece dejar el frapuccino en el posavasos bajo la radio, junto a la palanca de marchas. Zinea arranca y de una maniobra como un arco, marcha atrás completa y girando a la derecha, abandona el aparcamiento y la región Starbucks de Aguas Calientes, la mirada sobre ella y su coche; Egon, el pequeño Egon queda marcado, como una res, impresionado, entregado a los andares de esa mujer, esos andares que le tendrán tal vez en vilo. Será llevado. Lo entiende esta misma noche, en el patio de la Nueva Protección Occidental, mientras el camarada invitado ilustra a los socios sobre la figura del Tritio – Hidrógeno 3, se da cuenta que más allá en su corazón tiene la esperanza de encontrarse con ella, sabiéndose inmerso en el interior de un perímetro de cuestiones, vallas, bloques, y líneas que, al fin, son caminos, asfaltados por miles de preguntas como lenguas, y una línea discontinua en la carretera:

-¿Quién es ella?

Debe saber algo más. Mi ha ido a los libros viejos. Como una invocación o superstición, Zinea decide recorrer el mismo trayecto que hizo ayer, viernes por la mañana, reproducir el camino que hizo hasta que la encontró:

Starbucks.

Ha notado la mirada del camarero escuálido, rapadito, era mono. Enciende la radio. La mañana libre, algo que comprar. Zapatos. Sí, unos bonitos zapatos porque así esta noche tal vez pueda ponerse aquella falda y eso seguro que, seguro que él... ¿Se está enamorando realmente de su ... ? ¿Compañero del colegio? ¿De él? Zinea. Siempre estás igual. Sorbe de su frapuccino y siente que no le gusta la canela y deja el vaso a un lado y cuando tuerce por la esquina de la avenida principal lo lanza por la ventanilla abierta y va el vaso a golpear contra la papelera y describe un arco al rebotar y queda suspendido en el aire un instante y cae luego fulminado contra el pavimento, la tapa abierta, cabeza abierta, el líquido esparcido sangre color crema. Qué diría la policía de las bebidas.

El pueblo. Tomó en la rotonda por la avenida exterior y rodeó el parque y entró por la principal desde el puesto de flores y cruzó a través, vagando, levantó el vuelo de palomas a su paso, los neumáticos rodando lento sobre el asfalto, una forma de compromiso estético: el camión de limpieza de amanecer, retira basura y esparce agua por las calles principales, y a media mañana todavía en los tramos sombríos de la acera, aquellos sobre los que aún el sol no ha concentrado su atención, los charcos de riego todavía destellan y Zinea ve el reflejo del vuelo de las palomas de desierto en ellos y más allá, sobre la sombra de las ventanas y el ladrillo y la cornisa, el inmenso cielo azul de verano. Y conduce y conduce y vaga y algunos muchachos quietos en la acera charlan y ríen y una madre vuelve desde el parque con un ramo de flores contra su pecho, y aquel señor en el callejón que recién sale del profundo bar oscuro abierto desde la medianoche se lleva la mano al bolsillo de su americana de verano al tiempo que con la otra mano se ajusta el sombrero, la vida que pasa y Zinea en ella, como un tren, la vida como un tren, marchando como por avenidas un día de fiesta, cruza el pueblo y saliendo, allí donde empiezan los campos amarillos a cada lado de la vía y se extienden como pedazos de luz desprendidos, ve Zinea Eingrenzung emerger la forma del centro comercial entre el polvo, la forma recta e inmensa.

Dejó el coche en el aparcamiento y se perdió por los altos pasillos templo de Dubai, las fuentes, las tiendas, nítidos escaparates, suelo brillante, carteles, plantas, poca gente, largo hilo musical, aire acondicionado refrigerante, Zinea fue y fue. Pensaba en Sonner. Ahora piensa en Luna.

De pronto, al ver su reflejo antepuesto entre ella y la extensión de zapatos del escaparate, se da cuenta del tiempo transcurrido. Se aparta, aprieta el paso, sus pequeños tacones repican contra el mármol, sale al exterior, aire caliente, un día treparán monos por las palmeras que adornan el aparcamiento, un día habrá que empezar de cero. Envuelta en sol y aire estático, se dirige al coche. Sin intermitente. Salió a la carretera, tomando la calle principal hacia el centro del pueblo. Incorporándose al carril, es adelantada por una furgoneta azul brillante, azul espacio, Mercedes Benz, en su velocidad rotunda de paseo. La gravedad de una órbita. Fue una impregnación fugaz. Ahora tenía la furgoneta delante, las lunas traseras tintadas, azul brillante, una vestal hacia un templo, preciosa bajo la luna a mediodía. El viento ardía y aleteaba como una falda en la ventanilla de Zinea.

Ambos automóviles rodaban uno detrás del otro, entrando por la avenida principal, Zinea como siendo llevada por aquel instante en el día, los mismos metros recorridos en el día que la persona en aquella furgoneta. No reconocía lo que sentía y por ello se preguntaba: quién es, ¿de dónde emana la sensación de vínculo? - un lenguaje pasado las regiones de las letras y las frases. Se preguntaba, en ese limpio proceso inquieto, cuando la furgoneta, ambos vehículos ya por la calle mayor, se detuvo, intermitente a la derecha, se hizo a un lado, se detuvo, Zinea aminoró por instinto, por vínculo, descendió aquella mujer, bajando de la puerta de conductor, el instante anterior al primer paso, sosteniéndose la pamela negra y un velo al viento ardiente temblaba, y vio las piernas, una fracción, empezando a caminar, los músculos tensos sobre los zapatos de tacón. Imagen plena. Rebasó Zinea al volante la posición de la propia furgoneta aparcada y siguió el resto de la secuencia en el reflejo traído al espejo retrovisor. La vio, inundada de luz, recorriendo el ancho de la acera perfectamente recortada silueta negra, recortada y pura en la atmósfera, caminando lentamente y oscilando lentamente a su paso, serpiente, velo, un baile ancestral. La mujer entró en la oficina del Banco Halifax y Zinea la perdió de vista y tuvo la sensación de haber visto pasar una Alta Gracia. Siguió por la avenida más allá hasta dejar el coche en el parking más allá del puente sobre el Espejo. Al apagar el motor, Zinea percibió que algo en su interior atendía a un nuevo escenario. Esa mujer.

Miranda ha bajado frente a la tienda de libros viejos, cómo le gustan esas cosas a la niña, nos vemos en Teresa cariño, el motor al ralentí, hasta luego guapa, plac! – la puerta cerrada, Zinea ha seguido con el coche. Repetir lo que hizo ayer, un milenio atrás. Ahora está rodeando el parque hasta el otro lado del río por uno de los puentes de cemento sobre el Espejo y el sol cae fuerte y siente calor. Ha quedado con Mi a media tarde. Rebsado el río, corta, desfilando como por avenidas, rodeando la extensión de césped amarilleado hacia la avenida de sauces, rodando directamente al parking del centro comercial, allá donde dejó el coche, recortándose las lomas y moles del mall en la bruma de mediodía. Ayer y ahora, dentro del coche, el mismo instante de junio. Frescor milimétrico que asciende del río y el intenso calor que entra desde los campos arropan a Zinea en su imperceptible intento emocional. Aparca. Clava la marcha. Junio cae. Rebrota la sensación que la mujer le despertó. Como el olor de las cenas de verano flotando desde las terrazas y balcones, los sonidos llegando del paseo al anochecer de julio, el sentimiento vuelve a ella... En lugar de entrar al centro comercial, elige deshacer el mismo camino que después siguió. Tal vez se la cruce de nuevo. Tal vez esté recorriendo la misma zona a la misma hora. Tal vez se detenga la furgoneta a su lado mientras camine hacia el pueblo. Sale del coche. El sol la asalta vivamente. Empieza a caminar, sus pasos sobre el mundo. La hierba amarilla. Los Cruza el puente. Se percata de los brillos plateados que destellan en el agua, pero no es capaz de distinguir, no concibe distinguir qué son las sombras negras que bajan flotando en la corriente bajo ella. Manos, caras, pechos, cuellos. Nada: piedras y truchas. Clara, por favor, hijita, ¡colabora! Ludo, no me gusta que hagas eso, chico... ¡pero te queda tan bien! Ojos, zapatos, pelos, bocas. Sigue hacia la calle mayor, pasa el estanco y el supermercado, el puesto de helados y granizados y aquí cambia de acera, en el paso de peatones, y pasa a la acera del Halifax. Ni rastro de furgoneta azul, aquí el sol es una caída intensa y la luminosidad deforma ciertas siluetas entre brumas y destellos, se lleva la mano al bolso, mira su móvil, la hora, no-llamadas, no-mensajes, y levanta de nuevo la vista y es ella. Es ella la que en este momento sale de la tienda de electrodomésticos, y lleva un vestido azul noche, corte sin mangas y falda rígida sobre la rodilla, gafas de sol y el pelo moreno recogido. Se topan. Un gesto imposible. Levantar la vista del móvil caminando bajo el sol y la trayectoria convergente de una mujer saliendo de una tienda hacia la acera, impacto, punto de impacto:

-Oh –dice la mujer.

-Oh –dice Zinea.

-Disculpe.

-Disculpe.

Es patente para ambas en el mismo momento. Han dicho las dos las mismas palabras por dos veces consecutivas. Qué gracia. Qué extraño. Se sonríen. También a la vez.

-¡Vaya!

-¡Vaya!

-exclaman ambas a la vez.

-Jajajaja.

-Jajajaja.

Agua clara serpenteando entre ambas. Aire ardiente, como dedos en el pelo.

Son espejo.

Es un instante. Luego el tiempo sigue, el movimiento retoma su curso. La mujer sonríe de nuevo y rodea con cuidado a Zinea, y Zinea le sonríe. Ella sigue su camino cortando el ancho de la acera y Zinea la mira y retoma el suyo acera allá. Es un instante. La mujer queda de pie frente dos coches aparcados. Las partículas flotan en la atmósfera. Espera que vengan a por ella. Zinea continua caminando. Está procesando. Siente su corazón de un modo ajeno. La rebasa. Ella le da la espalda, entre dos coches en la luz del atardecer. Continua caminando. Y se vuelve para mirar una última vez a la mujer, llenarse. Y la mujer, descubre, la está mirando a ella, tras las Gucci de sol. Aprieta los labios. El aire, silencio, apenas rumor, el aire polvo, y la luz muy clara. Es un instante. Es como un pétalo o una espina. La mujer hace un pequeño gesto con la mano, sin levantarla. Como un abanico, un hola, o adiós, o adiós, querida. Zinea vuelve la vista al frente y sigue por la acera ardiente.

12

Cuando se reunen en Teresa a media tarde Mi encuentra un destello extraño en los ojos de Zinea y Zinea encuentra un destello extraño en los ojos de Mi. Si bien no conocen el mensaje exacto, sí se reconocen respectivamente el sello estampado, el frente al que pertenece, cada telegrama recibido en la mirada de cada hermana.

-¿Qué tal, Miranda?– habla con el automatismo de una madre una tarde cualquiera.

-Bien– Miranda se lleva una cucharada de helado de plátano untado en nata a la boca.

-¿Has comprado algo?– las Gucci de sol que brillan, como

diadema.

Pero no oye lo que le explica, transportada por el encuentro anterior. El tiempo, el cómputo del tiempo se amontona a la puerta de su conciencia. Un señor, un revisor. Sonner disfrazado de revisor: ¿qué clase de problema está usted promoviendo señora Eingrenzung? Toc-toc. En su puerta. ¿Por qué mide el tiempo de ese modo, señora Eingrenzung? ¿Es una cuestión de Espacio? Interesante, al cabo, oye:

-¿Dónde has dejado el coche?

-Oh...

-¿Zinea?

-Allí, en el Centro.

-Vaya.

-Paseemos.

Pagan, dejan la terraza y pasean. El sol atroz. Las primeras sombras de la caída, chatas y gruesas, translúcidas sobre el asfalto central de la vía principal. Miranda mira al suelo con serenidad y comenta, señora Omtrek, soldaditos, pony role-play, la luna en el interior de una esfera de cristal y nieve, revistas, una ciudad de libros viejos. Una nación.

Qué preciosa hermana, impactada por los ponies, enamorada

de las piezas de cristal. Zinea asiente, sonríe. Pasean hacia el coche, en su corazón y alma y razón siente, en las aguas del triángulo formado en su interior, rayos luminosos atravesando su superficie ondular, ganando las profundidades limpiamente hasta acariciar el coral.

No hablan rodando de nuevo en el coche. El viento caliente aletea y se lleva de nuevo letras de las canciones. Una pacífica bruma envuelve a las dos, la inflexión anterior al derrame crepuscular.

En casa Mi sube a su habitación.

Zinea queda en el porche. El sol desciende y su foco cubre todo el frente del hogar y la inclinación de los rayos incide sobre ella. El contacto de la mujer en sus yemas. Pasa la tarde leyendo. En su interior, se despliega un lento proceso celeste: los cuerpos celestes de Sonner y la mujer azul, en movimiento, la gravitación desplaza y comba el espacio que por su interior se extiende, equilibrándolo.

Se estiran las sombras.

Cuando Mi baja y asoma desde la puerta principal al porche, Zinea observa que su hermana tiene las mejillas enrojecidas. Va vestida con tejanos y camiseta negra. El viento es caliente.

-Zinea, me llevo el coche, ¿de acuerdo? Voy a un sitio, no volveré tarde.

-¿Dónde vas?

-Es un acto cultural, en el Pinar... En la colina. HOLE.

-HOLE. Me suena... No sé. Perfecto, Mi.

-¿Quicres venir?

-No, gracias. No. Me quedo en casa, lleva el coche tranquila... —sonríe, y leventa el grueso libro que entre las manos sostiene Gravity's Rainbow en letra mayúscula azul y bajo el título, el nombre del autor en letra blanca, la portada un completo cielo solar crepuscular alzándose sobre un sombrío perfil urbano.

Sonríe la hermana.

-Entonces hasta luego, Zinea.

-Dame un beso.

Miranda se acerca a su hermana. Quiere a su hermana... Se inclina, escenifican un abrazo, ella la besa en la mejilla.

-Hasta luego, cariño. Pásalo bien.

-Te contaré mañana.

-Muy bien.

Y así Miranda se va.

Y queda Zinea, meciéndose en el balancín.

13

El cielo nocturno. Tal ha sido el impacto del encuentro, el modo en el que colisionó el cuerpo de la mujer contra su órbita, que ahora Zinea, distraída su vista en la noche ante sí, siente la luna flotando en el estómago.

Espejo.

Ha dejado el libro a un lado. El cielo estrellado se extiende ante sí, puede oír los grillos y las copas entrechocándose. Respira hondo, mucho olor de pinaza. Cierra los ojos. Exhala. Vista aérea: un país. El país de Zinea. En el país de Zinea hay lagos y jardines, hay un castillo, los monos trepan a los árboles y nunca chillan, ondulan parpadeos como el gato de Cheshire, hay pueblos de casas de cal y tejados de amarilla paja brillante, pozos, campos, terrazas y puertos. El cielo son sus ojos. Se ven pequeñas ciudades, allí caminos, y ríos, y tiendas, casinos, bares, árboles, playas y un castillo. En el centro del país. Un castillo. El corazón. Un castillo lúgubre en la larga distancia, de altos arcos ojivales y un altísimo portalón. El foso poblado por una jungla egipcia, los brillos ingleses de los ventanales, la fría piedra gris española, el brillo, las estrellas en noche, el sol en día, acercándose, resplandece. Bellísimo de cerca. Imposible acceder. Altos torreones, emergen formas sinuosas, árabes, vueltas, se intuyen columnas, caídas, jardines, pasadizos, puertas, balcones. El aire es lento, un limpio rumor de hierba. Las nubes limpias y meciéndose lentamente al color de unas braguitas húmedas. Uno observa. Las líneas de ventanas y las galerías colgantes que se ven en las estructuras centrales, las sombras, el mecerse. ¿Qué sucede? ¿qué en el sótano? ¿qué se dicen los murmullos del viento matinal entre sí? ¿qué los gestos? ¿qué la Vida, los murmullos? ¿qué piensan, qué confunden, que generan? ¿qué sexo recrean? Qué sucede en el torreón, qué en el patio, qué en la celdas, qué. Y, ¿qué, qué en la última inmensa planta? Qué. Zinea. Miel y estrellas. Como durmiendo en un absoluto colchón de pluma y paja, limpias sábanas y el aire limpio en las ventanas. Nítida y en silencio. Sabiendo bajo ella la inmensidad de la estructura que habita, todas las habitaciones y salones, galerías y cuerpos, todas las formas, miradas, impactos y vestidos, tantas sonrisas preciosas. Todas las sonrisas preciosas. Una princesa de ciudad y su inmenso país.

Un movimiento astral, en los ojos de ese mundo, había desplazado la orientación del viento. El círculo y el corro del mundo viraba extraña y suavemente, una apertura, marchando avenidas la mañana de una fiesta, cayendo esta noche la cara de la luna mostrando otro de sus múltiples lados asombrados, e ilimitados.

El espectro primaveral envolviendo el cuerpo.

Zinea retrae la piernas, en posición de loto, el mecerse del balancín disminuye su frecuencia. Las estrellas de primera noche. Silencio. Los grillos. Deja caer una pierna, palpando con la planta sobre las tablas del suelo y se impulsa de nuevo. Gruñen nítidamente las cadenas del balancín en el eje al volver el balanceo. La secuencia emocional es similar al movimiento latente de la autopista. Un poste, un árbol, una casa construida en el centro bajo el cielo, un río, un cartel: aquello que pasa. Aquello que se rebasa. Todos pasan y quedan atrás. ¿A quién mantendrás Zinea?

Sonner. El extraño conocido. Delgado y de voz profunda, moreno de pelo y siniestramente romántico de gesto. Arácnido y afilado. ¿Tiene la capacidad de creer? Él debe creer que todo irá por donde vino, no de vuelta, es un ciclo, de la nada a la nada, y por medio la regla normativa indefinible del azar. Ella se ha sentido acunada por las suaves trompetas de un jazz con él, un baile ensoñante, ligeramente combada la línea entre ambos por el peso de la asociación que los vincula. Esa asociación que estira, que ejercita su peso sobre cada lado de la cuerda.

Una hamaca, una de la múltiples siestas del amor.

Empezó a creer que algo surgía, algo sucedía. Los misterios del encuentro, del mero planteamiento. Fresca había sido la propuesta, claramente definida, conocidos sus espacios sombríos, en parte temida, en parte atractiva. Convino en su extrañeza y se vio seducida.

La primera noche asistió encontrándose a sus miedos. Todo el recorrido hasta Cercana y el trayecto por la avenida principal hacia el este. Las luces en los escaparates, los dos cines, la comida, la gente, los helados nocturnos del principio del verano. Qué preciosa forma de movimiento. Todas las piernas, faldas y sandalias, los tejanos masculinos, las camisas y los besos. Los sombreros, las sonrisas, los reflejos. Entren, pasen y vean. La música de la feria. Más tarde el silencio y el quieto sentido de la estrellas. Dejó atrás la avenida, torció por las avenidas vacías, los almacenes, el bar de camión y hotel abierto, la cafetería 24 horas, en la barra la joven blanca, una risa en una mesa, la televisión, dos puntos de Musk en cada muñeca. El silencio.

Aparca.

Nadie. Luces encendidas a múltiples distancias. Un raro alto laberinto de muros y tapias, ventanas lejanas en la noche de junio.

Venía elevándose durante el viaje, pero ahora al cesar el murmullo del motor, la radio, las escenas alrededor, ahora al impactar sus pisadas en la grava, encontrar el silencio de ese barrio, la temperatura de la luna, la elevación llega a la definición.

El morboso deseo de ser engañada.

Llegar a ese hogar y ser atrapada. Abusada. Una treta para un juego, la presa encajonada. Una trampa. Al llegar, el perfil del hombre es otro, es más alto y es más fuerte, es más guapo y más valiente. Más malvado. Sonríe en la puerta y cuando entra, sin beso, la caza. Le da la vuelta, cierra como bridas sus manos y dedos entorno a las muñecas de ella, manos a la espalda, la reduce. Ella apenas reacciona al sobresalto, una cascada de inquietud y un chasquido de excitación inferior, un rayo en la gruta. Agua helada. Descubre que ha sido engañada cuando se encuentra en el centro del área de loft que corresponde al salón, detenida por el hombre y las cuatro personas frente a ella, dos hombres y dos mujeres, en los sofás la observan como a una pieza, como ganado, el vidrioso estertor del relamer. Ésta es, ¿qué opináis? Perfecta, preciosa, buena perra, viciosa. Disfrutará. Seguro. ¿Verdad qué sí? Y aquí él le estira del pelo, baja su cabeza hacia atrás, encontrando la frente de ella, la boca de él, y un beso en la frente, una marca, y a la vez la mano que aun aferraba las muñecas, la libera, y de la cadera la vuelve hacia sí, hacia el cuerpo de él, y percibe ella la vibrante naturaleza, los rayos vibrando bajo el pecho, la durísima erección , gruesa y palpitante contra la parte alta de su coño y la punta en su ombligo. Se besan, después la aparta de si, fijándola con el puño cerrado en su brazo, vuelta de espaldas a los otros en los sofás, y dirigiéndose hacia éstos dice: Y mirad qué culo. Y allá va la primera señal de disciplina, dedos índice y corazón, azotando limpiamente la cumbre de su nalga derecha, pap, un pequeño gemido de ella. Sorpresa. Un relamer. Y ahora él rodea la otra nalga, cogida desde abajo, prieto el culo en los tejanos. Buen culo, muy buen culo. Privada exhibición pública. Ah. Palmea sobre la zona baja del bolsillo. O-h. Zinea gime de nuevo. Bien, vamos. ¿Te gusta, verdad? Ve a cambiarte. Vamos ...

Entró.

Nada de eso sucedió – Él estaba allí y en las condiciones que se suponía debía. Delgado y de voz profunda. Muy cuidadoso y amable. Se dieron dos besos. Le enseñó el loft. Le ofreció bebida y música. Ella dejó que él hiciera su elección. Definieron la situación: el inicio de una pareja, en una relación nítida, en la que no parten de lugares diferentes, no viene Zinea de un divorcio y él tiene actualmente una mujer. No. Ni variantes. Ambos vienen del propio silencio y de sí. De la propia relación con si mismos. Y quizás van a mañanas de tostadas y huevos fritos, café y zumo y tantísimo sol. Bebieron y la música sonaba. Zinea se encontró a mitad de vaso intuyendo que su biología establecería un plan. Fue expandiéndose. Creando una órbita. Un cortejo celeste. Se permitiría ser seducida e intentaría seducir. Ron, calor.

Llegaron los amigos.

Sin erotización. O aún no en ese momento. Se evaporó tal noción. Decidió concentrar sus instintos y estímulos a él.

Aquella primera noche su cabeza recreó ideas a lo largo, como una secuencia diapositiva. Recorrió nuevas figuras de la Humanidad. Se vio recolectando en las cosechas emocionales de los tiempos del colegio, alimentando su ficción con sentimientos reales, arrancados de raíz de aquellos tiempos. Se vio como una mujer enamorándose. Se vio de nuevo temiendo un asalto y un bárbaro juego. Se vio en su forma natural: una mujer en un acto extraño y consciente, compatibilizó los sentimientos de una amada en el inicio libre y limpio del proceso, disfrutó la forma completa de ser humano y vivo. Llegando el final de la noche, encantadores todos, feliz, las primeras copas ya se diluían, la claridad volvía, la definición con ella, todos se iban, los cuatro juntos primero, y Zinea dijo: "También me iré yo ahora, Sonner". Simpáticas despedidas, traeré esa receta, Zinea, te veo en el partido Leo, y después él y ella solos, acaba la representación, ¿qué tal te has sentido? Muy normal, responde Zinea. Muy a gusto. ¿De verdad?, se alegra Sonner. Y sonríe, me alegro, y luego, yo sufría por ti. No, no, todo muy bien. Muchas gracias. Gracias a ti. ¿Te acompaño al coche? Ah, oh, y sobrevuela un pequeño paisaje, dos cañones naturales, arena amarilla y arbustos, y dice: No. Y seguido, un ligero cambio hipertérmico, enrojece un instante, la amabilidad: Pero gracias. De acuerdo, sonríe él. Entonces... en el espacio entre ambos, el silencio natural de las estrellas, entonces, hasta, ¿el viernes? Sí. Muchas gracias, Zinea. Adiós. Adiós. Y bajó. Sus tacones repicando en la escalera de metal.

El siguiente viernes, descubrió que se incorporaba a la situación general un sentimiento, como una nueva variable, un pequeño cloqueo de repetición. De nuevo los mismos amigos, de nuevo la misma posición. El mismo tablero y jugaron a los mismos juegos, sonó la misma música, rieron el corte de las mismas bromas. El tumor de la rutina. Tan rápido. Lo que la primera noche fue una habitación nueva, con sombras misteriosas, parecía hoy una vieja roulotte. Vieja y vista. Tal vez alrededor se amontonaban hogueras subterráneas, ramos escondidos, pedazos de alma en los cajones, pero no, no, no a la vista. ¿Vas a vivir siempre así Zinea?

No. No es lo que deseo.

Lo observó con detenimiento. Era homosexual. Deseaba encubrir su condición y que ellos no creyeran que... ¡Qué estupidez! Nadie haría algo así. No, Zinea. Otra cosa. Tal vez estaba efectivamente dentro de un juego y la sorpresa y la caza vendría más tarde. Tal vez no sexo. Tal vez experimento. Tal vez agujas en el coño y probetas de humor y flujos. En manos de extraños. No. Son millones las corporaciones en el mundo exterior. Fuera es mejor mirar como la bruma sobre el río desde la ventana del hotel. No hay corporación. Qué, entonces.

No le gustaba sentirse aislada del programa.

Empezó a aburrirse. Quería irse. Una tormenta crecía en su interior, livianamente. Fue como si él lo percibiera, estando sentados juntos, bajo el mantel, aferró firmemente su muñeca y puso un talón de su zapato sobre la punta de la bota de Zinea, y siguió hablando, con la otra mano apoyada en la rodilla, gesticulando. Zinea sintió la presión. Su naturaleza, la valoración de ese dolor presente, le resultó difícil de calibrar en aquel escenario alrededor, pero seguro dotado de sentido en otros escenarios. Algunos de esos cruzaron su mente. Sintió el destello de un azote en la vulva.

¿Qué sucedía?

Algo la enganchó. El gesto cambió la percepción sobre la situación general. Él liberó su pie de esa presión y no hubo nuevas reacciones ni encontró Zinea explicación o continuidad a esa incidencia en el lenguaje no verbal del hombre. Se despidieron como la vez anterior. Probaré la receta, Zinea. Te veo mañana Sonner, claro tío, adiós, y dos castos besos en la mejilla de Sonner y de Sonner en las mejillas de Zinea. Una sonrisa de alta majestad lumbró los labios del hombre un instante tras los besos. Adiós, Zinea. Adiós. Sus tacones repicando contra los peldaños de metal. Con esa curiosidad, condujo de vuelta a casa. La bóveda celeste se extendía sobre ella, alumbrándola la clara luna en su camino. Le daba vueltas. Ese gesto. Existía un carácter bajo el aparente. Existía un cráter. Existía un agujero negro en la superficie de Marte. Otra versión de si mismo, bajo si y perfectamente controlada. La semana pasaba. Poniendo en relación ciertos elementos sobre lo que había vivido hasta el momento, pareció ver tablero, poner el país de Zinea bajo ciertos brillos. ¿Podía enamorarse? ¿Podía jugar a enamorarse? Se probó.

Pasó el resto de la semana dejándose ligeramente recorrer por diversas ensoñaciones de amor, fbres, matrimonio, quiebros violentos y lechos de pétalos. Llegó la tercera noche. Tenía muchas ganas de verlo.

Asomó en la puerta.

-Zinea.

-Sonner.

-Hoy no vendrán.

-¿Cómo?

-No vendrán mis amigos. Hoy no es necesario que cenemos ni que te quedes.

-Ah, yo...

-Muchas gracias, Zinea.

-Muy bien.

-Adiós.

-Oh, pero... ¿Quieres que, que hablemos?

-No. Yo no. Gracias.

-Ah.

-De acuerdo entonces.

-De acuerdo, sí. Ah, entonces, adiós.

-Hasta el viernes... ¿Zinea?

-Sí.

-Estupendo. Adiós, guapa. Gracias.

-Adiós.

Sin volverse hacia él, se fue hacia la escalera y bajó. El taconeo repicando como una campana. La habían plantado. Eso telegrafiaba su corazón a la razón, desde la sucia trinchera y bajo un cielo blanco y frío. Qué incómoda situación consigo misma. No te han plantado en absoluto Zinea. Ni siquiera te han plantado en una relación ficticia, ¿por qué las informaciones del frente indican lo contrario? No lo sé, es. Con ella discutía mientras arrancaba el coche y volvía por el barrio industrial, el semáforo, verde, amarillo, rojo, la avenida principal, los escaparates, palomitas, estrellas y risas.

¡Qué situación! Algo como ser vista desnuda por un desconocido. Perfectamente dispuesta, pero confundida. Ahora recuerda la imagen exacta que tuvo de si. De pie en un andén número cinco, el aire frío de la isla sopla en su entorno, hiporreal. Las vías vacías, nadie alrededor. Ella y su maleta descansando sobre el cemento.

Frena con la punta del pie el vaivén del balancín. Se levanta, aire de noche. Los que interpretan la ley son los que la pueden superar. Madre e hijo llegaron de la mano al muro de Adriano, como hombre y mujer, amante y amada, ¿qué puede superar ese muro? Sólo las ideas. Yo también lo creo. Mira, una senda, bajemos por allí. Él le da tanto calor.

Un instante: se sentía plantada, desnuda y confundida. Bajó la escalera, los tacones repicando y salió al exterior del edificio, antigua tejería del siglo anterior. La noche abierta y desplegada por las aristas de este barrio de moles, solares y muros. De la cazadora saca las llaves de su coche, compungida, con-flin-gi-da, un peluche del que mana sangre por los pies, no observa, no ve, se dirige a su coche, y entre las sombras del enorme patio circundante, el aparcamiento nocturno de gravilla y luz de luna, las almenas de sombra que son coches, no ve, no ve la furgoneta azul Merecedes Benz que, en silencio, quieta, la mira con sus faros apagados, el parabrisas como unas gafas de sol, el frontal del radiador, unos labios rectos.

Muy bien, Zinea, lo haces muy bien.

Saltó al coche y arrancó. Con ella discutía mientras arrancaba el coche y volvía por el barrio industrial desierto, almacenes en los que podrían dormir estrellas caídas, recuerdos de tensión eléctrica sentida a través de una vitrina, visitando el parque de autómatas.

Entra en casa y busca la escalera. Está pensando demasiado. El salón encendido a su derecha como un parpadeo, una fiesta de espectros. Sube a la planta de arriba. Va al baño. Se moja la cara con agua. Se mira. Se ve.

Espejo.

Jamás permitirás que nadie te controle. Lo dicen las comisuras de tus ojos, Zinea. Y la forma en la que tu sonrisa se comba al cerrarse los labios. Eres estatua impenetrable. ¿Quién entra realmente en el castillo en el centro de tu corazón? Sólo tú lo sabes. Aquellos que tu quieres. Pero tan grande y propio y bello es tu castillo que quizás aquellos a los que invitas no llegan a ser realmente conscientes de su majestuosidad, siniestra a un tiempo y de preciosas caída soleadas, conscientes de sus dimensiones, de todas las galerías, jardines y regiones. ¿Puede conocerse la temperatura del sol? Zinea.

¿Quién es esa mujer azul?

¿Quién es Sonner?

Se moja la cara de nuevo. Se mira al espejo: y ¿quién eres tú?

Conciencia sobre la totalidad. Se estiran las sombras.

Pasó el resto de la semana entre dos aguas. Había intentado ampliar el enamoramiento. Como una princesita jugando en el sótano del mago. Experimentitos. Entonces él la había dejado sin reacción en el umbral de su puerta. El lunes, por la mañana en Aguas Calientes, en el gimnasio, cara a cara consigo misma en la cinta de correr, se había dado cuenta: había picado. Se había picado. Sentía que podía probar su juego y enamorarse de él con los elementos que tenía. Y podía hacer que él se enamorase de ella. Seguro. No sonrió. Siguió corriendo y mirando de reojo en el reflejo las carreras de sus vecinos en el sector de las cintas de correr. La musculatura delineada bajo las mallas.

Recuperó la emoción. Y así se encontraba ayer por la mañana, parecen milenios, equilibrada en sus deseos, cuando la órbita de la mujer azul la arrastró. Ese movimiento de tantas partículas ahora lo siente como un Enorme amor. Briznas de luz bajo las aguas.

Ayer, tras el encuentro regresó a casa. Miranda había dejado su trabajo en la maqueta. Como hoy, pasó la tarde leyendo. Miranda se le acercó a media tarde: mañana por la mañana,

¿querrías bajar al río? Me vendrían tan bien nociones de la vegetación fluvial. Para mi maqueta. Zinea despegó la vista de las frases. Cuenta con ello. Y Miranda sonrió. Más tarde Zinea se preparó para su cita de viernes noche. La alteración, los nervios, la conjunción, todo el camino hasta Cercana bajo la bóveda celeste, Zinea, entorno al tablero del Monopoly, en esta cita se emborrachó. Mucho. Sonreía temblorosa. Los amigos, tan amables, se fueron, y ella se quitó los zapatos. Soni, hoy no quiero conducir. No puedo. Muy bien, Zinea. Yo dormiré aquí y tu puedes dormir en mi cama. ¡No! saltó Zinea. Ni hablar, y se dejó caer en el sofá. Yo dormiré donde duermas tú... Zinea, perdóname, has bebido y me parece que... ¡No! saltó de nuevo. No, no, es decir, sí, pero quiero decir, dormiré donde duermas tú, eh, que no vas a dormir tú en el sofá y yo aquí. De algún modo es lo que quería decir. Sonner rió. Duerme en mi cama, Zinea. No, no. De veras. Y se estiró en el sofá. Uffff..., aquí estaré bien Sonni. Se cubrió los ojos con el brazo, sonreía. Voy borracha. Ahora vengo. El chico fue a por sábanas y fundas y una almohada. Encontró a Zinea vuelta de lado y con la cabeza bajo un cojín, las piernas cerradas. Zinea, susurró. Qué, dijo ella bajo el cojín. Te preparo el sofá. ¿Seguro que no quieres dormir en mi cama? Zinea se quitó el cojín de la cara. Nooo. Gracias. De un grácil gesto se incorporó, quedó sentada, cogió impulso y se puso en pie, media sonrisa, oscilantemente etílica. Sonner preparó el sofá. Zinea miraba y se sostenía. Ya está, dijo el hombre al fin. Bueno, Zinea, ni falta que diga, estás en tu casa. Buenas noches. Zinea sostuvo la pequeña mirada recta y dura hacia él. Buenas noches. Eres un sol.

Y al apagar la luz, la luna entraba.

Envuelta en azul. En casa de un extraño. El color de la luna como un emblema. Recorrió quietamente el recuerdo preciso de la mujer. De la furgoneta al banco. El movimiento, el andar de esa mujer. Palpó sobre su cinturón y lo desabrochó. Pugnó por bajarse los pantalones, estirada en el sofá y bajo el ligero edredón. Veía brillando en los haces de la luna el serpenteo de las sombras reflejadas del río. Se quitó finalmente los tejanos y los dejó caer al suelo fuera del sofá. Se dejó puesta la camiseta y sólo el pequeño tanguita, estiró un brazo, se relajó. El peso del cuerpo. La luz de la luna sucumbía alrededor. El andar de esa mujer. Lejos de todo.

Basta. Zinea, baja. Se moja la cara de nuevo y sale del baño. Baja la escalera. Va a la cocina. La luz tarda en encenderse, titila y la cocina se ilumina finalmente. La noche observa el interior desde los ventanales.

14

Hmtrdsutrhgfvjh-bkjbgóu-jbkjboujnbjbhlnkjvbjhl,vñkhn-kiiljbnmn-kjbnklhjvb-kjbjb-n en lo alto de la colina se agolpaban las voces ininteligibles de los asistentes, siluetas en movimiento a la luz de la luna, y la noche de junio tan clara y las estrellas tan altas. Una fiesta de verano. Mi ha aparcado en la cuneta, cerca del bosque y ha remontado la colina tranquilamente, sonaban, suenan sus pasos sobre la tierra y la hierba y ahora la rémora de sus pisadas se entremezcla con las voces de las siluetas. El tañido del susurro le parece un cántico ancestral. Hordas alabando a un apabullante dios cósmico y profundo, formando en corro entorno a un altar vacío. Y es que las siluetas, lo ve ahora, están formando realmente en círculo.

Ganado el remonte y toma conciencia plena de la escena. Forman en un desordenado círculo, hablando entre sí, no son más de cincuenta personas. Encuentra sonrisas y brillos de pendientes, de pulseras a la luz de la luna, gestos, miradas cercanas que la recorren.

Son ojos que conoce, gente del pueblo, de aquí y allí, mayores, jóvenes, hombre y mujeres, está allí Teresa y el músico del parque, uno de los agentes del tráfico, con tejanos y jersey, el rapado del Starbucks, el pueblo, gente del pueblo - desvía su mirada en otra dirección, a la de todos. ¿Qué hay en el centro? Nada. Es extraño. El corro de personas rodea un centro imaginario. Total ausencia de luz o sombra y contrastes. Es un punto negro en el centro. Sus límites se establecen en virtud de su entorno. Parece una semiesfera, como si el suelo tuviera una cúpula invisible pero orgánica. Es real, no-tangible y no- imaginaria. Todos forman alrededor.

-Hola, Miranda.

Siente presión en su codo, dos dedos. Se vuelve.

Dos ojos negros la miran directamente. Bajo ellos como una fuente iluminada, una sonrisa.

-Señora Omtrek... ‑se sorprende-. Buenas noches.

-Has venido.

-Bueno. Usted también -. La señora Omtrek suelta su brazo, ella sonríe y mira alrededor-. ¿Qué es esto? ¿Una charla?

-HOLE.

-Sí. Lo sé. ¿Y qué es? ¿Una asociación, un ejercicio, o qué es..?

-Yo, sencillamente encontré el papel. Pensé. Nada qué hacer. ¿Qué será? Iré. Y aquí estoy.

-Yo vi ese papel, señora Omtrek. Estaba en la mesilla en la entrada de su tienda. Me resulta divertido haber sido consciente, de algún modo este recuerdo es un acceso al desplazamiento en el Tiempo. Observadora ajena, consciente de un tramo de un proceso. El suyo. El que la trajo aquí. Yo vi ese papel en la mesilla de la entrada.

-Miranda... ¿Dónde está tu hermana?

La concurrencia se estrecha. El círculo se define. Hay algo que debemos comprender: las relaciones humanas son una ocupación. Los movimientos de una batalla siendo el fin el Conocimiento y el Amor. Y como batalla puede conllevar Destrucción. Un terrible proceso de invernificación, progresivamente la escarcha cubriendo las membranas, las venas, los valles, fogatas, claros y pueblos del corazón. O verano, verano que funciona en un inmenso mecanismo de ramas y pájaros, de polvo y olas, ríos, cascadas, un natural mecanismo, despertando la vida y el mundo interior.

-No lo sé. En casa. Lo pregunta, por qué.

Un oleaje.

-Miranda: deseo que tu hermana Zinea estuviese aquí. Quiero llevármela a ella también.

Sentía las palabras como ecos en bóvedas.

Dejó de mirar a la señora Omtrek y miraba al centro. Esférico, hueco. El tiempo había reducido su ritmo. No comprendía. Cambiaba, ella cedía.

-Señora Omtrek —se oyó decir-. ¿Qué ve usted ahí, señora?

Bajo agua.

-Es un agujero, Miranda... Es una cisterna.

Un oleaje.

-Te llevaré conmigo. Comprenderás.

Comenzó un rumor en ese instante, sordo, no audible. Telúrico. Como sería un corrimiento de tierras congeladas, un despegar, un remover de raíces y arena helada.

-Empieza, Miranda. Es nuestra base humana lo que se mueve.

El tránsito del tiempo se redujo. Lo que hasta ahora era una cúpula imposible, el punto ciego semiesférico, define su forma ahora, una pecera de la tienda, quedando revelada al percibir todos los asistentes la iluminación que desde el interior emerge, como si llegasen miles de candiles desde una negra absoluta profundidad. Una intensa oscuridad que parecía babear, refulgir, y ahora generaba. Esos vínculos, hilos azules, tierra humanidad, que ascienden, su naturaleza: milimétricos hilos zigzagueantes, las venas de un cosmos ancestral, estos rayos...

-¿Es esto lo que intuyo?

-Intuimos lo mismo, intuimos lo mismo.

... unen. Una neblina amarillenta emana lentamente la percepción. Algunas personas entre la concurrencia estallan en risas eufóricas, otros aplauden, otros tiemblan. No hay coordinación, tan solo asistentes. Después fieles. Unidos ahora en esa congregación. ¿Es esta una fuerza tras los hombres, o una fuerza de los hombres, o detrás, sobre y bajo los hombres? Un mecanismo cósmico. El Universo funciona como una maquinaria y los hombres conocen simplemente una infinitesimal pequeña región de muescas de ese reloj, un sentir animista y primitivo del medio. La neblina azulada fluye entre ellos y los envuelve. La neblina, el ser que escapa del otro. Tiene un olor de ron y miel, polen, musgo y orín. Lentamente los envuelve.

-Miranda, nos unimos.

-¿Dónde está mi hermana? Mi hermana nos salvará.

-No. ¿Dónde está?

-Nos salvará.

Miranda siente una punzada interior. La fuerzan. No. Dejadme. La neblina recorre los vasos como astillas y a mayor velocidad que al aire vital. Queda asimilado y diluido al instante - acciona compuertas cerradas en la biología regular, Miranda siente bultos en movimiento bajo sus venas, siente medallones de oro rascando el interior de las paredes de su cuerpo, diamantes en el estómago, cascadas tras los ojos. Nos estamos tejiendo. Sí. Es algo que se han dicho sin mover los labios. Nos están urdiendo. No son palabras. Son ideas sin verbalización. Nos estamos urdiendo en una red. Como los pescadores lanzan redes al agua, seremos una red donde nos lleven. Formamos ya parte de una red superior. Nuevos entrarán. Para qué fin. No lo deseo, dejadme. Sí, Miranda.

Es la mejor elección. Unirnos. Por qué no hablamos con la boca. Inténtelo. No puedo. Hablemos por favor. Otro impulso de oro y un agrio sabor mineral en el cielo de la boca, una corriente gélida ascendiendo desde los pies, sabor metálico en los labios, punciones platino en las yemas de los dedos. Miranda, ¿me oyes? Sí, Dios mío creo creo que veo. Veo más de su pensamiento que del mío nos mezclamos nos movemos donde estoy por favor lléveme a casa señora Omtrek quiero salir lléveme a casa no no esta es la mejor elección mira Teresa Teresa aquí estamos vamos vayamos no puedo mover sí yo sí yo también vamos yo quiero ir al coche no quedate ahora nos moveremos con la mente más tarde nos iremos aguanta es la mejor opción dónde está Zinea Zinea me salvará nos salvará no no lo deseo la deseaba aquí con nosotros ahora estará en nuestra contra ¿entiendes? Déjeme dejadme quiero irme lo sé Miranda pero debes quedarte Miranda ¿me oyes? soy Egon Estoy aquí te veo ¿dónde está Zinea? Mi señora Omtrek quería verla ¿dónde tu coche? en la cuneta cerca del bosque Zinea tenía que venir ¿dónde está? Déjame rapado me voy os dejo adiós Miranda aguanta no quiero Voy a resistir Bajemos señora Omtrek puede salvarse aún No. Ya no. Algunas fguras bajan alguien llora perciben la sal de sus lágrimas juntos en una red que no conoce fronteras corporales ni muros cerebrales un rumor de voces en el interior de todos ellos conciencia de muchos una red bajemos Voy a intentar no pensar no podrás Quiero irme Miranda, detente ¿No te das cuenta? Ya estamos urdidas, ya estás urdida a mí, por eso voy contigo Es horrible No Te amo No tengas miedo Es la mejor elección Qué forma extraña de andar flotamos soy consciente de cada punto y gesto idea y miedo amor terror perversión inteligencia culto pérdida pasión no puedo sufro Tranquila Estás siendo llenada Todo irá bien Zinea ¡No! ¡Olvidala! ¿dónde está? saldremos saldremos Soy yo Miranda aquí allí mírame aquí soy yo soy: Tía Ana desde fuera del cúmulo de voces y la red, como una estrella tras la ventana, desde lejos (se hace el silencio en la cabeza de Miranda y solo oye la voz de Tía Ana: te llevan Miranda Tú lo has permitido Pero somos varios aquí fuera Te quiero mucho Iremos a por ti Miranda Todo irá bien No llores, sé fuerte. Te quiero) Se aleja. No llores, ¿dónde está Zinea? señora Omtrek señora Omtrek por favor Calma, Miranda, todo irá bien Me duele esa luz No Miranda, tranquila Te acaricio Esa luz la cabeza señora Omtrek soy consciente de sus caricias, me está usted acariciando el lomo, calma, juntas, saldremos, salimos salimos todo está bien Miranda quiero que seas consciente de una cosa, muy bien, dígame, te amo, te he elegido para mí, ¿entiendes? Todos ellos, todos estos aquí ocuparán sus puestos, pero entre ellos, tu me asistirás exclusivamente a mí Olvida el resto, esto es lo que siento Un crujir Así será Un crujir de membranas y sangre y mineral en el interior de un cuero Así será sí Señora Muy bien Miranda salgamos salgamos Señora sí salgamos salgamos sí Miranda Vamos al coche Me llevarás a casa... Conocerás mis establos.

15

¿Dónde estás, Zinea? "...una maleta para los dos. ¿Acaso sabe él lo que significa para una mujer nacida bajo el signo de cáncer, una madre, llevar todo su hogar en una maleta? Le quedan unos pocos marcos encima; Franz tiene sus cohetes lunares de juguete. Todo ha terminado, de verdad." Rumor. Una furgoneta azul ronronea al ralentí ante el porche. Tras ella, un inmenso manto de estrellas de verano. Zinea está en el interior, leyendo en el sofá desde que acabó la cena solitaria y ha justo ha mirado la hora digital en el visor del DVD un parpadeo, 00:00, en la tele, a volumen mínimo, la MTV: Robert Smith con camisa verde brillante mejicana, el carmín corrido, en una colorida habitación de Norteamérica, al amanecer, viendo la tele. Las piernas abiertas, en la tele: una noticia, crimen en un motel; una novia de blanco a los pies de su cama. La chica cambia de canal, salta a un espectáculo: Fantástico!, con orquesta mejicana. Entra la banda. Un rumor. De pronto, ha percibido ese rumor. El motor. Ha sentido primero inquietud, pero este ronroneo... Un sonido constante, un arrullo. La espera de un mamífero. Ha dejado el libro sobre la mesita bajo el haz de luz. MTV sigue, apenas percibe. Se levanta, y se acerca a la ventana, descorre la cortina y ahí: la furgoneta azul espacio Mercedes Benz. Zinea observa. Un manto de estrellas brillantes y el silencio quieto de junio alrededor, una silueta en el interior de la cabina, al volante. El motor ronronea. Zinea se aparta de la cortina. Esa mujer la está esperando en su furgoneta. Piensa. Se lleva las manos al abdomen y piensa. Una enorme mansión, pasillos, camas, jardín. ¿Dónde irán? Lejos. ¿Qué quieren la una de la otra? Son espejo. Zinea sale al exterior. La noche clara la envuelve. Un zumbido a su espalda y sobre sí, en la bóvedas, las estrellas emiten vibración, por un instante la capacidad de percibir esa pulsión, el tintineo, un mensaje cósmico en el tintineo: un inmenso mecanismo universal. No tiene miedo. Tiene la suma de todos los sentimientos. Shhh. Ojos, dedos, pelo. La silueta esperando tras el volante. Agujero. Shhh. Ludo, por favor. Un brillo azul. El rostro de Sonner, sonriendo, los ojos brillando, una corona de CELEBRA TU CUMPLEAÑOS EN BURGER KING ladeada sobre su cabeza, riendo, los dientes, miel en su rostro. Le debe aún cuatro noches. Lo conoces, ahora vas a saber quién es. La silueta en el interior de la cabina, percibe Amor emanando de la figura, de la mujer azul, una sonrisa que es onda envolvente. Las palabras fluyen como estrellas fugaces entre las mentes.

¿Y mi hermana? piensa y el pensamiento es eco en las bóvedas celestes. Miranda ha de cumplir su función, Zinea. Es la voz de la mujer. ¿Estará bien? Lo estará. Resistirá. El brillo azul de la mujer. Ha llegado el momento de partir Zinea. La puerta del copiloto se abre. Recuperar lo que es humanamente vuestro. Te presiento, Zinea, libre entre los libres. Zinea siente efervescencia en el bajo-vientre, ron caliente bajo el pecho, amplitud y profundidad bajo los ojos y Espacio en el corazón. Confía en mí, Zinea. Saldrás. Aprenderás un poco más. Conocerás un poco más. Con tus manos harás, existe el perfecto triángulo en ti: eres una preciosa estrella brillante de esta revolución estelar. Alcanza Zinea la puerta abierta de la furgoneta. Mira el interior. La mujer resplandece azul piedra, tan bella, la tracción-atracción: la marea de Zinea retirada, sobre el su fondo y arena son revelado a plena luz celeste los elementos de su ser. La mujer azul sonríe con Amor. Sube Zinea. Debemos partir. Es Luna.

16

No oyen más que el rumor del motor y silencio en el interior. El susurro de rodamiento de los neumáticos. En silencio, avanzando con la vista fija en el pavimento, el morro del vehículo engulle líneas discontinuas. Las estrellas brillan limpiamente sobre el manto de miles de sombras del mundo.

Es un movimiento natural, una caída, una curva, el carril a derecha, el cloqueo del intermitente. Pasan estrellas y siluetas de árboles, ella sobre la línea de la carretera. El viento cálido cuchichea en la ventana. Los chirridos quedan atrás, una pulsión estelar. Sobre el asfalto, bajo los haces de los faros, en letras blancas lee: AUTOPISTA.

El patio del colegio

En el patio del colegio solían correr muchos rumores y asuntos y a nosotros siempre nos pasaban de lado o a veces afectaban a alguno de nosotros. Cuando eso sucedía, siempre solía implicar a una de las chicas de la clase. Chica que de pronto sentía curiosidad por la forma de vida y pensamiento que alguno de nosotros, en aquella microsociedad del patio del colegio, representaba y entonces se acercaba.

Hablaba con todos, se interesaba por uno, volvía, la primavera pasaba, o el otoño, o el invierno, o el siempre apoteósico fin de curso y todos en ambos bandos poníamos en marcha la maquinaria. Qué maravillosa aquella maquinaria sin transmisiones de acero, todo por el aire, en notas: en palabras. Seguro que ellas sentían la misma curiosidad por nosotros que nosotros sentíamos por ellas.

La luz que cambiaba y las sombras de los pinos en el patio, o las primeras hojas, el sol. O la llovizna en los cristales de la clase a finales de noviembre y en casa el cuarto iluminado y con calefacción. Papá y Mamá. La cocina, el salón, las ventanas. El sofá, el televisor. El teléfono. Los comics. Los libros. El ordenador. Tengo todavía impresión en el estómago de los épicos reflejos y retumbos del primer día de curso. "Armaréme en yelmo dorado y Venecia tomaré."

La chica iba y venía, y pasaban las semanas, siempre con algo, corrían notas o juegos o bromas, inquietudes, sonrisas, alegría, nervios. Un gesto antes de entrar al laboratorio de Física, algo en las escaleras y la cola del comedor. Ellas llegaban desde diferentes clanes y estratos del patio. La sociedad cambiante del patio. Tenían aquellos colgantes dorados de cinta de cuero, camisa de rayas azules y blancas y tejanos Levi's ajustados. Jamás volveremos a ver triángulos y culos como aquellos porque ahora jamás miramos tan abajo. Muchas veces iban todas con los mismos zapatos. Algunas tenían pulseras con los colores rasta, el pelo dorado, la sonrisa amplia, interesadas y suaves, y otras de ellas pequeñas pulseras plateadas con el cierre de Tous, una medallita de la Virgen o de El Salvador. Les gustaba Bob Marley, REM, U2. Eh, a nosotros nos gustaba The Cure. ¿Qué escuchas? Y pedían un auricular. SuperPop, Ragazza, Beverly Hills 90210. Nosotros Kerrang!, Popular 1, Historias de la Dragonlance. Siempre olían bien, apetecía cogerlas del jersey.

Finalmente, un día sucedía algo. Era en el patio del mediodía, o en la bajada de salida del colegio, o más tarde en aquellas suaves primeras fiestas. Era un beso. Eso lo alteraba todo. Alteraba el mundo. Las estrellas parecían más altas y los edificios proyectaban sombras más claras y alargadas. El sol brillaba más. Y la lluvia cuando caía caía más. Nos habíamos besado. Pero ahora recuerdo que no siempre eran besos. A veces lo que sucedía quedaba en la antesala del beso. Era un paseo alrededor de la piscina y el jardín de la comunidad, los primeros grillos, o era tocar mano con mano, dedos con dedos, o sencillos gestos como acercar mucho la piel con la piel sin llegar a rozar. El corazón latía mucho, la vida era una megalítica sucesión de días.

¡Cómo nos querían y cómo las queríamos! Fotografía de curso. Todos formando. Se nos ve rectos como palos y frunciendo el ceño o mirando hacia otro lado. Ese instante congela la mirada de ella y la sonrisa de él, el gesto de aquel, los labios de aquella. Jamás pensé que volvería a verte y te encuentro ahora aquí. Cuando aún llevábamos bata, la bata azul hasta octavo, y ya la llevábamos desabrochada o nos faltaba algún botón, los que serían ingenieros tenían ya lápices y gomas en el bolsillo del pecho. Tinta en los puños y un jirón. Con siete años escribí mi primer relato, una sobremesa entre Navidad y Reyes: iba sobre ninjas. Con trece años escribí mi primer poema en primavera. Alma negra. Es fácil imaginar cómo era.

Con el tiempo, nos fuimos cargando de cosas y rosas y rocas desde entonces hasta hoy. Y ahora hemos aprendido a crear plataformas más altas y vivimos más arriba y repetimos lo mismo, en un patio del colegio mucho mayor. Una ciudad. O un mundo entero. Creo que todo sigue como entonces, ahora más arriba y con más vértigo. De algún modo increíble, estamos salvados.

No sé en cuántos diarios debí aparecer, pero sí sé quién apareció en el mío. Sigo sintiendo la misma curiosidad por el mismo tipo de chica de la clase. Estamos hechos para salir volando al cogernos de la mano y, estando en lo más alto, aprender a planear sobre el mundo.

Costa

Un grupo de frailecillos, pequeños y ridículos, formaba en línea sobre las rocas y croaba y chillaba a las negras aguas del canal. La presencia de gaviotas (dos gaviotas, grandes, blancas y negras, de pico naranja y porte sereno y brutal) surcando el cielo gris tenía a los frailecillos ciertamente en vilo y alerta. Si bien las gaviotas no devoran frailecillos, sí los atacan y asesinan para llevarse la comida que éstos guardan en el buche. Así es, amigos. Las batallas son dignas de contemplación. El frailecillo, pequeño y pizpireta, avanza a pequeños saltos sobre las aguas. Abre el pico y arrastra agua salada y pescados. Ha llenado su pequeño buche. En línea sobre las rocas sus amigos frailecillos, la comunidad, observa al pequeño héroe cazador. El frailecillo mira derredor, temeroso, confiado, aclamado y aletea. Toma impulso, se eleva un palmo sobre el agua y emprende con premura su vuelo de vuelta a las rocas. Gesta, piensa. Alimento a los míos... A pequeños saltos o planeando, el héroe frailecillo gana metros y pasos y nudos sobre el agua. Despacio porque sus alas son pequeñas, y sin embargo el conjunto de movimientos transmite mucha gracia y emoción. Una danza. La gaviota ha estado observando. Con sus ojos de monstruo Fénix, planeando en círculo sobre las aguas. El mar es suyo. Los chapoteos de las olas y las rocas, el olor de sal y salitre no existe sin los graznidos de la gaviota. Ese es su reino. Vuela en círculos alrededor. Ahora, en este preciso instante, cae en picado hacia el pequeño frailecillo. Chilla, grazna, silba, como un avión de la Wermacht, en picado contra el frailecillo, cortando el aire, esbozando una sonrisa maligna, y ¡fum! pica duramente en el lomo del frailecillo, pequeñas plumas grises en el aire, la gaviota se frena en el aire (los aviones no pueden) y revolotea en torno al frailecillo ya malherido, que intenta huir, no combatir, pero la gaviota marca el paso, aletea, rebufa, chilla, y penetra, pica ahora salvajemente en el buche del frailecillo, arrebatando así su botín... Sangre azulada y verdosa, gris y roja a borbotones. El frailecillo, ensangrentado, herido de muerte, cae al agua, a peso muerto, las alas torcidas, un espolvorear de plumas alrededor, y allí reposa, flotando, un miserable bulto no mayor que un zapato o un cagarro. Moribundo, los ojos inexpresivos, un manto negro se hace con él, desde su alma aviar, salpica, chapotea, los últimos estertores, abre el pico pero no chilla. Agua, aire, el buche desgarrado. Muere. El frailecillo muere. Una mancha de sangre negra se extiende como petróleo en las aguas frías del canal. Como una balsa. Su cuerpo, carcasa, poco a poco se humedece, con el tiempo se deshace, descompone. Erosión, muerte. Lentamente, se diluye en el agua. La comunidad de frailecillos se ha reproducido, los nietos del héroe chillan ahora en la línea de rocas, los deshechos del héroe se mezclan con las aguas, descienden, con el placton primero y luego más abajo, el héroe, atomizado, perdido, nuclear, hacia el fondo. Allí empapa la arena maloliente, y se entremezcla con las algas, rocas y caracolas del fondo. Se pierde finalmente, traspasa, entre las motas brillantes de sal y las porciones deshechas de piedras y caparazones. Su cielo ha sido el fondo. Como el nuestro. BP o Shell o algún otro lo procesan después, llevado a refinerías, llevado en tanques, llevado, llevado, lejos y alguien, alguien arrancará una mañana su coche con una milésima parte de él, el héroe, el frailecillo, una milésima porción de él, o todo él, su naturaleza diluida en el carburante de su motor... Rrroooom. Alguien, yo. Yo mismo.

Ahora, se pone a llover.

Esta tierra se parece tanto a mí. La costa sur es casi tan necia y grotesca como el resto del país. Bajé del coche y luego me bajé la bragueta y me puse a mear. El viento tibio agitaba mi piel y el pelo de la cabeza y el chorro de orín, que divagaba y hacía dibujos libres en la roca cementada. Una línea de frailecillos formaba sobre las rocas. No había nadie alrededor. Nadie, excepto yo y mi Vauxhall y el cadáver del francés en el maletero de mi Vauxhall. Me sentía azorado. Entrar por la ruta del ferry, en ferry, es revivir, evocar, la sensación que Claudio debió tener al atisbar las blancas costas del sur y el mar negro embravecido golpeando la playa...

¿Dónde estoy yendo, exactamente? ¡Qué horror! El cielo gris de la Mancha capotándose sobre el mundo... Había brillado el sol lechoso de julio entre franjas de nubes mientras yo me acerqué a la costa. Mi Vauxhall en el depósito del barco, y yo paseando por cubierta. El mar húmedo y brillante, blanco plata, golpeaba contra el casco: una acompasada orquesta de fríos y negros chapoteos veraniegos.. El aire huele a intensamente a mar, millones de toneladas de mar. Dirijo mi mirada y dirección, la vista, al noroeste. Aparecerá por ahí. La línea de la costa, un primer perfil, entre la bruma calina. Se depura poco a poco la silueta y la figura. Los muros blancos del sur. Aquella tierra maligna, de rompientes blancos como una cicatriz de cal y alabastro embrutecido, de llovizna y sol como un mítico centro de merluza en el cielo plateado, acabaría por dar escritores, guerras y alcohol. Una trinidad particular. Aquel grupo de motas negras en la costa, el puerto de Dover. Una sirena, silbido marítimo de chimenea. El sonido rasga el aire y veo revoloteando gruyas grises en círculo sobre nosotros. Fin del trayecto. Estamos a muy pocas millas de la costa. Se perfilan las formas oscuras de Dover. En cubierta se inicia una parsimonia neblinosa, bruma de costa, de sonrisas, chapurreos, risas, helados, cartones de tabaco. Los niños apuran sus refrescos y se lanzan helados, los mayores, viejos de aspecto ajado, gloria venida a menos, joyas oxidadas que fueron estridentes y perfumes ancianos. Bocadillos y centelleos. Descendemos ordenadamente por largas rampas y escaleras extensibles, hacia el muelle. El mar chapotea, una sensación de puerto y fábrica lo envuelve todo, chimeneas, camiones, edificios blancos y la montaña siena sombría. El sol, ahora, amarillo limón. Y gruyas y gaviotas. Fue una tierra violentamente cortejada por los franceses. Recojo el ticket para retirar mi automóvil. Yo llevaba a un francés. Muerto. Gracias, aquí tiene. A tierras inglesas, así iban las cosas por entonces. Me subo al coche, lado derecho, y arranco. El asfalto inglés. Bajé la ventanilla y dejé el aire entrar mientras aceleraba por la carretera de la costa. Olor salitre y mar tibio, verano inglés. El sol brillaba intenso amarillo y petróleo, de cara a mí, saliendo del puerto, buscando la salida hacia Brighton. Un ramal de carreteras inglesas. La mirada de los guardacostas, siguiéndome la espalda mientras me alejaba: una mirada esculpida, curtida, trasladada y perfilada en generaciones de contundentes bebedores, frías mañanas neblinosas, tejados que se elevan en la llovizna, los auténticos retales que forman la Corona... El aire, el asfalto de la Corona. Desde Dover, Kent, rodando un español al volante, un francés fiambre en el maletero, atado, corrupto y vergonzante, rodando, rodando, vía Brighton, East Sussex, en un coche alemán, un Opel nada menos, bajo su registro de comercialización para el Reino Unido: Vauxhall. Vauxhall y yo. Hacia Bath, Somerset. Vaya, pensé. La quintaesencia del europeísmo. Allí estaba, yo, presencia. Me sentí de pronto imbuido en una espectral sensación, planeando sobre los pequeños retales de campos y carreteras, coches mierdosos avanzando entre tierras cenagosas a las afueras de cualquier aeropuerto, los sonidos precisos, fríos, de avisos en cualquiera de esos aeropuertos, los parloteos, las manchas de grasa... Nuestro continente estrecho, gris y violento. Siempre bailando a su ritmo quebradizo y atroz. Cinco horas de coche por delante y divagando. El aire corta mis pensamientos, acelero, no me gusta conducir en este carril, voy a chocar frontalmente. No, no. Niños ingleses en la parte trasera de un Honda, me hacen gestos obscenos. Generaciones enteras creciendo entre los patios traseros y las vías herrumbrosas del tren, enseñándose el pito entre los arbustos. Las arañas tatuadas en el brazo y el pecho de papá. Los dejo atrás en la rotonda de Eastern Docks, cuando tomo para salir, emerger, mi bala plateada, a la A20. Campos feos, casas. Postes de telégrafo.

Las gaviotas tienen alas puntiagudas y firmes, y franjas de plumas cuyas terminaciones son rígidas. Semejante condición les permite, les otorga, una gran capacidad de maniobra de modo que controlan con precisión su vuelo, en unos aires y corrientes, los de costa, que están posiblemente entre los espacios más difíciles, agitados por las más cambiantes corrientes. La gente, la gran mayoría de gente, tiene a esas aves en alta y franca consideración -buenos y simpáticos bichos voladores- pues las asocian a los quietos paseos junto al mar, los helados, la playa, los barcos que parten y desaparecen como puntos en el mar. Sus chillidos sólo evocan puerto y quietud marítima. A veces cagan, chillan, no tiene más. Mentira. La gaviota es un ave asesina y carroñera. Un animal terrible. Roba alimento a los más pequeños, a los frailecillos, a los avocaranes, roba a sus semejantes más débiles. Parecemos simpáticos y no somos más que meros carroñeros. ¿Lo era el muerto que llevo? Debería considerarlo como un objeto, desprenderme. No soy mejor que una gaviota. Y quizás tampoco el muerto. Y ninguno. Cada uno sirviendo a lo suyo, y quizás codo con codo, ignorándonos, no necesitándonos, cualquier noche de agosto, ambos urdiendo ante nuestros respectivos, en la terraza. En el fondo, no somos muy distintos. Yo llevo a un semejante, sólo nos separa una diferencia: él ha muerto. Él ahora está muerto. Yo aún no, todo llegará. En un muro en North Whitley, Hollywood, California (no Hollywood, Bowdon) alguien escribió: No te preocupes mucho por la Vida, no vas a salir vivo de ella. Fantástico. Estúpido. Todo es lo mismo. A éste no lo maté yo. Yo no mato. No he matado nunca a nadie. Sólo animales y por diversión. Estuve a punto de matar a un peluquero, en Alemania, en una ocasión. Pero al final no pasó nada y él corrió pasillo abajo, sus pisadas contra la vieja madera del viejo hotel, yo gritaba, el alemán huía y las gruesas ninfas del empapelado se sonreían coquetas ante tamaña escena de violencia masculina. Yo hago desaparecer muertos. Un enterrador de miras anchas. Parcela al máximo las responsabilidades y no habrá jamás un único centro sobre el que cargar la culpa. Divide en células autónomas una red y será más operativa que con un único centro de decisión. Nuestra agencia seguía ese patrón. Como Al-Qaeda. Dicen que Al-Qaeda significa La Base, ¿no es un nombre atractivo? ¿Qué clase de base? Una base intelectual o sencillamente una base de operaciones. Me encanta. La luz, cálida y limpia, atlántica, costa, descendía como una pátina perfecta y absoluta y discurría suave entre los altos edificios, las casas y los parques. La ciudad despertaba a una nueva gloriosa mañana de septiembre. Martes. Jóvenes grupos de estudiantes apuraban sus cafés, repasaban los diarios, camareras, funcionarios, conductores, sacudiéndose las últimas migas, aromas de sirope y cigarrillos, confundiéndose todos en las calles entre sus semejantes, la marea humana, la sangre misma de la ciudad. Una rara mota negra apareció de pronto en el cielo. Un coco negro, un avión. ¿Dónde iba? ¿Qué era? Lo supimos. Lo vimos por televisión.

El pasado es un espectro ineludible. A259. Carretera de la costa. A mi izquierda, que es el sur, las aguas trascienden, traspasan, del estrecho de la Mancha al Canal Inglés. Perdimos en Trafalgar y en mi patria aún dicen que fue culpa de la mala mar. ¿Qué otra cosa hacer? Naces pobre, mueres pobre. Culpa a otro y lárgate. Yo intento siempre ser amable. Divago, coño, divago. La costa es una franja gruesa de retales y campos, casas, caminos, como una alfombra, la carretera me lleva al interior, en paralelo y siguiendo la línea del mar. El mar se aleja, no. Yo me alejo. Atrás dejo el túnel de Roundhill, un mamotreto, una trepanación en la piedra marrón. Folkstone. No sé, más, más postes, más campos, más casa, sigo. La línea de la costa. Una mitad de mí aquí, la otra en los reflejos pútridos del agua. Debo abstraerme. Soy humano, necesito amarres. Llevo un cuerpo muerto en una bolsa por la línea de la costa. ¿Y si aún estuviera vivo? Dios. Dios mío. Sería horrible, pobre carnívoro. Ahí metido, en la bolsa de cuero, la cremallera cerrada, candada, ¿por qué candada?, para que ni yo pueda abrirlo. Sí, eso será. Ellos sólo quieren que yo transporte, de un punto a otro, siguiendo la ruta indicada, con precisión, sí, precisión europea, de un punto a otro. Percibo el brillo sobrenatural del mar a una distancia imposible. Lo siento respirar, las olas entrechocando. Las olas tienen un movimiento circular, rotan sobre si mismas, ¿lo sabías? Lo aprendí en un libro de ciencia de la escuela. Intentaría salir. Se vería ahogado, malherido, confuso. Pretendería primero tomar conciencia. ¿Dónde estoy? Vinieron a por mi, yo subía a mi coche, todo iba bien. Dolor. Algo pasó. ¿Dónde estoy? Le llevaría algún tiempo tomar aire y gritar, o quizás gritase de inmediato. Sea como sea, gritar sería una mala decisión. Al gritar tomará conciencia de: 1) la alarmante escasez de aire, 2) su propio pánico reverberando en su tímpano y cerebro y 3) lo reducido del espacio en el que se encuentra por lo sordo que suena su chillido. El movimiento. Asociaría. Películas y películas. Estoy en un maletero... Joder, dios mío. ¿Por qué? Buena pregunta. Tiene un ser vivo a menos de un metro y medio, yo. Yo mismo. Conduciendo. A259. Carretera de la costa. Él en el maletero, yo al volante. Así es la vida. Hoy tú, mañana yo. Eso me lo enseñaron bien. Un ser vivo a menos de metro y medio y aunque, por remota combinación de factores, alineación de planetas, carambola improbable de circunstancias, el ser vivo decidiera detener el coche, caminar a la parte trasera, abrir el maletero, reventar un candado que –supone- encierra a un cadáver, (¿por qué debería hacerlo, romper el candado, desatender las directrices de la organización, para ver un muerto?) estableciendo así contacto humano entre los dos vivos, no podría el ser vivo conductor responder apenas a ninguna de las preguntas del ser vivo fiambre. No podría. No las sabe. No lo sé. No sé por qué está muerto. No sé por qué lo llevo dónde lo llevo. Simplemente recojo un coche en un lugar (Calais, un Vauxhall aparcado en la acera de la derecha, al norte desde la Cafetería Magginot, -¿la línea? qué ridículo espantoso- siguiendo la callejuela del muelle y el mar, casas a la izquierda, explanada de cemento y mar al otro) y lo debo conducir hasta otro lugar (Bray, República de Irlanda, a un punto determinado en mi dossier). Dejar el Vauxhall normalmente aparcado a primera hora de la mañana, tras deshacerme del fardo, en el aparcamiento del supermercado Tesco, en la zona sur de Bray. Alojarme en Bray. Esperar instrucciones. Ellos me encontrarán y me entregarán el siguiente mensaje. Quizás vuelva a casa. Quizás otro transporte de muertos. Nunca más de dos seguidos. Quizás hacia Escocia, donde los árboles están ladeados todo el año por el fuerte viento del invierno. Creo que todo en esta vida funciona por compensación y equilibrio, y también como en un ciclo, el ciclo de Kreps o cómo sea. No recuerdo. Superdepredadores, depredadores, predadores, presas. Todos importan, todos se necesitan para seguir viviendo, desempeñando exactamente la funciones propias del preciso eslabón que representan. Espero, en todo caso, que esté muerto y que lo matasen bien. ¡Hastings! ¡Coño! La Batalla... Arcos. Yelmos. Lanzas. Espectros. El tapiz. El puto mar. Este olor por todas partes.

Hay otros pájaros de costa. Las garzas. Pequeñas y de pico afilado. Matan, comen insectos. Picotean muertos. Chillan. Defecan. Recibí el dossier en PDF en mi cuenta de correo electrónico. Utilicé la tarjeta de crédito de la agencia para el billete —especificado hora, tiempo de vuelo y destino- a Calais. Un vuelo a Charles de Gaulle, un tren a Calais. Recogí el coche. Lo otro se conoce. Claudio, el asfalto inglés. Atrás queda Hastings. Después Brighton, que apesta a nubes y sal. Después A36. Woolverton, primero; Limpley Stoke y Cleverton después. Entonces, Bath, Somerset. Siempre me gustó Bath. La ciudad recibe su nombre de los espléndidos, majestuosos baños romanos que conservan. Pero no son sólo los baños. Es el espíritu. La grandeza de Roma embarcando aun en la luz, el aire, el color, surcando la ciudad entera, y se esparce en derredor, a las copas de los árboles y a las aristas arenosas de los monumentos. Recoge al viajero en sus dedos lumínicos y lo lleva. Lo lleva, por aromas fantasmales de fruta y flores, vino y sonidos de caligae en el adoquinado. Es una presencia espectral. Se imponen, imprimen otras presencias sobre éstas. Más fantasmas. Una Inglaterra evolucionada, ácida y pudiente. Siglo XVII. Descubrieron su herencia romana. La desenterraron y adaptaron. Se convirtió en un popular destino de peregrinación termal. En los rincones donde no brilla el sol, los callejones sombríos, su lúgubre distancia y estrechos muros, ofrecen el frío contrapunto a las esculturas que en las plazas dormitan al meloso sol. Bath se deshace en tres tiempos. A escombros invisibles, cae. Adiós, Bath. Toco la bocina estúpidamente: ¡mook-mook! Hasta siempre. De Bath a Chester. Por el interior. Marrón, frío y verde cenagoso. Al oeste Gales, la Lis. Al Este, Inglaterra, la Cruz de San Jorge. Y de Chester a Dublin. Otro decrépito ferry. El cielo más gris, más vuelto, más regurgitado. El aire más sano. La gente más pobre. Viajo. Veo nuestra Europa, pero nunca puedo detenerme y visitar. Soy un viajero, un transportista de cosas. Un negocio, una pequeña hormiga en la línea. Llevando cuerpos de aquí para allá. Un europeo más. Las carreteras son obviamente nuestras venas. Los ferries, jugos gástricos. El mar, el agua, sangre.

Dublín. Patios traseros, techos viejos, depósitos, edificios regios y vías de tren. Amplias avenidas y húmedas callejuelas. Tejados, ventanucos, adoquines, sombreros. Un pequeño niño cantor en la avenida principal, como un antiguo deshollinador. Señoras que llevan ramos en una mañana lluviosa de verano, apretando las ramas contra los pechos, flores coloridas. Helados, comida rápida.

Fotografías, voces, risas, música en las tiendas. Salgo hacia el sur. Rodeo Dublín, olor de lluvia en el aire. Me alejo. Playas a mi izquierda, al este. Amplias playas vacías de arena blanca, caliza, cubierta en tres dedos de agua marina. Dos siluetas paseando en el sombrío atardecer, el sol oculto tras la enmarañada sierra, tapiz de bosque y hierba. La vista se abre después. Pequeños puertos, muelles y barcos amarrados mecidos en el vaivén cauteloso de ese océano cercado. Campos. Bray. Ha llovido durante la noche y la lluvia ha esparcido la basura y humedecido el ambiente. Envoltorios de helados y bolsas de patatas fritas se amarran a los arbustos a cada lado en las aceras como el amanecer de un carnaval ebrio, errático. En el paseo de la costa se preparan para el inicio de las fiestas de verano. Habrá una noria y escenarios de tablas donde se celebrarán hilarantes y descomunales concursos de embriaguez. Eso será de noche. Ahora, a media mañana, los hombres se afanan en sus tareas de construcción. Lonas por aquí, barrotes por allá, gritos, risas. El rumor lejano del mar. Madres adolescentes pasean y husmean sonrientes alrededor, empujando cochecitos con niños que, acunados plácidamente, duermen al estilo de un buen ensayo dieciochesco. Sus cunas tiene el ácido hedor de la leche agria y la mierda de bebé. Un hotel en la primera línea. El jardín delantero bien cuidado y los arbustos que florecen, bayas rojizas, aspecto católico. Posiblemente, una antigua residencia de verano de algún dublinés. El propio Joyce. La primigenia familia Wilde, quién sabe. Un grupo palaciego, casas soñadas, extrañas torres en punta, ventanales de otro siglo, colores rojos vivos, se apiñan al final del paseo, enconadas, esparcidas contra la montaña de costa. Remontando esa vía al final de paseo, uno puede iniciar la ascensión a esa verde colina bautizada en nombre gaélico y abundantemente poblada de ramilletes venenosos, polen amarillo, hierba fresca, verde, rocío, y continuar el paseo de varias millas hasta el pueblo siguiente, Graystones, seis millas al sur. Y seguir y salir del condado, hacia Wicklow. En un tramo de este camino, se puede ver el curso, desde un risco elevado, de las vías del tren. Su trayectoria. Es una isla, no llevan muy lejos. Esa sensación parece en ocasiones atrancar la atmósfera aquí. Lanzo una piedra al vacío y la trayectoria es perfecta, pero la piedra no va al mar sino a la vía vacía. Un chirrido lejano en el momento del impacto. Estoy hospedado en un hotel del centro. ¿Qué centro? Este pueblo no tiene centro reconocible. Hay varios centros. El pueblo se extiende como una gran parcela rectangular constituido su interior a partir de pequeños núcleos de formas irregulares. Apenas hay calles paralelas en Bray. El paseo de la costa y el tramo por el que es cercenado el pueblo por la carretera comarcal lo delimitan este-oeste. Entorno a esas dos líneas principales, se establece el orden, los límites y anchura del pueblo. Bray se extiende a lo largo, volcado a la costa por el este y a los campos y montañas al oeste. Uno puede sentarse en cualquier parte y escribir una postal, compartir con añoranza un té, imaginar que lo hace, un té espeso, con una ensoñación espectral, romántica, ardiente o perdida. Eso puede hacerse en Bray. Otro centro, el centro sur, se constituye en torno a una plaza triangular, isósceles. En su ángulo distinto, se levanta una escultura. Orientada al norte. Posiblemente un rebelde, un preso, un proscrito. Esa plaza, queda presidida por un gran edificio antiguo. Es el lugar en el que cualquier centroeuropeo esperaría encontrar un ayuntamiento o una biblioteca. Aquí tienen un restaurante McDonald's, en el Town Hall. Es de proporciones desmesuradas, no encaja. Ocupa las dos plantas del edificio. Un viejo edificio de tejados ladeados y grandes ventanales. Altos techos. Sala abovedada. La planta superior está constituida a modo terraza balaustrada. Desayuno allí y observo altos ventanales y el espacio que la luz detecta y delinea, los techos señoriales y administrativos, las vigas reglamentarias, los arquitrabes, los espacios elevados. Suavemente, al rato, como un amanecer, veo sin dificultad emerger, ante mí, espectrales lámparas de araña, escritorios en la planta superior, tras los barrotes, máquinas de escribir o tinteros, plumas, hombres con levita y largos bigotes que me observan, desvaídos, pertenecen a otro tiempo, no sonríen, se lamentan. Nos miran. Nuestro pasado nos mira. El pastoso murmurar adolescente se vuelve lentamente lejanos tecleos, bocas como máquinas de escribir, dicción adecuada y precisa, murmullos de oficina y gestión de tierras, ocupantes ingleses. Fue un banco. Viva el Estado Libre de Irlanda. Fue la sede del Banco Central para el Suroeste de la Isla, durante un par o más de décadas vagas y remotas, ya perdidas e irreconocibles alrededor. Me deshice del fardo en tiempo y hora, según agenda. On schedule. Hay fábricas en Bray. Varias. En el norte. Producen complementos subsidiarios para otras fábricas en lugares remotos. Artículos de plástico. Vive mucha gente en Bray y hacen muchas cosas. Apuestan y abren puestos de comida y estudios de tatuajes, restaurantes, souvenirs, zapaterías, cines, ropa, carnicerías, tiendas de dulces donde también venden fruta. Tienen un dulce paseo de suelo de madera, un antiguo callejón portuario, con terrazas y helados de copa de cristal. Nata. Crema. Sirope. Me deshice del bulto y estoy anclado, atascado en este pueblo esperando instrucciones. Algo sucedió. He comprado un par de libros e invierto tiempo en paseos. Ayer noche. No quiero mezclarme con estas gentes (algo sucedió) no quiero entrar a sus pubs (ayer noche) apostar a sus caballos, comer sus pescados, bajar a sus fiestas en el paseo. Algo. Si lo hiciera, desearía quedarme aquí. Sucedió. Vivir. Como ellos. Algo sucedió. Me hubiera gustado, no puedo. Las cosas en mi cabeza toman, se modifican a tamaños inadecuados. Tengo que esperar y atender. Algo sucedió. Llovizna tibia. Ayer noche. Llovizna tibia. Algo sucedió. Ahora estoy aquí, esperar y atender. Rrooooom.

Llovizna tibia. Fuera y en los ventanales. Luz eléctrica en el interior, madera. Ceno en el pub del hotel, estofado con salsa de cebolla y cerveza. Las voces forman círculos alrededor. No pienso nada, en nada, trincho, sorbo, miro, sin ver. No he abierto el maletero. Las llaves de los coches siempre se recogen de la misma manera. Todo está en el dossier. Un número de reserva para una noche, en un hotel de la ciudad donde debe ser recogido del fardo. La organización tiene personas en muchos sitios. Las llaves siempre están en el cajón de la mesilla de noche, la del lado izquierdo, según se sitúa uno mirando frontalmente al colchón. Siempre al fondo del cajón. Las cogí. ¿Cuántos más cómo yo habrá? ¿Me habré cruzado en la calzada con alguno? Dios mío. Jamás lo pensé, ¿por qué? ¿Deshumaniza y embrutece trabajar? Tal vez. Tal vez no. Me levanto hacia la barra, otra pinta por favor. Algunos trabajos, sólo algunos. Empieza a ser mi voz y forma círculos alrededor. Pago. Bebo. Recuerdo a mamá. Después a ti. Dejo la pinta vacía en la barra. Salgo al exterior. Marquesina. Olor de mar y llovizna. Grupos de adolescentes y jóvenes pasean, bebidos, segundo deporte nacional. Dos de ellos se gritan junto a una valla, junto a la valla que cerca la casa en la que quizás veraneó James Joyce. Una chica corre y gira la esquina del parque, por la cafetería de la avenida interior. Durante el día sirven café y bollos. Tiene muros pálidos, color amarillo y azúcar quemado. Llovizna. Recorro. El Vauxhall en el aparcamiento marítimo, junto al restaurante. Subí por Kilarney Road, la avenida que cercena Bray, Bré, en paralelo con el río al oeste y la hermosa M11. Bajé así dirección sur, más allá de Kilbride Grove y el bingo de la Iglesia Católica, hacia los bosques. La noche era fría, lloviznaba.

Navidades en julio, todo está indicado y especificado en mi dossier. Debo desviarme tras la tercera curva al interior del bosque que discurre a ambos lados. Tras esa tercera, un camino se abre a la izquierda. Aminoro y lo tomo. Cinco minutos hacia el interior, las ramas se tuercen, huelen a lluvia, encuentro la pequeña estación eléctrica, un cubo de hormigón con una gruesa antena. Ahí, aparco el coche. Así hice. Descendí del Vauxhall y lo rodeé hacia la parte de atrás. El fardo. Introduje la llave en la cerradura del maletero. Accioné. La puerta ¿Y si aún estuviera vivo? Notará en su desmayo, exhausto, loco, que alguien lo eleva y lo coge. Pataleará. Estaría cargando el último estertor de un ser humano, preso y perdido. Me vi escenificado en mi cabeza: extraigo el bulto, lo cargo al hombro, peso muerto, y comienzo a caminar según lo indicado. Ese es mi trabajo. Dos pasos y el cuerpo se mueve. Se agita de pronto. Una vez, después más. Y más, como un aberrante gusano de látex. Sigo caminando y lo coloco en la intrincada raíz indicada. Un sauce gigante. Dejo el fardo apoyado contra las raíces, aún se mueve. Me voy... Yo no era esa persona. Podía hacerlo, pero al mismo tiempo no podía soportarlo. La cerradura liberó la puerta, la impulsé. Allí estaba el bulto, inmóvil. Quizás había muerto por el camino. Pobre persona. Todo es equilibrio y compensación, me digo. Siempre lo hago. ¿Por qué? ¿Todo es realmente equilibrio y compensación? ¿Merecía él éste fnal? ¿Merece alguien el fnal que tienen? ¿Las vidas que llevan? ¿Debemos creer que debemos merecer todo, algo o nada? Es más importante combatir esa idea, la idea de la compensación pues es evidente que no opera. O. Quizás. Opere en una intrincada red de causas y efectos corregidos que es, por su complejidad, sencillamente insondable para nuestra capacidad actual de razonamiento. Quizás ese sea el debate real. Quitar la paja. Eso hay que hacer. El rumor de la costa me abrazaba. Olía el mar y la lluvia entre las húmedas sombras del bosque. Iba a abrir la cremallera. Forzar el candado. Lo sabía. Aquella idea había estado agazapada, mucho tiempo, entre las claro-oscuras áreas verdes campo del cerebro. Cogí un destornillador de la caja de emergencia del Vauxhall e intenté forzar el candado. El rumor de la costa aumentaba. Tras un forcejeo y golpes, lo logré. El candado cayó abierto y roto en mis manos. Tenía que abrir la bolsa. Era un homenaje secreto y bondadoso a las víctimas de cierto mal terrible que nos acechaba a todos, a ellos los muertos, y a nosotros y a mí. Verle la cara, contravenir la norma, contravenirlo todo... Opté. Dos dedos, aferré la cremallera y la bajé. Primero oscuridad. Oscuridad guardada en una bolsa, yo sobre ella, rodeados bolsa, coche y yo de oscuridad. Una rara claridad marítima alumbró cautelosamente la escena, poco a poco. La más cerrada oscuridad, la del interior de la bolsa, fue disipándose parcamente. De ella emergía una silueta. Una sombra, como un sucio fondo de costa. Me acerqué sobre el cuerpo, a fragmentos un destello de la hebilla del cinturón, los botones del pecho, el colgante al cuello, miré el rostr... Me quedé quieto. Delante de mí, bajo mis ojos. En la bolsa.

Era yo. El cadáver en la bolsa era yo. Hielo y miedo. La vista se nubló. Me aparté de un salto. Yo, coño. Mi puta cara, mis rasgos, mis manos, mi cuerpo, yo. Con la misma camisa y el mismo colgante, la misma cara, corte de pelo, yo... Yo. ¿Desde cuándo tenía ese aspecto? Siempre el mismo. ¿Cuándo? ¿Desde cuándo trabajaba en eso? Dios mío. ¿Tan absorto había estado? Una noche leía un correo electrónico de la organización, nueva misión, y me ponía en marcha, sí. ¿Y antes? ¿Y entre misiones y correos? ¡No lo puedo decir! Y, cojones, ¿qué cojones hacía yo ahora en aquella bolsa? ¿A quién preguntar? No había un solo teléfono ni lugar en el mundo al que acudir y del que poder volver o colgar con una respuesta. La organización, la agencia. Sólo ella comunicaba. Y era inaccesible. Ella accedía a ti, tú no a ella. No podía más que seguir con la agenda. Subí la cremallera, me cerré en la bolsa y me cargué a mi espalda. Me llevé según lo indicado y me dejé entre las raíces convenidas. Me alejé de mí. Esperar y atender. Creo que tengo una respuesta..., pero no la puedo contrastar. Esperar y atender, es todo lo que me queda ahora. Me he acercado a la costa esta mañana, playa de piedras. Una nueva generación de frailecillos croaba y chillaba, en línea, formando sobre las rocas. Las gaviotas que miraban. ¿Estoy muerto? Dios mío... ¿A quién puedo preguntar?

Rrrrrroooom...

Ahora, se pone a llover.

Balada atroz

Cuando todo acabó, levantó la vista y miró alrededor. El humo se disipaba. A través emergían las ruinas. El aire olía a metano, acetona y muerte.

Albert Holstein había sido un hombre feliz.

-Dónde iremos.. ─murmuró y fue una pregunta.

No era capaz de mecanizar una respuesta, siquiera lindar un concepto. El cuerpo de Helena colgaba cabeza abajo entre las ramas del almendro, insertado en ellas. Tenía la ropa hecha jirones y los restos de su pelo quemado caían en mechones desordenados. Parecía un pobre espantapájaros dislocado que hubiera sido embestido por terrible un tifón. Un pájaro negro y gordo picoteaba en su pie.

-Dónde iremos ahora... ─repitió.

Había sido un hombre feliz, ahora los helicópteros sobrevolaban sobre su cabeza y alrededor. Se cerró un torniquete y se sentó sobre una caja.

-Uh...

Helena enseñaba el coño. Vuelta cabeza abajo, insertada en las ramas, su falda caía sobre los pechos y parte del rostro. Los brazos colgaban extraños y rotos, faltaba una mano. En algún lugar quedaban los jirones de sus bragas. El coño era un terrible triángulo negro y brillante que manaba sangre. El pájaro graznó de pronto y batió un aleteo, reubicándose en el tobillo del cadáver, pic.pic.pic y continuó aguijando la carne. Los muslos y el estómago de la mujer estaban cubiertos, untados de sangre espesa que brillaba en la luz plateada de la tarde. Como una mortaja, el resto desgarrado de la falda cubría parcialmente lo que había sido la cara de la mujer. Había perdido parte del cerebro: a los pies del árbol, en un charco gris. No estaba lejos.

Podía recogerlo y volverlo a poner en su lugar... Podía, sí, recogerlo y ponerlo en... Un quebranto. En ese pensamiento Albert Holstein, Holstein, rompió a llorar.

Es una exigencia de la ley natural: aquello que da la vida, aire, clima, ángel, dios, un día se va. Otra exigencia: todos perdemos a nuestra madre, y la mitad perdemos al cónyuge. El llanto y el daño formaban ondas concéntricas en el interior, difuso, de Holstein, círculos, ondas aceradas en su perímetro exterior que raspaban contra la carne. Con el rostro hundido entre las manos y las percepciones sumidas en su llanto, lejano, su llanto sonaba lejano, el fluir de las mucosas, la inflamación ocular, el dolor, las contracciones del estómago, los círculos concéntricos en el interior variaron su movimiento y comenzaron a rotar. En espiral. Como un taladro. La inercia centrífuga modificó los perímetros exteriores. Si antes habían presionado contra la carne, ahora en el movimiento se deformaban sus líneas a púas, y las púas se hicieron dientes. Ruedas dentadas. Que engranaron en la carne. Que la desgarraron. Y el desgarro hizo a Holstein bramar.

Se puso en pie.

-¡Aaaaaaaaaaaahhh!

La camisa abrochada y la cabeza hacia el cielo, gritaba y no era ningún un mito, era una persona que lloraba y el llanto alojado en sus párpados difractaba la luz y la imagen entera mientras rugía. El cielo vibraba sobre el mundo y en él vibraban diversos conatos de luz, luces amarillas y móviles, formando manchas, o agrupadas, claros puntos de luz en movimiento. Helicópteros en la bruma irreal nuclear de aquel mediodía y haces de focos desde tierra, estrellas de un mediodía del fin de una guerra. Operaciones militares en busca de vida, repercutiendo en muerte. Abrió los ojos y se secó las lágrimas, el aire apestaba, las contracciones se hicieron con su tráquea y pulmones, tenía que calmar la marea. Se arrodilló. Enterró las manos en la arena húmeda, gruñendo. Había que descolgar a la mujer y enterrarla. Sí. Eso había que hacer.

Respiró hondo de nuevo y expulsó el aire por la nariz, como un relincho salvaje, abriendo los labios y las fosas nasales, enseñando los dientes y al mismo tiempo cerrando los ojos, evitando así una nueva caída de llanto, lluvia, horror.

-Por favor... –imploró, pero a nadie se imploraba.

Se puso en pie.

-Dios.

Se dirigió hacia el árbol.

Helena yacía contra el suelo. Se inclinó en cuclillas sobre ella y la volteó. El rostro había perdido las líneas humanas habituales, masticado primero y regurgitado después. La coronilla y parte de la frente estaban quebradas, como piezas hechas de cerámica, como añicos, una muñeca de porcelana. Le faltaba un ojo. Otra exigencia: aquello que amamos puede sernos arrebatado en cualquier momento.

Sin dejar de mirarla, el hombre se quitó la camisa. Su piel gris y grasienta, Holstein fue por primera vez consciente del turbador silencio, ejecutor, ejecutado, que pesaba gravemente alrededor. Levantó el cuerpo y cabeza de la mujer como si de una niña dormida se tratase y la amortajó. El miedo más certero es el miedo central, y en el corazón del miedo: la muerte. Podría ser así.

Ayudado por un tablón y con las manos, Albert Holstein cava en silencio la tumba de su esposa. Anochece lentamente. Es primavera. Vuelan pájaros sin graznar, sobre las columna de humo y las ruinas, únicamente un temeroso batir de alas.

El hueco mortuorio había sido excavado. La luna subía pacífica sobre las ruinas. Brillaban pequeños incendios y hogueras por la sombra de la ciudad. Se oían alaridos lejanos y sonidos pesados desde el puerto.

Fue un gesto feroz. Holstein puso el tablón contra una roca y de un patada certera lo quebró. Extrajo dos gruesas tablillas y las unió en cruz. La sostuvo ante sí. Cuánto silencio. No chirriaban ni los grillos. Tan sólo alaridos lejanos. Un reptil informe, sordo, ciego y grasiento, se arrastraba desde el fondo de su alma, ascendiendo a la garganta.

Clavó la cruz sobre el montículo.

Eso era un fin.

Primero es un murmullo, un roer, un rumor: mirando alrededor, se expande un principio. Agotamiento. Pulso. Honestidad. Egregia. Un nuevo principio.

Destellan las primeras luces eléctricas desde la negrura bajo la luna que es ahora la ciudad. Son focos, flashes, linternas. Van en grupos. Una batida. Es una batida por calles y casas.

Desde donde está, en la colina, Holstein observa los alocados movimientos de las luces por la ciudad, oye lejanamente bramidos... Hombres rugientes, chillidos alarmados. Un tumulto cavernoso, profundo como el arrullo de un dragón.

Qué otra cosa puede hacer que guarecerse. No tiene hambre, ni miedo, ni fuerzas. No tiene nada salvo humanidad.

Desde luego, no debe bajar aún a la ciudad.

Se acerca a lo que (cosas que no pueden concebirse ni pensarse) esta mañana fue su hogar, ahora un amasijo de cemento quebrado, como un pastel de hojaldre, entre cuyas aristas asoman despojos carbonizados de muebles y objetos. Ojalá se hubieran disuelto y hecho arcilla por completo. El respaldo del sofá aún es reconocible y ¿son esos los cuadros de la habitación de arriba? Lo son. Y allí una bandeja, cajones, ropa chamuscada, cojines, una tetera... Una imagen lo asalta: Helena en pijama asiendo esa tetera, una mañana, el sol fuerte en la ventana y sonriendo de pie ante la alacena. Una nueva exigencia: se abirán al dolor aquellos que quedan, y los recuerdos pueden herir de forma real y como filos.

Qué poco sentido, qué impostura, máscara elegante, el sistema, la política, la voz. Somos animales, con cara y manos. Arrambla con un abrigo deshilado y ennegrecido y continua la inspección de la ruina. No quiere nada. Coge un cuchillo entre las runas y abandona el lugar.

Eligieron aquel barrio en la colina, donde las casas tenían grandes jardines y altas tapias de bonitos colores, hiedras y enredaderas, cada vecino distaba en centenares de metros entre sí y por las noches, la única línea de vida entre casas eran las larguísimas secuencias de fanales encendidos ante la oscuridad del bosque, y el eventual sonido de algún motor.

El asfalto estaba cuarteado y entre las grietas emanaba un vapor grisáceo. Por el centro de la calzada, Holstein avanzó unos metros y se detuvo. Miró alrededor. Podía adentrarse en el bosque y por la loma. Animales, frío, hojarasca. Un medio desconocido.

Decidió mantenerse en la carretera y siguió, las farolas apagadas, en la penumbra, colina arriba, más arriba, rodeando la sierra. La visión apocalíptica de la ciudad aumentaba en extensión a sus pies.

Sabía que al final del camino había un hotel, en el mirador, pero, paso a paso, subiendo en silencio por la pista, no recuerda ni sabe.

Rebasa lentamente camino arriba las enormes casas, pesadas a su lado, como palacios, silenciosos, preciosos, vigilantes. Son residencias cercadas por altas vallas y muros empedrados. La hiedra corretea y las rosas. Allí se alzan torreones, por allí remontan escaleras, se ven galerías, balcones, aleros, ventanales. Mientras avanza, colina arriba, es observado por vistas de largas pistas de entrada, leves pendientes de acceso, pinos, tibia iluminación eléctrica, palmeras... Hermosos vigías inútiles en lo alto de la loma.

Al final de la carretera, en el mirador, siempre hubo un pequeño hotel. Coqueto, de los tiempos del fox-trot.

Hotel Condal.

El cartel está apagado y el fleco de la marquesina aletea en el viento nocturno. Es un edificio rectangular de dos alturas sobre el mirador y dos plantas hacia abajo. El edificio fue levantado en la punta del mirador, y está insertado en la piedra de la loma. Cuatro plantas, no más de veinte habitaciones. Pasará la noche en el vestíbulo.

Se aproxima lentamente y actúa con cautela sorteando las sillas y las mesas con sombrillas plegadas. También las lonas de las sombrillas aletean.

Flpflplfplfpflpflp.

Se acercó con cuidado en dirección a la puerta principal. Observó que un cristal faltaba por completo en el cuadrante inferior de uno de los ventanales y se aproximó. Escrutó el interior del vestíbulo en penumbra.

Si alguien hubiera estado dentro, hubiera visto ahora perfectamente definida la silueta negra de Albert Holstein oteando el interior, bañado el mundo a su espalda en la clara y fría noche primaveral.

Las estrellas tintinaban.

Primero una mano, después una pierna, un brazo, finalmente la cabeza y luego el resto del cuerpo. Estaba dentro. Un pesado silencio lo envolvía. Percibía el abandono del edificio, el tibio ambiente de polvo y el ligero hedor de humedad, y nidos. Olor de nidos. El hotel parecía haber permanecido intacto desde que los propietarios lo dejaron, posiblemente en la primera fase de la guerra, al tiempo que se abandonaron los majestuosos edificios vigía de esta zona.

En sombras, bañado por la luna primaveral, el salón revelaba una distinción y elegancia de otros tiempos. Casi podía percibirse el rastro de las señoras emperifolladas batiendo palmas, los señores de negocios, el fino servicio. Ahora espectros todos. Como una boca, un portalón junto a la barra- mostrador se abría a lo que fue el salón de baile. Una amplia sala, vacía, con una tarima iluminada por la luna y el suelo de madera. No quiso entrar ahí, se acercó a la hilera de ventanas del mirador. La ciudad se extendía desde la montaña hasta el mar. La luz eléctrica seguía cortada por toda la ciudad y sólo veía destellos de luces autónomas, parecía que la batida había acabado. Ahora la mayoría de focos y luces se concentraban en tres amplios espacios. Tres plazas: Urquinaona, Catalunya y Macià. Las luces en estas plazas se movían. Linternas, confundidas en la clara pátina de luz formada por los haces de los focos estáticos. Debían estar organizando a los detenidos en columnas o grupos. Como glóbulos, por las calles, se movían aisladamente otro tipo de luces. Faros de camiones y focos móviles. Desalojaban a la población.

Antes o después llegarían hasta allí. Si lo encontraban y estaba de suerte, lo matarían al instante. Si no la tenía, lo acabarían por conducir a algún sórdido centro de detención y, con toda probabilidad, sus últimos días en el mundo los pasaría en un infierno abominable de dolor imposible, revertida su humanidad a una horrenda masa sanguinolenta de aire, tendones y vísceras. ¿De qué servían las elecciones? Rió de pronto ante ese chiste absurdo.

Se dejó caer en el largo sofá polvoriento ante el mirador y acurrucado como un niño observó sin más: la vista desde arriba. La noche entristecía sobre el mundo. Agotado. Cayó dormido por extenuación al cabo de un rato. Su sueño fue un sueño pesado y sin imágenes. Había un conducto cementado en su interior, una jaula de piedra, aquella profunda pesadez rugosa que impedía el fluir, le era ejercida en cada movimiento y pensamiento. Sufría.

Despertó al romper el alba, sobresaltado de pronto por el chillido de una sirena. Se habían habituado los ciudadanos a esas alarmas durante la guerra y la resistencia. Ésta que sonaba esta mañana tenía otro tono, más grave y más punzante, más sostenida. Se incorporó repentinamente en el sofá, helado, y miró al exterior. Amanecía. Columnatas de humo gris se elevaban por toda la ciudad, apenas quedaba rastro de las luces autónomas de los focos, pero en el mar...

Doscientos buques.

Al menos, doscientos buques. Moscas al amanecer. La cobertura metalizada de los barcos brillaba con tristeza al aire matinal. Dispersos, pero en formación sobre las aguas, siniestro enjambre, los buques organizaban un ordenado desembarco. Los primeros cuerpos y divisiones se veían formando en la lejanía sobre los muelles industriales. Tenían brillantes máquinas y oscuros tanques.

-¿Qué pretenden?

La pregunta se disipa en el aire vacío del vestíbulo. No es necesario que los crujidos y el mecer de las ramas en el exterior conformen una respuesta. Asimilar a la población. Convocar un nuevo orden.

De pronto, Holstein siente su tristeza expandirse, crecer de forma circular en su interior, como un anillo, y aumenta en su estómago y trepa, se alza hacia su garganta y cuando está en la garganta su tristeza ya no es y ahora es ira:

-¡¡Aaaaaaaaaaaaaaaaaa!!

Sus padres murieron juntos en el séptimo mes de la guerra, dos años atrás. Ellos vivían su retiro en la sierra fronteriza. Muchos matrimonios de su edad se retiraron al cálido sur fronterizo por aquellos años. Vivían en grandes urbanizaciones, una vida confortable y amable.

Colapsada por las tropas de infantería movilizadas al frente y los automóviles de los civiles que a toda prisa abandonaban la región, la red de carreteras parecía un gran hormiguero arrancado de cuajo tras una excavación. Cuando los nervios refieren a la propia supervivencia, se tornan desesperación, y desesperación cundía aquella soleada mañana en el atasco. Chillidos, bocinas y frenazos... Se vio primero una formación triangular de ocho cazas surcando el cielo. Primero los aviones, en silencio, puntos negros en el cielo, y a continuación un ensordecedor estruendo los siguió, como la amenaza de una terrible tormenta. Los cazas viraron en el este, corrigieron y volvieron sobre la ruta que habían traído. Fue un fogonazo. Nada más. Sin sonido. Una fundición, un deshacer, desmembramiento, sublimación. Una bomba vertida sobre la primera línea de defensa del país, lanzada sobre la población que se exiliaba y el ejército que se preparaba presto para el combate.

Muchísima luz.

Fueron barridos.

Una vasta extensión de hierros y amasijos fundidos humeaba en la luz ennegrecida. Biología y mecánica reducida e hilvanada en un mapa informe de la destrucción total.

Un jeep.

Era el rugido de un jeep. O varios. Estaban ascendiendo hacia el hotel. No había respiro. Seguían la batida hacia las zonas alejadas. Nadie podía salir libre. Holstein miró rápidamente alrededor y observó las escaleras que bajaban hacia, supuso, habitaciones, salón cafetería. Se lanzó a toda prisa peldaños abajo. Corriendo, sonaban sus pasos y respiración cómodamente atorados por la superficie de moqueta. Cruzó un elegante vestíbulo con recepción, abandonado, todavía postales gratuitas y mapas en los expositores, y siguió escaleras abajo. Oyó entonces un chirrido de frenazo de varios automóviles y una lejanísima voz dando instrucciones: ga-weg! ga-weg! ga-weg! ga-weg! ga-weg! ga-weg! ¡Vamos, vamos vamos, vamos!

Llegó al comedor y cafetería, ambiente lívido en la luz matinal. Corrió entre las mesas preparadas y los jarrones con flores de plástico y se decantó hacia una salida lateral a la terraza, la salida de servicio desde las puertas batientes de la cocina. Descorrió la puerta y salió al exterior. Sintió el sol primaveral sobre su piel. Calculó posibilidades y optó por la siguiente: sobresaltar la barandilla y descolgarse a la ladera. Dos plantas más arriba los soldados, una decena calculaba, se repartían por la planta principal y posiciones en el exterior.

Se dejó caer sobre la tierra y los arbustos. Ileso. Se agachó y rápidamente, un miliciano, buscó el bosquecillo, cortando sobre la tierra y la inclinación de la ladera. En seguida estuvo a la sombra del cerrado bosque de pinos que por la loma se extendía. Qué preciosa había sido desde allí la vista sobre la ciudad y aquel adorable clima de primavera. Maulló una sirena desde alguna posición lejana. Adentrándose en el bosque, Holstein sentía sobre sí un creciente instinto animal, azuzado por el palpitar del miedo, el hambre y el cansancio. Sobrevivir. Los supervivientes deberán unirse y combatir. Tenía que bajar a la ciudad y comenzar la tarea. Como fuese posible.

A primera hora de la tarde, el hombre estaba agazapado tras unos troncos de palmera y observaba un puesto de dos casetas de seguridad que con una valla cerraba el acceso a un barrio residencial. La carretera corría ante el puesto. Sólo suenan sus voces. Cinco soldados. Dos hombres mantienen la posición relajadamente, aún con la vista atenta y la postura en alerta; los otros tres charlan, fumando un pitillo.

Según las tropas desembarcaban, cada división, cada individuo, acudía a las coordenadas establecidas en sus instrucciones y ejecutaba las órdenes entregadas. Una máquina humana.

Parecía, la ciudad haber caído casi en frme en aquel atardecer. Apenas se habría plantado combate. Un ataque arrollador desde el aire y una ocupación por tierra, y en esta ciudad, ayudados por sus escuadras de marina desde el mar. Debieron caer por miles.

En el centro se mueven camiones, se levantan vallas, organizan centros de identificación, retención, detención, campos de abastecimiento y reparto. ¿Está la ciudad por completo controlada? Tres millones de personas no pueden ser mascaradas, reducidas y controladas en tres noches y días de ataques. No es humano. Tiene que buscar un modo de entrar a la ciudad.

Vuelve atrás a los bosques y continua el rodeo de la ciudad. Llegando el atardecer encuentra un lugar que le parece seguro. El seto discurre cerrando la zona de piscina. Es un edificio de cuatro plantas y toldos blancos, sus muros están llenos de pequeños cráteres de metralla y tiznados los balcones y toldos por ceniza y humo. No había nadie en la calle ni sonidos no naturales. La puerta en la verja de acceso a la piscina está abierta y bailotea en la brisa gris de la tarde. Las flores de las adelfas brillan de un modo pacífico y muy bello en los matices de esta apocalíptica luz. Asegura con la vista los alrededores. No hay, sencillamente no hay señales de vida. Sólo viento suave y silencio. Toma aire y se lanza a una rápida y sigilosa carrera hacia la verja. Desmonta la loma y salta a la carretera, la cruza corriendo y atraviesa el pequeño parterre de césped, ahora con runa y restos quemados, este aire huele a pólvora, y llega a la portezuela y con cuidado entra a la piscina. Ve las mesas desparramadas y allí, los cadáveres de dos niñas y una mujer flotando en el agua, blancos y henchidos.

Con cautela, se dirige hacia la puerta del portal de entrada al edificio, que está abierta y recubierta de una sustancia negruzca y viscosa. La abre por completo de una corta patada y encuentra un portal de clase media, dos sofás, lámpara y dos cuadros, cuya correcta disposición hace pensar que apenas se encontró resistencia en el desalojo del inmueble. ¿Qué es este horror? Y este silencio lapidario corrosivo... Atroz.

Con la vida en juego, en sus manos como un muy frágil adorno, Holstein comenzó el lento ascenso por la escalera vecinal. Las puertas en las plantas estaban abiertas, se veían escenas de desorden en cocinas y recibidores, fruteros volcados, neveras abiertas, papeles por el suelo. Poco más. Posiblemente aquellos vecinos abandonaron el edificio con los primeros bombardeos y ojalá, ojalá estuvieran ahora a buen recaudo y lejos de la ciudad. En el tercer piso, entró en uno de los apartamentos. El suministro eléctrico estaba cortado, pero por lo demás, todo parecía normal. El piso había sido abandonado, la puerta abierta, pero no había sido forzado. La luz crepuscular entraba lánguidamente por los ventanales del salón. Revisó la casa con mucha lentitud y cuidado. Finalmente, cuando se sintió seguro, Holstein se abalanzó sobre la nevera y los armarios. Engulló galletas y peritas de San Juan, queso, salchichas crudas, bebió agua y cola y zumo de limón y más agua y más cola y más limón. Comió cinco lonchas de jamón ahumado y pan irlandés con semillas y margarina. Chocolate, un yogur. Al fin, revivió. Se aproximó a la ventana del salón.

Anochecía.

La situación era la siguiente: la ciudad estaba efectivamente bajo control enemigo y los coches patrullaban las calles sin tráfico. Desde la ventana de ese tercer piso, primero oyó, y después vio, avanzando por la desierta carretera, un grupo de cautivos, siendo movilizados. Los conducían en bloque, como ganado y azuzados. Veía los relámpagos azulados de los instrumentos sobre los prisioneros. Terribles chispazos. Cerró los puños. Se puso en cuclillas para no ser visto, retirándose al centro del salón.

A medianoche Albert Holstein avanzaba con sigilo por un callejón, ciudad abajo. Recordaba de sus años juveniles un bar en esa misma calle, y un parque y una rampa donde se reunían los amigos a charlar, donde, no podía ser sino cierto, había besado por primera vez a Helena una noche mil años atrás. Otra exigencia: jamás sientas que algo es tuyo por derecho, pues aún siéndolo, otros vendrán que lo arrebatarán.

La noche es clara y sigilosa.

Avanza de coche en coche, ocultándose detrás de cada parachoques y buscando con cuidado el siguiente escondite. El hueco de un portal, un arbusto, una marquesina de autobús, una montaña de escombro. El barrio de San Gervasio ha sido profundamente dañado y así el Ensanche Izquierdo y los túneles de ronda, las autopistas en el interior de la ciudad, ahora lenguas quebradas entre cuyos pedazos asoman hierros y raíles.

Volaron los metros y ferrocarriles desde dentro.

Es una pequeña figura cruzando desolada sobre la amplia avenida vacía. Los plátanos se mecen en la brisa nocturna. Se escabulle desmontando unas escaleras y baja por la alameda. Tiene la determinación de acercarse hasta el mar. Revisar el estado presente de la ciudad. Encontrar supervivientes. Si no los encuentra, tendrá que ver dónde los retienen. Intentar liberarlos. Pensar. Pensar. Necesita datos. Personas. Sitios. Es insoportable esta soledad. Girando por un callejón, lo primero que vio, la combustión de un pitillo, después otro, dos, se movían. Pensó que eran linternas, mirilla láser. Estaba perdido. Había caído. Pero eran pitillos, vio en un instante el movimiento y su visión trazó las dos siluetas, en mitad del callejón, en el centro de la calzada, dos soldados. Charlaban.

De un movimiento rápido, casi animal, Holstein se lanza al suelo y escora hacia dos coches aparcados. Maldición. Debe volver atrás, a toda costa evitar ser atrapado. Escondido entre los dos coches, oye las voces de los soldados charlando, como un graznido. Noche abierta de primavera. Respira hondo y realiza la maniobra de retracción, rápido como una sombra, una enorme rata moviéndose ágil esquina atrás. Son tres segundos de peso infinito y vibrante. No percibiendo haber sido detectado, Holstein se siente triunfal. Ha logrado un pequeño triunfo. Muy pequeño, pero también hubo un instante milenario en este mundo el que el primer cincel cayó contra la caliza, el primer pequeño impacto y chasquido magullando la piedra por primera vez para el tallado del primer bloque del palacio. Un alfa.

Debe ser el sabor del triunfo, algún tipo de endorfina segregada, dota a los hombres de herramientas hábiles, proactivas, creativas, una maquinaria. Una sentencia: victorias concatenan victorias. Holstein tiene una ocurrencia. Esos dos soldados. Se encuentran charlando, en su triunfo bárbaro, engordados y sumidos, embadurnada su alma en la sustancia grasosa posterior a la gula, seguro que despistados. Seguro que cerca de ellos tienen algún tipo de puesto de control. Una mesa, una silla, una radio para informar. Quizás armas.

¿Es una locura?

No. No lo es. Es una elección. Rodea la posición de los soldados, raudo, evitando hacer ruido, y se sitúa desde otro flanco, alejándose de la dirección a la que se dirigían los soldados. Prácticamente en cuclillas, gira la esquina. A mita de calle: un jeep. Tienen un jeep. De campaña, sin capota, descubierto. No ve a los soldados por ningún lado. ¿Hacen ronda? Puede ser. Es muy posible. El coche está aparcado transversalmente, cruzado en la calle. Bloquearía el tráfico si hubiese. La luna brilla pálida y muy melancólica sobre las cenizas. El hombre se acerca corriendo al vehículo., procurando no hacer ruido. Lo ve poco antes de llegar definitivamente al coche. Es un rifle. Lo tienen apoyado contra la portezuela, por el interior. Se trata de un rifle de precisión, de larga distancia. Es evidente que en un meollo de callejuelas como ese no es un arma útil para tareas de ronda, pero ¿tan superiores se sienten? ¿Tan brutal ha sido la derrota que uno puede dejar un rifle olvidado en un coche abierto en un territorio recién ocupado? ¿Es que a caso han logrado ejecutar bajo su signo el fin el mundo? Holstein coge el fusil. Cierra el puño entorno y lo alza hacia sí. Es un fusil como una azada que hubiese sido fundida y convertida en espada. Sobre el asiento, los dos soldados han dejado un zurrón de munición, dos cajas completas de munición. Lo coge rápidamente y se aleja de vuelta a la esquina. Fusil y munición. Esta vez siente corrientes picantes en el cuerpo y el estómago, oleadas de ira, miedo y pasión.

Se aleja con cuidado de esta posición, buscando una salida de rodeo, tomando nota mental del puesto en el que los soldados se encontraban, e intentando calcular qué reacción tendrán cuando descubran que les falta ese arma. Mientras se aleja, entiende que sólo hay dos reacciones posibles: una) lanzarán una alarma y estado de alerta por toda la ciudad, una batida para un hombre, este ejército es sin duda capaz de realizar semejante acción, o dos) en perspectiva humana, ese par de sujetos han cometido un error gravísimo y fatal que, siendo como son miembros del más brutal y bárbaramente sancionador ejército conocido, bien podría costarles la vida o la libertad; sería por ello plausible que: a) oculten el incidente y busquen una maniobra de evasión del hecho o b) decidan recuperar el arma por si mismos. Haciendo eso abandonarían su posición. Holstein cree que, esencialmente, soldados que actúan, que han sido instruidos, en semejante crueldad y ensañamiento, desarrollan una naturaleza temerosa y cobarde. Por los castigos, por el proceso, por la instrucción. Anulas la voluntad y el sentir individual de un ser humano, lo reduces a máquina, a perro, sumas las máquinas + los perros y formas un ejército mecánico de perros. Los ejércitos de su infancia estaban formados por hombres y camaradas, por soldados valientes y amigos, que tendrían miedo, que se ayudarían, que morirían por lo más bello que un hombre puede morir: la vida y seguridad de sus protegidos y semejantes. Eso no funciona en este enemigo. El enemigo no ha instruido a su ejército para defender a nadie. Confía en un zumo, una perla: sencillamente, esos soldados intentarán ocultar el hecho. O tal vez den la alarma. Brota un intenso deseo de dolor, que mueran despellejados colgando de algún gancho, ellos y todos los demás. Otra sentencia: la venganza es la hermana monstruosa de la esperanza. Carga una bala, puntiaguda y brillante, en el cargador. Rodeando con cautela los barrios, continua el descenso por la ciudad, cubriendo la distancia hacia el puerto. Ha decidido acercarse al mar. A los muelles, observar los contingentes enemigos, y buscar sus centros de detención.

Ahora tiene un fusil.

Son los rayos de alba más blancos y fríos que ha sentido jamás. En estos rayos llegan también vaharadas del mar, incluso oye el rumor calmado del oleaje al amanecer. Está apostado al resguardo de un descomunal contenedor industrial oxidado. Ha logrado ascender una colina desde la cual tiene una perfecta visión de una zona de los muelles. Se estira sobre la tierra y repta hacia el borde del contenedor, y amplía el campo de visión. Calza en su hombro la culata del fusil y orienta. Emplea la mirilla como prismático. Por la zona marchan pocos hombres, relevos de guardia. La mayoría de soldados en ese destacamento deben estar a punto de diana, durmiendo, supone, en los barcos amarrados. Un movimiento no marcial capta su atención, su instinto. Dirige hacia el foco del movimiento su mirilla. La escena acontece en el extremo sur del muelle. Al abrigo de lo que fue un centro administrativo de carga y descarga, dos marineros y un soldado apuñalaban a un niña en el muelle. Los marinos la tenían, una niñita rubia, cogida de los brazos y suspendida medio metro sobre el suelo. La sangre manaba de su garganta como un vómito, mala niña, mala niña, y las rodillas parecían melocotones. Tenía la cabeza caída sobre el hombro, el cuello fracturado, los ojos de vidrio. Estaba muerta. El marino continuaba acuchillando por pura diversión y locura y bramaba.

La habían matado. Qué más le habían hecho. Holstein apartó la vista de la mirilla y, de un lento movimiento, por un momento, clavó la cara en tierra, sobre la arena y lloró. Poco tiempo, pero lloró el alma.

El sol empieza su ascenso desde el horizonte y el mar. Hay movimiento en los muelles. Oye los pasos y bramidos castrenses. Se asoma de nuevo.

Forman como escolares o reclusos en un patio. Los altos rangos chillan y braman a los subalternos. Holstein ve a un sargento clavando un violento rodillazo al estómago de un soldado. El soldado se dobla sobre si mismo, el sargento le golpea en el cuello. El soldado cae. El sargento le pone un pie sobre la cabeza.

Con la otra pierna asesta varias patadas a sus costillas. Se gira en dirección a un asistente. Le ordena algo. El asistente se acerca y recoge al soldado, lo esposa y lo conduce hacia uno de los buques amarrados. El soldado se desplaza con dificultad. No es más que una mañana soleada de primavera y las tropas se preparan para marchar las ruinas de un mundo aniquilado. Eso es lo único que sucede en el universo. Los filos destellan al aire gris. Verdugos. Electrodos, mazas, cámaras bajo cero. Comienza el despliegue.

Holstein aguanta la posición. Oculto tras el contenedor de nuevo y observa entre las grietas en la herrumbre. El aire huele a mar y eso es vida. Con el sol de mediodía abandona el muelle el último batallón. Han desfilado ordenadamente y sin incidentes. Muy numerosas son las tropas. Ha visto salir de la rampa de un navío varios grupos de jeeps armados y tanquetas, como las cucarachas y larvas manando de la boca de un cadáver. Han desfilado miles de soldados. Divisiones con perros y palos.

En la improvisada plaza de armas que es ahora esa franja del muelle, quedan hombres de retén. Forman distendidamente. Y de nuevo esa actitud de supremacía.

Un marino arrastra, conduciendo a lo largo de la pista de embarque, el cadáver de esa niñita rubia. Irreconocible por las magulladuras, convertida en una especie de inmenso capullo azulado, atados sus tobillos por una cuerda al parachoques, el marino conduce el jeep como borracho, ido, perdido. Holstein reniega. Su mirilla como un ojo sobre los soldados. Tres que observan el espectáculo del marino ebrio. Ve claramente los rasgos. Rectos, serios, los ojos negros. Sin alma o sin vida. Sonrisas vacías. No parecen humanos: parte de un organismo múltiple.

Treinta metros y desde una posición elevada.

La brisa calima mediterránea entra ahora a media altura y se hace con la atmósfera, deshecha entre los rayos del sol y los brillos plata del mar. Siente el sol sobre la piel. Treinta metros y una posición elevada. La tienda es grande, toda clase de dulces por elegir. Todos por comer.

Tres soldados. Los observa en esa métrica y elige. El del centro tiene la cabeza más cuadrada y menos cuello. Es más ancho. Merece lo mismo que el resto... Un silbido inaudible.

De un disparo limpio y certero, Albert Holstein mata al primer enemigo.

El cielo vuelto

...y lo que ella dijo fue algo como "al igual que tú, yo tampoco entiendo nada" y el caso es que todo había saltado por los aires describiendo extraños arcos por los cielos como fuegos de artificio y luces de ciudades vistas desde la autopista, temblando y vibrando, y al caer después, nada había caído en el mismo lugar y ahora todo alrededor era un desorden terrible de televisores y palmeras vueltas del revés y coches y sombrillas y personas caídas por aquí y por allí y la luna flotaba como un meteorito despistado y estúpido en el océano delante de nuestra casa y la veíamos desde el balcón y refulgía tanto que no podíamos dormir bien al principio ni después. Teníamos un nuevo jardín trasero que creo había saltado desde el antiguo jardín botánico, pero las placas que identificaban las plantas estaban desparramadas y no se entendía nada y allí había un televisor y solíamos bajar allí y ver lo que en la tele nos decían, y aunque nunca dijeron gran cosa, hicimos nuevos amigos entre los nuevos vecinos y uno de ellos aseguraba que él había sido poeta antes y ahora era ingeniero y no podía parar de diseñar puentes, como si también su cabeza o su alma o la mezcla que realmente opera en las personas, hubiera saltado por los aires también y hubiera caído en otro lugar y en el suyo, el alma de un ingeniero. Ella decía "entonces habrá espíritus sin cuerpo o habrán caído espíritus dentro de las cafeteras y las cosas" y no parecía una idea loca dentro de aquel extraño gran desorden. Lo cierto es que el desorden no estaba tan mal y como nosotros no éramos nada especial antes de aquello, resultó que tampoco habíamos cambiado tanto después, sobre todo si lo mirábamos y medíamos en los ojos de nuestro nuevo amigo y nuevo vecino ingeniero. Decían que sobre la capital había caído Io y que se había reventado y abierto como un melón al golpear en una larga torre puntiaguda y que resultó que Io estaba lleno de agua en su interior y que la ciudad consecuentemente había quedado por completo anegada bajo oscuras aguas frías cósmicas. Nos acostumbramos a ver palmeras del revés y era divertido tener buzones colgantes en las ramas de los árboles y los zapatos en las orejas de las esculturas de alabastro y entonces, una mañana, abriéndonos camino entre un grupo de vacas que circulaban por las vías de lo que fue el ferrocarril elevado del centro financiero, encontramos una maquina de escribir que movía las teclas pero no tenía papel en el carro. Ella arrancó un folio de un poste y reímos porque el anuncio era de venta de pisos en un país lejano y de algún modo había llegado allí en el salto y lo introdujimos por el reverso en el carro de la máquina y pudimos leer lo que la máquina quería decir y era: "hola, ¿hay alguien? ¿qué ha pasado?" una y otra vez. Nos encogió el corazón como una aceituna o una alubia antes de ser cocida o un guisante y decidimos llevarnos la máquina a casa y explicarle todo. Hablamos, pero no podía oír, era una máquina y no tenía orejas. Teníamos que encontrar un modo de comunicarnos con ella, y daba mucha pena porque no cesaba de teclear "hola, ¿hay alguien? ¿qué ha pasado? hola, ¿hay alguien? " y así y así y así. No sabíamos qué hacer y era horrible. Salimos y vimos un grupo de vasos sobre una mesa de comedor, a pleno sol, llenos de agua de lluvia y gorgoteaban solos y pensamos que eran personas atrapadas en los vasos preguntándose lo mismo que la máquina y cada vez era peor y peor y llegamos caminando a la playa y la luna que flotaba en el océano y brillaba. Nos sentamos en las piedras. Entonces, se me ocurrió una idea, y al mismo tiempo, a ella se le ocurrió otra, así que ambas al ser formuladas en frases se entrelazaron en el aire entre nosotros, pero los conceptos hicieron su vía hacia nuestras cabezas, y las frases formuladas y entrelazadas fueron: "¿Y si – ¿y si – martilleamos – hay más – la máquina – almas perdidas – y liberamos de este – flotando en este – modo el alma – agua aquí delante? – de la máquina?" Decidimos que lo mejor era empezar por comprobar si realmente había más almas en el agua, puesto que teníamos el océano delante. Nos quitamos los zapatos y bajamos hacia la orilla. Caía el sol y la luz se extendía y esparcía calor que iba como transmitido en ondas y con ráfagas de estática. En la superficie del océano brillaba una constelación entera y en la superficie flotante de la luna, la luz se difractaba. Miramos al agua. Vimos algo. Bajo el agua. Ella estaba en lo cierto. De un modo espectral se desplazaban de aquí para allá extraños reflejos de colores acuosos, como si los reflejos difractados pudieran nadar. Había almas sueltas por el agua. ¿De qué manera íbamos a hablar con ellas? ¡Imposible! No podía haber manera de hablar bajo el agua, y en eso estaba yo pensando cuando de pronto ella: "Habrá tantos cuerpos sin alma como almas aquí nadando". Cuerpos sin alma.

La idea se formó como una espiral y remolinó de pronto: nos asustamos. Cuerpos sin alma. Algo así como los agujeros en la red del trapecista. Un miedo extraño nos clavó las uñas en los lumbares y el cuello. Un cuerpo sin alma bien podía ser una especie de estatua biológica, inmóvil, respirando, a la espera, o podía ser algo mucho peor. Un cuerpo sin sentimientos, ni emociones, trepando desde la calle, sobre las macetas a la marquesina de la entrada y de ahí escalando hacia los balcones, dispuesto a comer personas y cosas. Nos abrazamos. Luego, me saqué la camisa y me adentré en el agua. Utilicé la camisa como cedazo y como red, y la maniobra funcionó bien porque al extraerla del agua tenía esparcida sobre el hilo mojado una curiosa sustancia naranja y amarilla que simulaba aletear y respirar. Era hermosísima. Con cuidado, nos la llevamos a casa. Nos sentamos con ella en el centro de la habitación. Las ventanas estaban abiertas, la tarde era eterna y ahora gris y se expandía y empezó a lloviznar suavemente y hacía calor. Parecía emitir una vibración, como un tañido inaudible, porque algo por dentro nos temblaba. "¿Necesitará agua o qué cosa?", dijo ella. Todo tiene respuesta, pero nosotros ignorábamos la que correspondía a esa pregunta. Analicé mis sentimientos compartí mis impresiones con ella y ella hizo igual conmigo. No sentíamos ninguna necesidad de comunicarnos con el alma, de preguntarle o aliviarle, como si de algún modo ya nos estuviéramos comunicando y a la vez, ella habitara en otro estado del ser, en otro nivel del edificio de la Vida. Estuvimos un largo rato sentados a su lado.

Parpadeaba como una pequeña estrella naranja y acuosa. Luego, anochecía. Ya se levantaban los inmensos carteles de neón entre las sombras de la ciudad y el sol se ocultaba y la luna brillaba henchida y espectacular. Aquello era nuestro hogar. Cenamos manzanas y ciruelas y galletas y salí a buscar un martillo. Escaleras abajo primero y en nuestro fragmento de jardín botánico trasero después, no encontré martillo alguno ni nada semejante, pero en el jardín charlaban algunos nuevos vecinos, sentados en sillas y de pie, alrededor del televisor. Les saludé y me saludaron y proseguí mi búsqueda. Llegué al solar. Había habido antes en ese lugar un edificio de oficinas, pero quedaban ahora nada más que los cimientos, zanjas y amasijos de vigas y acero, y pedazos de suelo enmoquetado aquí y allí, como un grotesco damero. Deambulé alrededor. La luna brillaba de tal modo que aunque las farolas hubieran estado apagadas, habría podido ver y orientarme de la misma manera. Allí debía haber habido una habitación de mantenimiento, y si la encontraba quizás encontrase un martillo. ¿Dónde solían estar las habitaciones de mantenimiento? En los sótanos. Salté a una zanja. Era larga y conducía hacia un gran tubo-conducto de hormigón que, al fondo, asomaba desde la pared de tierra rojiza y arena desmoronada. Crecían cañas y malas hierbas por ahí. Avancé. Tenía que haber un martillo o una maza en alguna parte, seguro que sí, desde luego, porque todos los edificios suelen, o solían, tener esa clase de salas de mantenimiento, sí, en algún lugar, en los sótanos, solían tener salas y allí debía haber algún... De pronto percibí una sombra en la boca del conducto. Algo se había movido allí, allí había algo. De pronto. Nunca he sido un hombre dotado para la observación, las artes o las ciencias, pero allí se había movido algo: una sombra en movimiento entre las sombras en la boca del conducto. Supongo que me reforcé de algún modo: con huesos de metal y paso seguro fui hacia el lugar. Podía ser un animal, u otra alma atrapada, en una red de araña quizás, allí, y si algo entonces me dijo que debía sentir miedo (algo tal vez en el silencio alrededor o los rayos de luna que de pronto se habían vuelto oblicuos, abyectos y olían a perro) no fui capaz de entenderlo ni descifré el mensaje. Me acerqué. Había zapatos mordisqueados en el suelo y un teléfono desmantelado, abierto como un herido en el suelo. Entonces, desde la sombra, algo saltó hacia mí. El impulso y el ímpetu me derribaron, lanzándome al suelo, e inmediatamente intenté deshacerme del animal, que me cogía de la cabeza y me mordía el pelo. Hubo un tiempo en el que aquí había mercados ordenados, con sus puestos en línea y las personas detrás de los mostradores, y hubo tiendas, cabinas de teléfono y salas de billar. Las personas se reunían y pedían tequila o agua o pepinillos y charlaban y todos comíamos tostadas y bebíamos café por la mañanas, que eran largas en verano y cortas en invierno. Pero ya no hay nada de eso. E incluso las latas que, en un gran e inverosímil desorden, están esparcidas aquí y allá por el suelo del gran antiguo supermercado, abandonado, tienen ahora las etiquetas confundidas. Ahora es así como vivimos y no queda nada de lo que fue. Y en ese momento yo tenía algo mordiéndome el pelo y creo que grité, un grito potente, seco y feroz, y al hacerlo el animal se asustó y de un salto abandonó mi pecho y mi pelo y cayó frente a mi y me miró. Era un niño y estaba sucio, mugriento, hambriento y desnudo. En la boca tenía pelos míos y largas heridas rojas en el pecho. Sostuvimos la mirada. No brillaba, no había vida en su mirada, ni siquiera instinto. Era un niño sin alma. Me abalancé sobre él y no gritó y recuerdo su rostro estático al atraparle y reducirlo contra el suelo. Lo levanté en mis brazos, y como a una novia en la primera noche, cargué con él hasta casa. "Un niño sin alma en lugar de un martillo" dijo ella y así era. Le dimos un baño muy largo y lleno de espuma y aromas que ahora salían de los tubos de pasta de dientes y le limpiamos y ella le curó las heridas. Lo vestimos con nuestra ropa, que le quedaba grande y le daba el aspecto de un niño de la guerra (y en cierto modo, lo era), lo peinamos y lo llevamos al sofá. "¿Y si le diéramos a beber el alma naranja, se impregnaría dentro?", dijo ella. Era una posibilidad, y una buena idea o podía ser una mala idea, terrible idea, pero entonces creímos que era buena después de todo, y recogí el alma naranja con mucho cuidado en un jarrón y se lo iba a tender al niño cuando pensé que quizás lanzase el jarrón contra la pared y la miré a ella y dijo: "Adelante" y se lo tendí finalmente y él, sin más, se lo llevó a la boca y en lugar de morder el cristal, bebió el alma. No fue exactamente un temblor o un escalofrío, fue más una irradiación.

De pronto el niño se llenó de luz. La piel, los ojos, las manos, el color de los labios, todo, todo se intensificó como si estuviera de pronto barnizado o expuesto de repente a un gran cálido sol. Abrió la boca, y los ojos, y dijo: "¿Cómo me llamo?" y sonreímos como tontos sin saber qué hacer y entonces dijo: "¿Por qué tengo recuerdos entremezclados?" y entonces nos cogimos de la mano, apretando suavemente y él dijo: "Tengo hambre" y con eso nos pusimos a trabajar y le preparamos comida y batidos y comió largo rato y después se durmió. Lo llevamos en brazos a una cama al lado de nuestra habitación. Lo tapamos y le dejamos un vaso de agua junto a la mesilla. Nos fuimos a nuestra habitación. Estirados en nuestra cama, más tarde, yo miraba al techo. Las estrellas del cielo habían perdido también su disposición habitual así que la luz y los reflejos eran otros. El triángulo estelar del verano se había mantenido intacto, pero Vela estaba absolutamente dislocada. Todo aquello que había movido incluso las constelaciones, nos había desprendido a las personas de aquella filosofía hiriente, fea y remanente, que antes habíamos cargado: ¿qué quiero ser? ¿dónde voy? ¿soy realmente feliz? Aquello ya no era así. Percibí en los filamentos de mi cerebro que la nueva manera me gustaba más. Era más emocionante. Ella se volvió hacia su lado en la cama y se apretó sobre si misma, entre sueños que nunca recordaba. Después, me dormí yo; con sueños que siempre recuerdo. El sol salió, ocluido tras una gruesa película de nubes y los rayos llegaban atenuados y así el calor y una brisa marina lo circundaba todo. Me asomé a la ventana como cada mañana y vi una manada de sillas traqueteando en la acera, avanzando así, como lavadoras locas, pero siendo sillas. El niño estaba sentado a la mesa y me miró con ojos muy abiertos. "No sé cómo me llamo, pero sé que soy un poeta" dijo y empezó a teclear en la máquina de escribir. Almas naranjas eran almas de poetas. Ya no sabía nada ni qué hacer, así que preparé desayuno de manzanas y sirope de arce. El niño tecleaba y tecleaba y allí dentro había un alma atrapada y estaría recibiendo palabras. Esa podía ser la forma de comunicarse. Tecleando. De pronto, me parecía evidente que esa era la forma de hablar con una máquina de escribir. Ella me llevó a un rincón, el aire olía a sirope y café negro, y dijo: "El niño-poeta escribirá y escribirá, dejémosle con la máquina y la máquina será feliz con el niño-poeta", aunque quizás fuese un mal poeta, la máquina podía ser feliz y el niño, niño-poeta podía ser nuestro pequeño hijo de pronto y así ya éramos una familia completa y feliz naciendo en las cenizas y brasas hacia un nuevo mundo. Salimos entonces a hacer excursiones a los montes de coral y los prados de dunas y cañas, instalamos otra vivienda en el faro en la loma y las mañanas olían a pinaza y cemento caliente de carretera y visitábamos los parques de atracciones y los ríos y los edificios del centro de la ciudad y los espejos y reflejos en el suelo y en los techos y los pinos, los estanques. Todo iba bien, muy bien, hasta que un día ella preguntó: "¿Eres realmente feliz?" y luego "¿Dónde vamos?" y luego "¿Qué queremos ser?" y en su mirada brillaba la desazón y el agotamiento, y el niño-poeta tecleaba incansablemente y nos llenaba la cabeza con versos que flotaban alrededor y por las paredes y subían al techo y pesaban y pesaban mucho y nos volvían locos tantas letras en corrientes, en círculos y ciclos. Me sentí enfermar. Y ella enfermaba también porque hablábamos menos y la piel estaba amarilla y a veces vomitaba y lo que vomitaba eran pedazos de manzana y pedazos de versos y letras fragmentadas, como una horrible ensalada. Llorábamos. Nuestros cuerpos se volvían viejos. Se me deshicieron los labios y ella perdió un dedo y el pelo. Yo deseaba que las cosas volvieran a ser como antes: mirar la vida ahora era desagradable como mirar un cielo vuelto. Salí a buscar un martillo.

Crimen

1

Durante toda la noche había nevado copiosamente en Hoenberg. Medio metro de nieve bloqueaba las puertas de aquellos vecinos que tenían puertas que se abrían hacia fuera. El resto, la sana mayoría, se afanaba ya en liberar de nieve el camino hacia la cerca, la acera y al automóvil respectivo, ahora un glaciar con ruedas.

Los semáforos colgantes se encontraban grotescamente cubiertos de nieve y hielo, como gárgolas que se comunicaran entre sí mediante un vano código de luces móviles. En el ventanal principal del salón de la residencia Karlson se reflejaba la secuencia verde, amarillo, rojo, verde, amarillo, rojo, lenta, consabida. Verde... ¡Amarillo! Rojo...

Verde, amarillo, rojo.

En el centro de este salón, sobre una sábana blanca, yacía el cadáver de Joelene Karlson. Bellísima en el óbito. Como una flor abierta, ángel en paz, desvaído, insepulto, parecía haber caído de pronto del cielo. El vuelo había fallado en altitud de veintinueve años. Madre japonesa, padre sueco: absolutamente exótica y una muerte misteriosa.

Joelene muerta vestía nada más que un liguero y unas finas braguitas. Las altas botas de caña que había llevado descansaban sobre un sillón orejero cerca del ventanal. La fusta de azote yacía sobre la alfombra, semioculta bajo este sillón.

El reloj sobre la repisa de la chimenea continuaba tic-tac tic-tac, ajeno a sexo, muerte o nieve. Tic-tac Tic-tac. No había rastro de sangre por ningua parte. Verde, amarillo, rojo.

2

El inspector Felps salió por la ventana del salón, directo sobre la capa de nieve. El último agosto, durante el transcurso de una alocada apuesta pirotécnica, su cuñado Öoels había dirigido accidentalmente un cohete a la puerta principal de la residencia Felps, a resultas de cuya explosión la puerta había volado en miles de pedazos por los aires. En tiempo merecedor de, como poco, un bronce Felps y cuñado restituyeron apresuradamente la puerta antes de que Hilde Felps volviera a casa, pero dejaron la puerta instalada de forma que ahora se abría hacia fuera, con el consiguiente muy irreflexivo trabajo de abrir hueco para el cerrojo en la otra jamba del marco y la pared. Mientras la nieve no se fundiera, por la ventana tocaba entrar y salir. Avanzando bajo el cielo gris discreto como un cuervo de dos metros, sentía el ánimo de un perfecto humor. Desde luego, pese a las inclemencias, aquel podía ser un gran día. La luz era leche y carbón.

¿Por qué no?, se dijo, dando salvajes patadas a la nieve y el hielo que cubrían su motocicleta. Puede ser un maravilloso, un auténtico maravilloso día hoy. Nada dice que no.

Subió a la moto y forzó el pedal, accionando la palanca de gas en el manillar. El motor no reaccionó. Repitió la operación hasta nueve veces y entonces cesó.

-Muy bien.

Puede ser un gran día, Igor. Va a serlo.

Volvió a ascender por el montículo de nieve y regresó a la ventana. Hilde había cerrado. Tocó con los nudillos sobre los cristales insistentemente.

Tec-tec-tec-tec...

Hilde apareció por la salita que la ventana iluminaba, enfundada en su batín rosa y con una taza de café humeante en la mano. La tibia proyección de la silueta de Felps sobre la moqueta.

Abrió.

-¿Sí, Igor?

-Necesito tu avioneta, Hilde.

El inspector Felps saltó al interior de la casa.

-Igor...

-Gracias, hermana querida —asintió y le espetó un beso.

-En estos locos tiempos de automoción, un segundo te cambia la vida, Igor, ve con cuidado y no estropees la cosa forzando piruetas.

-Seguro.

Felps cruzó el salón, engulló una tortita con sirope caldeado y agarró una taza de café caliente en el camino; abrió de una descuidada patada la puerta trasera de la cocina y salió al patio. Unos copos gélidos flotaban en la luz gris matinal. El inspector cruzó hasta la cabaña y de otra descuidada patada, mirando el cielo que lucía blanco como la panza de un mulo, entró en el interior. Lanzó la taza vacía de café a un lado y se agachó en el centro, asiendo el tirador de la trampilla y levantando el portalón.

Accionó el interruptor y se descolgó a la escalera. Envuelto en la luz clara azul de los fluorescentes bajó hasta el hangar. El mar rugía.

Hoenberg había sido levantada a lo largo de una cornisa en los riscos sobre el mar, en el corte del perímetro de un ancho fiordo.

Los patios de las casas de esa primera línea encaraban el mar, las gélidas aguas del Skagerrak; y en los días claros de largo verano, podían verse desde los patios, plazas, azoteas y terrazas de todo Hoenberg, elevándose en el horizonte las brumas y neblinas plateadas del Mar del Norte.

Bastantes vecinos de esa línea habían tallado en la roca hangares subterráneos, como amarres, en los que cobijaban barcas para el verano o avionetas, quien tuviese. La mayoría de ciudadanos de Hoenberg tenían una, en aquella zona de riscos, oleajes y rompientes, las avionetas aliviaban las dificultades de los transportes terrestres. Por el aire el viaje resultaba en general más generoso que en tierra, aunque en ocasiones moría necesariamente gente, arrollados por una fuerte corriente de viento.

El pequeño hangar apestaba a salitre, gasolina y frío, pero le gustaba. Le encantaba ver abrirse esa enorme puerta, una apertura al mar, un bostezo robot, un nacimiento. Igor se acercó a la avioneta, comprobó la adecuada carga de combustible y trepó la escalinata. Sentado, se encasquetó el gorro de aviación y pulsó los botones correspondientes del panel. El avioncito cobró vida, con un quieto rugido solemne. Asomó la mano por el ventanuco de la cabina y oprimió el pulsador en lo alto de un largo conducto que ascendía hasta su altura desde el suelo. Con un chirrido el gran portalón se abrió lentamente sobre el cielo y el mar.

Accionó la hélice y ésta empezó a rotar.

La avioneta de Hilde con Igor a los mandos abandonó graciosamente su gruta a media altura en la pared del fiordo. Sobre el mar flotaban como deposiciones gruesas placas de hielo gris, el cielo bostezaba. Igor hizo una pirueta en el momento del despegue y el lomo de la avioneta lanzó un destello plata. Podía ser un día maravilloso. Tenía el sabor del café y la tortita en el paladar y notaba el maravilloso peso de la ingesta en el estómago. Un bueno, buenísimo gran día. Encendió un pitillo y enderezó la ruta sobre el mar hacia la comisaría.

3

La señora Maple estaba sumida en un incontrolable pozo de sollozos e hipos y apenas podía articular palabra. El agente López la intentaba consolar, calmándola con ligera presión de una mano firme sobre el hombro de ella y una caja de rosquillas en la otra.

-Señora Maple...

-Era horrri-ii-iii-ble-ee-eee...

E hipaba y lloraba y se removía en el banco de madera del pasillo, con los piececitos colgando sobre el suelo linóleo.

-Uaaaa-aaa-aaaaa...

-Ay, señora... −sentenció el agente, haciendo un gesto, y se llevó una rosquilla a la boca.

La comisaría de Hoenberg, un martes de noviembre por la mañana, tenía en sus pasillos más o menos la misma agitación que una escuela pública a Primero de agosto. Los funcionarios dormitaban sobre los escritorios y sintonizaban, los que estaban despiertos, sus programas favoritos en los transistores antirreglamentarios. Se discutía sobre los resultados de la liga nacional de fútbol (jugada prácticamente toda esa ronda en campos cubiertos) y se rebatían decisiones de los árbitros, se comentaban jugadas y se discutían posibilidades de argumento al próximo capítulo de la serie de moda: My girl's name. Embarazos, muertes, filiaciones y romances. Que la policía no tuviera trabajo en absoluto era el mayor símbolo de desarrollo y progreso concebible.

El llanto terrible de la mujer crispaba aquella placentera atmósfera.

-Buenos días. ¿Qué pasa aquí, López?

Felps había aterrizado en la pista de oficiales y había empezado a oír los llantos en el pequeño vestíbulo de la comisaría. Había recorrido la distancia que mediaba entre el vestíbulo y el banco en el que López y la señora Maple llevaban a cabo aquella extraña y ruidosa escenita. Ahora estaba de pie ante el agente y la mujer.

-Un crimen, inspector.

-Crimen.

-Sí.

-¿Qué ha sido?

-Aún no lo tengo muy claro. La mujer no puede hablar bien por los nervios y llora continuamente. Parece ser que alguien ha muerto prematuramente.

-¿Qué tal esas rosquillas?

-Excelentes, señor.

-Aaay-y-y-yyy-yy-y...

-Llevémosla al despacho, López, por favor —ordenó, y cogió una de las gruesas, rellenas de crema. La mujer hipaba y sollozaba, pero todo se calmaría y todo iba a ir bien.

Cuando la tuvieron sentada y tranquila, con una taza de café y unas hierbas de otoño, la señora Maple, mordió una rosquilla de fresa y les relató lo sucedido... Como acostumbraba desde hacía dos décadas, cada martes y jueves por la mañana, la señora Maple visitaba la residencia de los Karlson. Tras el fallecimiento, dos veranos atrás en accidente aéreo de Konrad y Mizuki Karlson, caídos a peso bomba sobre la isla de Shikine, el único habitante presente de la residencia Karlson era la joven (y soltera) Joelene

Karlson, única hija y heredera de los bienes de los Karlson. Bienes que, por cierto, sin ser en absoluto desmesurados, permitían a la joven Joelene mantenerse holgadamente por los beneficios de su administración. La muerte era voraz y no atendía a razones y ahora había venido a llevarse a la pobre Joelene.

¿Quién podía tener interés en liquidarla?

Felps percibía un alud de trabajo y pesquisas formándose en lo alto de su particular montaña. Aun en lo alto, el cúmulo rugía.

Los martes y jueves por la mañana, pues, la señora Maple acudía durante tres o cuatro horas al hogar Karlson y atendía labores fundamentalmente de carácter culinario: abastecimiento, cocina, y conveniente mantenimiento de la despensa. No formaba parte ni había formado jamás parte del servicio de la residencia Karlson. El servicio había sido precisamente una de las primeras cosas que mandó eliminar Joelene. Huérfana por tragedia a los veintiséis años, Joelene se había recluido en la casa durante un período no inferior a seis meses, cortando por completo sus relaciones sociales, personales y académicas con el mundo exterior. También, rechazó recibir visitas durante todo ese período. Parece ser que la señora Maple le suministró a Joelene, una a una, las cartas que amigos y familiares le dirigieron bajo la puerta y a su buzón a lo largo de los meses. Sin tener la absoluta certeza, pues jamás le pidió Joelene a la señora Maple que por favor acercase una carta suya al buzón, la señora Maple tenía fundamentos para creer que Joelene contestó al menos alguna de aquellas cartas pues, a menudo, la veía escribiendo en la gran mesa redonda del comedor, en la cocina o en su habitación. Al expulsar a las dos mujeres y al hombre que formaban parte del servicio permanente, la casa se había quedado súbitamente despoblada y a expensas de una tristeza flotante, tensando una atmósfera casi fantasmal. Acentuados por el grave silencio, se percibían ahora con más claridad los sonidos propios de aquella gran casa, el crujido de los suelos y el viento agitando las cortinas, los toldos, las contraventanas, los relojes... Y aquel vacío que pesaba.

Concluido un tiempo de duelo prudencial, mediando el otoño, la señora Maple había querido llevar flores a la casa, comenzar el proceso de vuelta, el revivir. Ante la imposibilidad de conseguir flores frescas en Hoenberg a principios de noviembre, optó por encargarlas por teléfono a una plantación de floristería y palmeral, sita en el litoral del trópico americano, en Puerto Viejo, Talamanca, Limón, costa este de Costa Rica. Flores Santa Clara había remitido la solicitud diligentemente sobre el Atlántico y vía Frankfurt y el paquete llegó a Hoenberg por carretera tres días más tarde... Ahora hacía un año de aquello. Cuando tuvo allí las plantas y vio el montante de cajas, bien etiquetadas y protegidas, comprendió la señora Maple que se había excedido y le dio de pronto un sofocón. ¡Era una falta de respeto! Peor, ¡una locura de vieja! ¿Qué podía hacer? Decidió quedarse dos y llevar dos a la pobre Joelene. Etiquetas con extraños y fantásticos nombres, recordaba su inquietud mientras conducía con las plantas hacia la residencia Karlson, una gran planta con pétalos de hibisco, magnífica, y un gran arbusto verde, poblado de limpias florecillas de copa blanca, marítimas y suaves... ¡en Hoenberg! A Joelene le encantaron las plantas y abrazó a la señora Maple, que suspiró aliviada y continuó adelante, alegre en el gélido diciembre, visitando a Joelene, preparando estofado, té y pasteles, rodeada por aquel silencio, el viento y el tic-tac... tic-tac de los relojes. Las plantas finalmente lucieron maravillosamente en el salón, pero la casa seguía vacía y sumida en un frío y silencio espectrales.

Se aproximaban las fiestas de Navidad y su cercanía pesaba como un denso espectro sobre los techos de la casa. La señora Maple decidió que la hija Karlson las pasaría con ella y su familia en casa de los Maple. Joelene declinó amablemente la invitación y le anunció que ya tenía compañía para esa noche, que estaría bien, sus primas venían a verla, cocinarían pavo y le harían buena compañía, muchísimas gracias de corazón y que la llamaría por teléfono. Todo fue bien, Joelene llamó varias veces durante las fiestas y ningún tejado de Hoenberg se hundió por las nevadas. Volvió a ver a la muchacha a dos de enero, feliz 2007 hija, y tal y cómo le había anunciado al teléfono, la joven tenía para la señora Maple el regalo que el Zar Nicolás había dejado para ella... Era un maravilloso reloj de cuco. A juzgar por la narración de la señora Maple, los agentes entendieron que el año nuevo se había hecho final de invierno y transmutado a primavera bajo el tañido simbólico de ese reloj de cuco: una sobriedad continua interrumpida por alegres, cortos y raros trinos. Poco a poco, Joelene y la casa volvían a la vida... Desde el momento en que un familiar cercano muere, uno comienza un peregrinaje de trescientos sesenta y cinco días, en el cual, a modo de ciclo, debe vivir todos los acontecimientos regulares que ordenan y compactan el año, por primera vez sin ese familiar. Cumpleaños, Navidad, actos íntimos, actos sociales...: una entera serie, astillada por los hábitos y requerimientos de una comunicación diaria que ahora no puede darse, que tiene como final, lucero matinal, la fecha efeméride del fallecimiento. Joelene se acercaba al final del ciclo, los primeros rayos del verano relucieron sobre su rostro, revelando una Joelene diferente. Renovada. Junio en Hoenberg siempre era un despertar. El gesto de la joven como el de aquel que se se encuentra en el momento anterior a abrir una ventana... Y es que algo así hizo Joelene. Abrió las ventanas de toda la casa a finales de junio y dejó entrar el aire blanco y azul y se sentó en el centro del salón (justo, quizás justo donde yacía muerta hoy) y cerró los ojos. Así la encontró Maple. ¿Te encuentras bien, Jolly, querida mía? Estupendamente, señora Maple... Te veo extraña, Joelene. No, no, sonrió. Es simplemente algo... y parece ser que hizo un gesto, apretándose el bajo vientre. No se preocupe... Es... Un juego. Eso intrigó a la señora Maple, pero no le dio más vueltas la señora pues la chica se puso en pie y, aunque abstraída y soltando tibias risitas y soplidos, estuvo todo el tiempo con la mujer en la cocina, exprimiendo limón y tarareando fugazmente canciones de la radio. Lentamente, la maravilla de la vida volvía a aquel lugar. Si Joelene tenía que rehacerse a partir de alguna noción pseudo-esotérica de los elementos terrestres, o algún extraño juego o, siendo honestos, fumando alguna hierba (que, sin duda, es lo que había pasado) qué mal había si ayudaba a la chica a sentirse mejor; incluso tendría esa chica cierto derecho a creer que el Señor le había dado la espalda por un instante y de algún modo si alguien podía tener derecho o bula para pecar un poco, era ella... Semejante desastre. El verano sonaba en Hoenberg como una sinfonía, la hierba brillaba verde y limpia y el sol flotaba honradamente a través del cielo, proyectando sombras finas y alargadas hasta casi la medianoche, las muchachas recuperaban sus bicicletas, los volantes de sus faldas al aire tibio, los timbres, y las hélices de las avionetas que en el aire emitían un sonido agradable como un largo domingo festivo. La alegría envolvía el mundo... Precioso. A la señora Maple no sorprendió que Joelene tuviera la intención de trasladarse durante el mes de agosto a la casa familiar junto al lago, en Brëol, en la costa oriental de Suecia, abierta sobre el golfo de Bothnia. La señora Maple y su familia surcarían, como les era habitual, el Skagerrak para pasar una quincena con sus parientes daneses.

No hubo contacto entre las mujeres durante esos días de asueto vacacional. A finales de septiembre, la señora Maple retomó sus visitas de asistencia regulares, sin novedad. Joelene era una muchacha normal, más silenciosa y solitaria que antes, tal vez.

Normal. Todo parecía normal, de hecho poco a poco ella había empezado a salir otra vez, varias noches, al cine, con amigos, un amigo de los tiempos de la escuela, lo sabía Maple pues la propia Joelene se lo había contado, todo iba bien. Empezó a enfriar, septiembre se hizo octubre, octubre justo rompía a noviembre, se despidió el jueves pasado de ella, tan bien como se podía, la vuelta a la vida, te veo el martes Joelene, sí señora Maple, gracias, todo muy bien, adiós hija, hasta que la encontró esta misma mañana, desvanecida de ese modo, ataviada de ese modo, no desvaída, sino muuu-mu-muertaa-a-a-aaa...   Buaaaaaaa-aahaahaaa... Buuuuaaaaaa-ahhhhaaa-aa... No, calma, señora Maple, usted necesita reconciliación y vino. Váyase a casa. Uno de los muchachos la acompañará. Gracias señora, Maple.

4

Ufff. Subieron al vehículo policial reglamentario, la cabeza vibrando como un millón de campanillas en el tono de voz de la señora Maple. El agente López al volante, Igor Felps copiloto. El inspector encendió un pitillo y una fragancia de espliego se extendió por el módulo, llevándose consigo aquella impresión matutina, su todo va a ir bien. No. Todo iba a ir normal, o mal. El cielo vestía blanco sucio.

-López...

-¿Sí, inspector?

-¿Por qué nos ha contado la señora Maple ese asunto de las flores?

-No lo sé. Ha llevado a cabo un discurso raramente equilibrado, es cierto. Lo tenemos grabado. Posiblemente se haya debido a su nerviosismo...

-Sí.

-Imagino que en una situación así, uno debe perder las proporciones del relato al narrarlo, no debe saber por dónde ir. Debe ser algo así como conducir sobre hielo.

-¡Ja! De eso lo sabemos todo aquí, López.

-Sí, claro.

-Conclusión: no tenemos nada aún.

-Obvio.

-¿Usted qué opina, López?

-Yo creo que deberíamos seguir todas las pistas.

-Sin ninguna duda usted y yo contamos con el mismo sentido exhaustivo del trabajo, no desechar ningún dato jamás. En esta tierra, fíjese, ni siquiera despreciamos la explicación sobrenatural.

-¿Cómo dice?

-Sí, bien, tenga usted presente, López, que en esta tierra lo sobrenatural ha sido causa o motivo de sucesos durante cientos de años. Aquello que nos era todavía desconocido era considerado sobrenatural. Es normal que, por ello, seamos proclives hoy a creer que es posible, que es incluso normal, que nuestra ciencia y tecnología, nuestro mapa de leyes del universo, pueda no ser, por el mero hecho de ser el último, el definitivo. Sin la reformulación y la ampliación no estaríamos donde estamos. Esta es nuestra definición de lo inexplicable: creemos que puede haber cosas que sucedan en base a leyes que todavía no hemos sabido definir ni controlar, que operan pese a no haber sido identificadas por nosotros.

-No tengo naturalmente nada que objetar, y agradezco su apostilla. Yo tengo sin duda una idea bastante más convencional de las leyes universales... Hablábamos de las flores.

-¿Qué opina usted?

-Nada aún. Investigaremos las especies y la procedencia. Esas Flores Santa Clara en las costas al otro lado del Atlántico.

-Pare aquí, por favor, quiero una Coca-Cola. ¿Quiere usted algo?

-Un batido.

-Hola, buenos días. Una Coca-Cola y un batido. Felps. F-e-l-p-

s. 33990XX. Gracias y buenos días. Sí, para usted también. Gracias. Adiós. Aquí tiene.

-Gracias.

-Bien... ¿Decíamos? Ah, las flores Las flores. Las flores Las flores... Investigaremos naturalmente, sí, las flores... Puerto Viejo, Costa Rica, ha dicho. No sé... −el Inspector se tocaba la barbilla y con el pulgar acariciaba la lata.

-Puerto Viejo, sí. Costa Rica, hablan mi idioma. Yo me ocuparé.

-¿Y las Navidades, qué le parece eso, amigo mío? Aquellas primeras Navidades... Joelene rechazó la invitación de Maple, sus primas venían a verla, prometió a la señora que la llamaría. Y la llamó.

-Sep ...

-Me pregunto: ¿realmente fueron sus primas a verla?

-O... ¿pasó realmente Joelene las Navidades en su casa, con o sin sus primas, y qué primas son esas?

-Cierto.

-Sería llamativo que una persona que, motivada por unas razones tan feroces como las del fallecimiento familiar accidental, permanece en una situación de enclaustramiento voluntario en su residencia durante casi cinco meses y sin contactos sólidos con el exterior, abandone precisamente en esas fechas tan señaladas su casa... ¿Dónde y con quién habría ido?

-¿Fue sola, quizás?

-Podría ser.

-Aunque, mírelo de otro modo: ¿no debe ser también la época más horrible en la que estar en el propio hogar cuando solo queda uno?

-Cierto.

-Me, Lopez, me sorprende que la señora Maple no le preguntase dónde las pasó... Hay algo extraño en esto. ¿Qué ha dicho exactamente?

-Lo tenemos grabado. Ha dicho..., en fin, no lo recuerdo, pero creo que ni siquiera se planteó que Joelene no estuviera en la residencia Karlson.

-¿Y no indagó con quién estuvo?

-Inspector, con sus primas. A ojos de la señora Maple, desde luego.

-Cierto.

Conclusión...

-No tenemos nada y lindamos la paranoia. Bien tenemos todo por corroborar.

-Habrá que investigar también esa residencia de verano.

-Por supuesto.

-Tenemos que lograr recrear, encontrar el trazado a las habitaciones y personas que la vieron en sus últimos cuatro días de vida. Debemos generar escenarios, partiendo de los datos que tenemos sobre su vida... o sobre su última vida. Esa vida nueva, o prácticamente nueva, renacida, desde la tragedia familiar.

-Completamente de acuerdo. Ya llegamos. Aparco ahí mismo...

Dos agentes saludaban con la mano desde el porche de la residencia Karlson. Sobre el césped, hielo y nieve. La luz blanca amarilleaba próximos a mediodía.

5

Inge Ingeborg había nacido una mañana de primavera en una granja en las afueras de Aalborg, en Dinamarca. Había crecido entre campos helados y bosques, largos frescos veranos, y la particular contorsión de la brisa del Kattegat, el estrecho entre Dinamarca y Suecia.

Una mañana de domingo en su quinta primavera, Inge Ingeborg sintió, como la princesa del cuento, un garbanzo en su interior. Lo sintió. Una bolita, dentro del cuerpo, un poquito bajo el ombligo. Mamá, tengo una bolita en el estómago. Los campos amarillo primavera alrededor, domingo tibio de sol. Mamá se agachó, palpó. Nada había. Besó la tripita de la niña y dijo: eso es que tienes hambre, cariño. Y al paso arrancó un manojo de cerezas y comieron, jugando y riendo camino allá.

Una maravillosa infancia feliz, madre e hija.

Casando años más tarde su madre con el respetado Intre Karlson, profesor sueco en Copenhage, había pasado Inge Ingeborg a ser prima hermana de la joven Joelene Karlson.

Entre los hábitos incorruptibles de los hermanos Karlson se encontraba el de pasar el descanso estival en la residencia familiar, en Breöl, junto al lago. Allí habían siempre pasado los veranos de su infancia y juventud y siendo la residencia habitual de la familia de Intre Karlson, Aalborg, Dinamarca, y siendo la hermosa isla de Okinawa, en el archipiélago de Ryukyu, la tierra natal de Mizuki Karlson, era norma que las dos familias se encontrasen en Breöl durante los meses de julio y agosto y eso agradaba a los hermanos.

Inge y Joelene enseguida hicieron buenas migas. Formaban un dúo francamente encantador, Inge y su melena morena y Joelene rubia como el oro, intercambiando cromos en el suelo del salón principal, corriendo el jardín, manejando el telescopio. Salían a pasear los campos y bosques y construyeron su propia cabaña en la propiedad Karlson. A media altura del gran ciprés, alto sobre el suelo, se las ingeniaron para formar una base y asirla sobre una plataforma natural de gruesas ramas, unida al tronco. De las ramas alrededor, colgaron cientos de tiras de telas, verdes, blancas, amarillas, sábanas, cortinas, trapos que habían obtenido de los baúles y estantes en el siniestro inmenso sótano de la casa. Aleteaban al viento.

-Bajad de ahí.

Tan arriba estaban las niñas que Mizuki tuvo que repetirlo elevando el tono de voz:

-¡Bajad de ahí!

Fue Inge quien la vio primero.

-¡Tía Mi!

-Niñas, bajad.

-¿Quieres subir?

-¡No!

-¿Por?

-¡Joelene! Es peligroso, bajad inmediatamente.

Dijeron al unísono:

-De acuerdo, mamá. De acuerdo, Tía Mi.

Lentamente y con cautela, bajaron. Sólo se oía el crujir de las ramas y el mecerse de las hojas en el bosque y las ondas en el lago.

Las niñas se presentaron ante Mizuki, Joelene se adelantó. Era una esbelta jovencita de doce años.

-Mamá, lo lamento. Crees que hemos cometido una imprudencia y tienes razón.

-Así es.

-Creo que nuestra imprudencia ha sido tal vez no avisar a algún adulto para su consentimiento y creo de verdad que la plataforma es segura, mamá. Lo he mirado todo e Inge también lo ha mirado todo muy bien.

Mizuki miraba a la niña descubriendo, como un mosaico bajo las aguas, la silueta de la mujer que su hija sería.

Inge se avanzó.

-Lo sentimos, Tía Mi.

Mizuki sonrió, el verano resoplando alrededor.

-De acuerdo. Tranquilas niñas. Haremos que papá lo vea y decida. Jugad por el suelo, ¿de acuerdo? Nosotros nos vamos al pueblo a por un helado, ¿queréis uno?

Y de nuevo al unísono:

-¡Siiiiiiiiiiiiiiiiiiii!

Papá había revisado la plataforma y junto con el tío Intre aseguraron adecuadamente la plataforma, encajándola en el tronco y prepararon una barandilla de ramas. Les dejaron también una escalerilla y cuando las niñas subieron, subieron con ellas cojines y mantas... ¡Qué bien se veía el bosque y el lago desde allí! Extendiéndose tan limpio: el lago, la tierra, el cielo. Las cabriolas de la luz de verano.

Siempre fue una relación de intenso amor entre primas.

Tenían once años. Julio se deslpegaba sobre las aguas esmeralda de la costa y se metía entre cada rendija de la casa, en cada milímetro del jardín y por todos los campos y ramas, el lago y las carreteras. Las dos chicas salieron a un paseo en bici.

-Adiós, hijas.

-Adiós. Estaremos aquí para la cena.

-Estupendo.

Pensaban rodear el lago por las carreteritas y caminos circundantes.

Ciclando, ciclando remontaron hacia la carretera de la sierra y allá abajo veían el lago extendiéndose, el cielo que les seguía y era un placer tal paseo y qué bonita pasaba la tarde y más tarde tomaban por un camino, desmontando, buscando el sendero que transitaba por el interior del bosquecillo que rodeaba el lago.

Allá se encontraban, conduciendo sus bicis sobre arena y tierra, piedras y hojas, el sol relucía en las condensaciones de agua que cubrían en rocío las hojas, troncos y tallos alrededor.

Llegaron a un claro.

-¿Descansamos?

-Sí.

Bajaron de las bicis y las dejaron sobre el suelo y sobre el suelo se tumbaron ellas también. Se movía el cielo sobre ellas y la atmósfera quieta como un desierto.

Sólida.

Dormitaban.

Sonaba más bien como un motor al ralentí, el de una de esas motocicletas del pueblo. Cavernoso e infantil. Gruc-gruc-gruc-gruc. Molestó a las primas que intentaban dormir.

-Mira, Jo.

Joelene abrió los ojos. Vio el cielo azul resplandeciente. Después la silueta de su prima, invadiendo por el flanco derecho su arco de visión. Después sus rasgos, y destellos de sol.

-Jo, es un hurón.

Una enorme sonrisa subrayaba la frase. ¿Un hurón? Joelene se incorporó. Su prima la miraba y sonreía, el cielo rodeándolo todo. Inge señalaba. Aquí mismo. Joelene sonrió.

Estaba a escasos pasos. Era un bicho amable. Pequeño y peludo. Una cría de hurón. Parecía el osito hijo de una ardilla, un extraño cruce animal. El hocico blanco y marrón y largos bigotes. Tenía dos pequeñas garritas marrones y con ellas se valía para aferrarse a la hierba y deglutir. Gruc-gruc-gruc.

-¿Habías visto alguna vez antes de tan cerca un hurón?

-No.

-Cojámoslo.

Saltaron a la vez, como dos hienas niñas. El hurón reaccionó, se hizo instintivamente a un lado, intentando un amago, pero de un rápido manotazo, antes que volviera a saltar y huyese por el claro, lo cazaron.

-Jijijiijiji...

Inge sostenía el hurón entre las manos, suspendido en el aire. Joelene miraba. El animal daba paletadas al aire, su cuerpo rechoncho bamboleándose indefenso en el aire azul. Se sentaron en el hierba, riendo. El hurón se resistía. Era encantador.

-¡Qué mono es!

-¡Parece una personita!

-Siiiiii...

-Jijijijiji

-¿Qué hacemos?

-¿Lo adoptamos?

-¿Qué nombre le pondremos?

-No sé.

-¿A ver? ¿Me lo pasas?

-Sí.

Inge extendió los brazos, asiendo al animal bajo las axilas; Joelene rodeó con los dedos el cuerpecito y lo hizo suyo, acercándolo hacia sí, como quien coge a un bebé.

-¿Qué vamos a hacer contigo, eh? ¿Qué vamos a hacer contigo, bichito? –jugueteaba con el hurón, tocándole en la barriga con los dedos, blanda como una calabaza-. Está blandito, Inge. Es asqueroso...

-¿A ver?

Inge cogió una ramita de entre la hierba.

Empezó a molestar al animal, cuya barriga comenzaba a hincharse por la tensión, ahora colgando de nuevo desde las manos cerradas de Joelene que lo sostenían. Con la ramita le pinchaba en la panza blanca y amarilla.

El hurón cerraba los ojitos y hacía muecas de mínima expresión que denotaban, en su forma animal queja y repulsa.

-¿Y la cara es blanda también?

-No sé.

-¿A ver?

Inge palpaba con las manos la carita. También era blanda. Como huevo cocido.

-Qué asqueroso...

-Oye, y qué mal huele este bicho, ¿no?

-Sí, jolines.

-Creo que cuando crecen, estos bichos comen conejitos.

-No me digas. ¿Conejos? ¡Vaya! —Inge empezó a darle con la

rama en la cabeza-. ¡Qué malotes sois! Comiendo conejitos por ahí, ¿eh? Vaya, vaya...

El hurón parecía exasperado.

-Ahora es muy monín, pero con el tiempo...

-Ya, ya. Ya veo –apretó en la bolsa de la panza. El animal, agotado, había cejado toda resistencia, pendía entregado -. ¡Y qué mal huele jolín!

-Hagamos una cosa, Inge...

-Escarmentémoslo.

-Eso.

Sostenían al hurón por el pellejo de la nuca; buscaron más ramitas. Inge encontró un par de clavos oxidados y requemados, seguramente restos de una hoguera de tablones en el claro, solían ser habituales las barbacoas controladas por allí. Joelene cogió unas cuantas ramitas y un par de piedras. Oteando con la vista el claro, Inge vio algo que le interesaba. Fue corriendo y volvió. Un tablón con agujeritos que algún incívico había dejado allí tras su comilona estival.

-Esto nos servirá.

-Clavémoslo al tablón, Inge.

-Sí.

Inge le clavó una ramita en la boca y Joelene separó los brazos y manitas del animal, fijándolas al tablón con el pulgar sobre una manita y el corazón sobre la otra.

-Muy bien.

-Joelene. ¿Lo clavo?

-Sí.

Inge titubeó.

-¿En serio?

-Claro.

La chica cogió uno de los clavos y una piedra. Joelene intentaba fijar el bracito del animal a la madera al tiempo que con la otra mano mantenía una hoja sobre la cara del hurón y taponaba su hocico con el dedo gordo, evitando su reacción.

-Vale.

-Clava.

-Sí.

-Yo clavo éste y tú el otro.

-Vale.

-Va.

-Venga.

-Voy.

Puso el clavo oxidado sobre la manita contraída y rugosa del animal. Rozaba ligeramente. Sin pensarlo más, clavó. El impacto de la piedra sobre la cabeza del clavo propició un gorgoteo francófono ¡grgog! y el hurón chilló. Hiiiiiiiiiiiiiiiiiiiiiiiiiiiiiiiiiiiiiiiiiiiii.

-Dios mío.

-Tranquila.

-Está sangrando. Es azul morado.

-Lo veo.

Hiiiiiiiiiiiiiiiiiiiiiiiiiiiiiiiiiiiiiiiiiiiiiiiiiiiiiiiiiiiiiiiiiiiiiiiiiiiiiiiiiiiiiii.

-¿Qué hacemos?

-Me toca. Aguántalo.

Inge obedeció. Sujetó la hoja sobre la cara del hurón. El animal intentaba morder, Inge le puso otra hoja más en la boca y otra sobre la zona de los ojitos. Joelene cogió el clavo y la piedra. Sin pensar. Un golpe seco y directo. Hiiiiiiiiiiiiiiiiiiiii. El bicho se resistió, estirando y contrayendo todos los músculos.

-Genial.

-Dios mío, Joelene.

Hiiiiiiiiiiiii.

-Sufre. Matémoslo.

El hurón se retorcía y chillaba.

-De acuerdo.

-Pero, ¿cómo? ¿cómo vamos a matarlo? Esto ya no me gusta.

Hiiiiiiiiiiiiiiiiiiii-hiiiiiiiiiiiii.

-Tranquila, Inge. Yo lo haré. Lo ahogaremos.

-Ayyyyyy...

Inge sintió el ascenso desde el interior de las mejillas, lágrimas saladas desfilando por el cañón de sus ojitos, sin caer, sin llover.

Hiiiiiiiiiiiiiiiiiiiiiiiiiiiiiiiiii.

-Yo lo hago, Inge, quita, por favor.

Inge se hizo a un lado. Vio a Joelene rodeando con sus manos el cuello del bicho y las cerró sin vacilar entorno al pequeño gaznate del animal. Éste empezó a moverse, las manitas clavadas a una tabla, se contorsionaba, rasgándose tendones, chillaba, pero las hojas le ahogaban, peleando, se meó - un chorro de orín salió de su pequeño orificio. Un arco blancuzco muy fino cortando el pequeño espacio veraniego. Joelene ejerció más presión, el pecho del hurón se hinchaba, al final pareció reventar. Cesó todo movimiento. Descendió.

-Ya está.

-Joelene, ¿qué hemos hecho?

-No te preocupes.

Inge miró el resto de animal. La sangre morada de sus manos cubría el tablón como pasta de mermelada, color cereza, las hojas sobre su rostro se habían abierto. Su carita, muerto. Hiiiiiiiii.

-No me preocupo. Estoy triste.

-De acuerdo. Claro.

El atardecer de verano caía como una balsa sobre el mundo. Silencio.

-¿Volvemos?

-Sí.

-No. Espera. Quiero enterrarlo.

-Vale. Es verdad.

Con las manos despejaron hierba y abrieron una tumba. Utilizaron las piedras para destrabar los clavos golpeando desde el reverso del tablón. Liberaron las manitas y al animal. Inge fue corriendo a la bicicleta y trajo un trapo. Se levantaba una fina brisa fría de tarde. El sol caía. Envolvieron la cría de hurón en el trapo y la dejaron en el interior del hueco. Inge sentía un peso en el estómago, una inmersión de limpio acero y base fría chapoteando en su interior: una esfera. Joelene tenía las mejillas rojas, un movimiento, despejar sus fibras, la apertura de unas nieblas, un nuevo paraje que había estado oculto se veía ahora, aún borroso, desde las colinas de esa región que intermedia entre la razón, la vagina y el corazón. Sentía cierto intenso calor. Cubrieron de nuevo el hoyo con tierra y volvieron a las bicis.

6

Hay muchos modelos de crimen y motivaciones impelentes. Casi tantas motivaciones como crímenes se cometen. Le habían enseñado a Felps en la academia: el crimen es una de las maestrías de la Historia. Un hombre es capaz de cualquier cosa cuando se propone algo. El crimen tiene unas fronteras casi ilimitadas. Hay quien prefiere sustraer importantes sumas de dinero, sea a bancos, a empresas, a ciudadanos. Entre éstos, hay quien se sub-especializa en furgones blindados, quien se convierte en maestro del desfalco, quien profesa cátedra en atracos a establecimientos de consumo.

Hay cientos de miles de hombres en el mundo y cientos de miles de intereses cruzados. Hay quien extorsiona, mata, abusa, recluye, tantas variables y modalidades. Un muerto es un muerto, pero ¿cuántos por qué?

Los dos agentes saludaron a Felps y López y custodiando uno la puerta, el otro acompañó a los hombres al salón. López percibió nítidamente la pesadez, la atmósfera rala, que, con mesura, había referido la señora Maple en su intervención. Pesaba, como cortinas de médium, candelabros, fondos de viejos pasillos.

El cadáver de Joelene yacía en el centro del salón, todavía intacto. Repararon en su erótica indumentaria y la pequeña fusta de caballo con triángulo de cuero en su punta.

-¿Qué tenemos aquí, López, amigo? ¿Un crimen sexual?

-Podría serlo, inspector.

-Podría serlo, sí. ¿Qué le parece el hórrido clima que gastamos por aquí?

-Insufrible, inspector.

-Efectivamente, amigo mío. Vamos a desayunar, tengo hambre.

-¿No quiere que investiguemos nada?

-Sea mi chico, Lopez. Mire allí. ¿Qué ve?

El inspector señalaba la zona donde el salón se convertía en cocina americana, tras el enorme arco de obra. Una mesa con fogones y las alacenas discurriendo como pequeños edificios de apartamentos costeros por la pared. Un ventanal enorme por el que entraba la luz blanca. En el suelo, los pedazos de un cuenco de loza y una sustancia marrón se esparcía sobre el linóleo. Había también un vaso sobre el mueble y una botella de vino, sin abrir, al lado.

-Es la cocina, señor.

-Excelente. ¿Y qué ve ahí en el suelo, Lopez?

-Un incidente doméstico... La caída de un bol, se deslizó...

-Exacto.

El inspector Felps se acercó a la zona del bol desparramado y el lavadero. Ejecutó la secuencia de los hechos, tal y cómo su cerebro de sobrehumanas conexiones neurológicas le sugería.

-Observe bien, mi querido amigo.

Se puso de espaldas a Lopez, sobre el fregadero.

-Algo preparó aquí la bella Joelene. Por los restos que veo sobre el aluminio, hubo de verter líquido sobrante del cuenco hacia el sumidero... Algo así. Entonces... —empezó a volverse lentamente-, se giró tranquilamente, para ir al salón, con su cuenco, sabe Dios, y pronto nosotros, con qué fin. Estaba sola: observe esa copa, una copa limpia y una botella por abrir. No esperaba a nadie. Es posible, creo que sucedió lo siguiente... Al girarse, de regreso al salón con su bol, tuvo que ver algo o alguien cuya presencia impactó, ignoramos si en positivo o en negativo, pero la sorpresa le hizo perder el bol... y ¡zas! El bol cayó. No sé qué más pasó.

-Excelente, sencillamente excelente —clamó el agente de custodia desde el fondo, apoyado en la puerta de acceso desde el pasillo.

Se limpiaba el lagrimal con un pañuelo verdusco.

-¿Qué dice usted? —interpeló Lopez al hombre.

-Maravilloso nuestro Inspector.

-Ya. En fin. Gracias —agradeció Felps -. ¿López?

-Muy bien. Estoy de acuerdo, pero...

-¿Qué o quién impresionó de este modo a la joven Joelene?

-Exacto. Eso suponiendo que...

-Mire, vamos a desayunar de una vez, Lopez. Y ya veremos. Usted, ¿cuál su nombre?

El agente de custodia respondió:

-Pitta, señor.

-Estupendo agente Pitta. Tomen las fotografías pertinentes y envíen los restos del cuenco a análisis...

-¿Y con el cuerpo, señor?

-¿Cómo el cuerpo? —miró a Joelene muerta y después al agente, con la picardía de aquel que ante sí tiene un mastodóntico pica-pica de anacardos y palmitos dulces, avidez-. ¡Pues fóllenselo, hombre! —exclamó y le dio al agente Pitta un salvaje manotazo en la espalda, soltando una carcajada atroz- ¡A cuatro manos y dos rabos! ¡Hoy: noche de Gilipollas: invita la casa! —lo empujó al estilo púgil de callejón- ¡Invita a un amigo y tírate a la muerta! ¡Locos premios! —otro empellón- ¡Pasen y vean! —y volvió a soltar una carcajada pinzando a Pitta cariñosamente en el hombro, para parar en seco de pronto la risa, un frenazo, silencio, la palma de la mano sobre el cuello del atónito policía, para abrir la boca, mirar al hombre como filos a los ojos y añadir- Pitta: que venga el juez, levanten el cadáver y lo envíen a Forenses. ¿Es usted retrasado o qué le pasa?

-Lo siento, señor.

-No hay duda: lo es. De categoría.

-Oh.

-Vamos, Lopez, por favor, amigo mío.

-Le sigo.

Salieron. El otro agente de custodia andaba topeteando con los pies, ahora uno, ahora el otro, adelante y atrás, sobre un cerco marrón abierto en la hierba helada que posiblemente contenía pequeños tallos larvantes. El hombre parecía silbar una canción.

-Disculpe, agente.

El agente levantó la cabeza. El inspector le hablaba y su escuálido compañero español, con bombín, anorak y camisa blanca, le miraba desde un segundo plano.

-Diga, Inspector.

-¿Cuál es su nombre, perdóneme?

-Martins.

-Estupendo, agente Martins. Hágame el favor de vigilar a su compañero ahí dentro no vaya a hacerse un lío y la jodamos. En nada tendrán aquí al juez y a los agentes de forenses.

-Sí, Inspector.

-Gracias.

El agente se puso en movimiento, Felps y López se dirigieron hacia el coche. Empezaba a nevar de nuevo nieve fea, cayendo lentamente, desde un manto lechoso de gruesa luz.

7

Otra descarga eléctrica y sin llover. Se había cubierto el cielo y las chicas permanecían en el interior. A lo largo de la tarde, habían ido acumulándose las nubes en el cielo estival, el azul a blanco, el blanco a gris, por acumulación, y por acumulación a negro. Miles de matices de negro según el sol se ponía. Habían empezado los rayos, pero la lluvia no caía. Esta situación se prolongaba ya por más de dos horas. Una intensa tensión celeste. Era la hora de cenar, ascendían olores de parrilla desde el extractor exterior de la cocina a la ventana de ellas. Ahora las llamarían.

Tenían trece años.

Joelene estaba sentada en un extremo de la cama. Inge, de pie frente al mueble del baño, se miraba al espejo − la puerta abierta. Canturreaba y recorría su rostro en busca de espinillas y puntos negros. Joelene observaba a su prima y meditaba, pasándose la mano por el interior del muslo, sin entrar bajo la falda.

-Hay un niño de mi clase −empezó Inge, tal vez había asociado ideas del curso escolar canturreando la canción-, bueno, no sé si irá a mi clase en septiembre, creo que sí, es que nos van a mezclar, ¿vale?, las tres clases del curso, van a hacer dos. En fin, bueno, hay un niño en mi clase que dijo que iba a hacerse un tatuaje este verano... ¡Un tatuaje! Dice que su tío le iba a enseñar cómo. Algo con un boli y un motor de coche teledirigido y agujas. Eso entendí...

Las palabras llegan flotando en el aire, tan eléctricamente cargado esa noche, las luces blancas del mueble envolvían a Inge, con los reflejos propios de un espejo, el limpio lavamanos, la forma de ella de pie, su cuerpecito adolescente, los tejanos azules y las zapatillas, la camiseta blanca y una fina chaqueta negra de algodón.

-¿Y qué piensa tatuarse ese chico? —indagó Jolene.

-No lo sé.

-Ah.

-Aaah, nooooo sísísísí... ¡Es verdad! —Inge se volvió hacia su prima -. Nos lo dijo...

-¿Y qué es? —Joelene se dejó caer en la cama.

La prima se asomó por el marco de la puerta del baño.

-Bueno. Dijo que quería hacerse la T2 de Terminator Dos —se señalaba el hombro- y una calavera con chistera como Slash, todo mezclado. No sé cómo, pero me pareció genial.

-Vaya.

-¿Te gusta?

Joelene miraba el techo. Las vigas de madera y la cal. Un tejado dos aguas, dos grandes alas. Giró la cabeza y miró por la ventana.

-No sé. No mucho, prima. Creo que no mucho, pero me parece genial.

-Bueno, ya.

Joelene miraba a su prima, sus ojos profundos y marrones, como campos de trigo en el crepúsculo. El humor vítreo como sombras de nubes.

Inge, inclinada hacia delante, inspeccionaba una cicatriz en su rodilla, caída en bici, apoyando la cadera en la jamba de la puerta. En esa postura, la falda prieta y la pose, se adivinaban las líneas florecientes de su feminidad, de la feminidad, como los limpios compases crecientes de una melodía insuperable.

-¿Bajaremos a Brëol después de la cena? —preguntó, la voz ahuecada por la postura.

-Sí, perfecto.

-Genial, prima —Inge levantó la cabeza, agitando su melena morena.

De este modo, recuperando su postura, volvió al interior del baño y a su piel.

-Aunque tal vez diluvie, Inge... —dijo Joelene, pero casi para si.

Joelene miraba al cielo, poblado de repentinos nervios eléctricos. En su clase también había un niño. Un chico. Barriga de Perro, así se hacía llamar. O Barriga a secas. Se sentaba normalmente en las últimas filas. Siempre en el laboratorio en la última fila. Y en el auditorio. Y en Lite. En Mates no. En Mates estaba castigado y lo hacían sentar delante, justo frente a la mesa del profesor.

Hacía dibujos. Edificios con cifras.

Un día al salir de clase Joelene le preguntó:

-¿Te encajan los nueves?

Ni siquiera lo pensó. Se acercó a él y se lo soltó.

-¿Perdón?

-Tus edificios.

-Qué.

-Los nueves, ¿encajan?

-¿Sabes qué significa ese símbolo en tu carpeta?

-El qué. ¿El ocho? No es un símbolo. Es una cifra. Mi número de la suerte.

-No. Es un Infinito.

-¿Qué?

Bajaban las escaleras y salían ya por las puertas del colegio al patio principal, bordeando los setos y el jardín de esa zona, caminando hacia la salida.

-El Infinito es un ocho durmiendo. Para hacerte una idea, imagina qué sería si ese ocho tumbado fuera un camino por el que fueses paseando... Sin parar.

-Qué horror.

-Es una forma de verlo.

Los rayos blancos de la tarde destellaban en la rubia.

-¿Dónde vas?

-A mi casa.

Salían ahora por la puerta principal y se encontraban en la acera. La luz primaveral proyectaba largas sombras nítidas sobre la acera. Una tibieza ártica y amarilla lo envolvía todo. Los coches que lentamente pasaban.

-¿Dónde está tu casa?

-Por allí.

-Ah. Como la mía.

Tampoco era Hoenberg tan grande. Uno podía ir por donde quisiera a donde quisiera y acabaría llegando a su destino por toda ruta invirtiendo un tiempo parecido. Inge asomó de nuevo por el umbral del baño. La electricidad del cielo persistía secando la atmósfera, irritando el aire.

-Ya estoy.

-Genial.

Se oyó un trueno, como un gélido movimiento de tierras.

-Si la tormenta rompe, ¿qué haremos en Brëol, prima?

Joelene pensó.

-Bueno, podemos ir a las máquinas. Mira estoy decidida a llevarme ese peluche del Sombrerero Loco algún día, jolín.

-Siiii, buena idea... Tengo muchas ganas de máquinas, Joelene y ¿jugaremos juntas a la Casa del Dolor?, ¡me encanta disparar a esos zombies!

-Perfecto.

-Y qué guapo es el chico de la garita, además... ¡Qué bien! —y calló y miró a su prima -.¿Qué te pasa, prima? ¿Estás bien? Estás rara.

Se acercó a ella y se arrodilló a los pies de la cama, en cuclillas. Joelene recuperó su posición, de estirada, se sentó, alisándose la falda. Apretó un sonrisa, recogiéndose el pelo en una cola y empezó a juguetear, tirando una trenza con la coleta, según caía sobre su pecho: entre dieciochesco y sirenita.

-Estoy con la regla.

Caminaban cortando y siendo cortados por las sombras de los abetos en luz lechosa. El chico caminaba pausadamente. Era de estatura media, el pelo aplastado sobre la frente y sobre las orejas, tenía tal vez algo de papada infantil. Vestía un jersey rojo con cenefas negras y pantalones de pana marrones, y unas bambas blancas de lona.

-¿Por qué te llaman Barriga de Perro?

La miró, mientras caminaban, allá donde repose, pequeña, allá donde muera, nena, y con las dos manos recogió su barriga floja y sin duda blanca bajo la ropa.

-Por esto.

-Ah. Pero no es tan grande.

-Es como la de los perros cuando duermen después de comer.

Joelene rió.

-Y se mueve igual... Mira.

Barriga la movió, los pequeños músculos hicieron bambolear su tripa como una ola, o un balón. Joelene rió de nuevo.

-Qué gracia. Eres raro.

-Eso dicen, pero no es verdad. Soy normal.

-¿Te haces el raro entonces?

-No. Soy así.

-Barriga, ¿qué quieres ser de mayor?

Barriga se detuvo un instante, sin frenar los pies ni el paso, detuvo el cuerpo, se llevó los dedos a la barbilla.

-No lo sé. Astronauta. Me gustaría ir a los cielos. Muchísimo.

-Vaya.

-Sí.

-No sé si te veo mucho en eso, Barriga. No tienes cuerpo de astronauta.

-Quizás pueda ir como Arqueólogo. Necesitarán alguno para exhumar restos de civilizaciones alienígenas ancestrales.

Joelene rió otra vez.

-Vaya.

-Ah sí, y me moriré de lo mismo, Joelene.

La primera vez que la llamaba por su nombre. Giraban ahora por la avenida arbolada, remontando la línea de casas de la colina.

Los larguísimos días de la primavera de Hoenberg. Las sombras se alargaban, desperezándose lentamente − poco a poco irían alargándose, progresivamente sumándose, incorporándose unas sobre otras hasta formar la noche entera. Soplaba viento de interior.

-Aquí vivo yo.

Era una casa típica de Hoenberg. Dos plantas, tejado dos aguas. Una terraza de piedra y barandilla de madera blanca en la habitación principal sobre el porche de entrada.

El jardín delantero se extendía, pardo alrededor, amarilleaba. Recién despierto a la luz bajo el último deshielo de primavera.

-Bueno.

-En fin.

-Un placer, Joelene.

-Igualmente.

Joelene sintió que podía. Se quedó un instante ante él, y miraba al suelo y sonreía porque no podía evitar sonreír.

-Bueno, pues hasta mañana.

-Sí, no. Hasta el lunes.

-Bueno, sí.

-Bien.

-Vale entonces.

-Oye.

-Dime.

-¿Qué vas a hacer ahora?

-¿Ahora mismo?

-Sí. Cuando entres en tu casa.

Barriga sonrió. Sus ojitos negros chispeaban en la luz neblinosa primaveral.

-Pues comer helado y seguir mi partida de C&C.

-Oh.

-Sí.

-¿Cómo es ese juego?

-Command & Conquer. Estrategia militar. Ataques, defesnas. Triunfo. Gobierno. Fomentar y administrar recursos.

-Igual te hará ser un buen marido, Barriga.

-Vaya.

-Sí.

-Tal vez, ¿quieres subir? Mis padres no están.

Joelene asintió.

-De acuerdo.

Subieron por el camino empedrado hacia la puerta de entrada. La luz sombría sentaba tan bien...

Inge miraba a su prima con interés. La tensión eléctrica del cielo crecía. Era seguro que acabaría la lluvia por romper. Otro trueno restalló, místico.

-Yo la tuve en septiembre por primera vez.

-Ya. ¿Y qué tal?

-¿Cuándo la tuviste tú?

-A final de verano.

-Entonces la tuvimos a la vez.

-Casi.

-¿Te duele?

-Me molesta un poco, sí.

-Vaya.

Inge miró alrededor, tal vez buscando con la mirada un remedio, pastillas. El bonito orden veraniego. Mantas plegadas en los estantes sobre el mueble del fondo. Libros ordenados en los estantes, pequeñas figuritas. Dos silloncitos. La alfombra.

-No te preocupes.

-No, bueno, miraba algo.

-¿La has probado?

-¿Cómo dices?

Joelene seguía sentada e Inge se mantenía en cuclillas, con una mano puesta sobre la rodilla desnuda de su prima. Joelene llevó la mano a su propia entrepierna, subiendo por su muslo bajo la falda.

-Si la has probado.

-El qué.

-La regla, estúpida.

El desorden era de consideración para los patrones de la chica. Barriga parecía haber desarrollado un gusto por la sobrecarga de imágenes y referencias, banderas y recortes. La flora de aquel reino, como hojas y copas. Los libros abiertos, comics, tomos de enciclopedia juvenil, revistas, se esparcían por la habitación. Existían ciertas acumulaciones de cosas, jerséis sepultando un sillón, como cáscaras o cocos caídos.

Barriga de Perro estaba sentado en el sillón del ordenador. Joelene en el diván, lleno de cojines. La tarde resbalaba en la ventana.

-¿Has bebido alguna vez una cerveza?

-No. Entera jamás.

-¿Quieres una?

-Bueno.

-Ahora vengo.

Barriga se levantó del sofá y cruzó la habitación, a su paso levantó un pequeño torbellino de páginas de revista aleteando, folios cuadriculados y hojas de cuadernos.

Le oyó bajando las escaleras hacia la cocina. Mucho silencio. La tarde expandiéndose hacia el crepúsculo. ¿Qué cosas guardaba entre tanto libro y estante? Se levantó y deambuló sin tocar nada. Por la ventana, la típica calle arbolada de Hoenberg en primavera, meciéndose las ramas. Sin tráfico apenas que reglar, el semáforo, verde, amarillo, rojo... Verde, ¡amarillo!, rojo... Volvió Barriga con un botellín verde oscuro, que lucía una etiqueta de marco blanco y verde casi melón.

-Heineken.

-Ah.

-Es muy rica. A ver si te gusta. Es de Holanda. ¿Sabías que en egipcio cerveza se dice henequet [hnkt]? ¿Suena parecido, verdad?

-Sí –Joelene sonrió... ¡cuántas cosas raras sabía Barriga!

Con la botella destapada, se sentó junto a Joelene en el diván.

-¿Quieres empezar?

-De acuerdo.

Dio un trago.

-¿Nunca has pensado por qué a los fantasmas no se les ven las piernas?

-¡Ah! No sé. Es cierto –soltó una corta risa y le pasó la botella. El líquido y su burbujeo la recorría garganta abajo-. En las fotos casi nunca se les ven...

-¿Has pensado por qué?

-Jamás.

Era divertido. Bebían y hablaban.

-Bueno.

-Pues no sé.

-Yo creo que se debe a qué, de algún modo, emergen del

agua... De algún tipo de agua —Barriga de Perro gesticulaba al hablar, dio un trago y le pasó el botellín -. Como si hubiera un espacio entre los dos mundos y desde él ellos asomaran al nuestro...

Joelene bebió un trago, dejó la botella a sus pies y se reclinó sobre los cojines. Cogió uno y se cubrió el estómago con él, retrayendo las piernas, las zapatillas sobre el pequeño diván.

No dijo nada.

-En fin... Oye, ¿querrías hacer una ouija? —siguió Barriga y se levantó, volviendo a su silla en el ordenador.

-¿Perdón? —djio Joelene.

-Una ouija. La tabla y las letras. El vaso. Hablar con los muertos.

Joelene apretó el cojín sobre su pecho.

-Todo esto que dices me da frío, Barriga.

-Lo siento.

-No, no. No importa.

En el breve silencio entre ambos pudo percibirse nítidamente el segundero del reloj de la mesilla. Era azul y en su esfera aparecían las letras STAR TREK en su grafía cósmica propia.

Barriga de Perro, sentado en la silla del ordenador, vuelto hacia ella, la pantalla apagada a su espalda, miraba al suelo en este silencio.

-¿Tus padres no están nunca? –preguntó Joelene.

-Mi madre viaja mucho.

-¿Tu padre?

-Vive en Inglaterra. En Carlisle.

-Ah.

-Me gusta Carlisle.

-Oh.

-Joelene, ¿has tenido la regla?

-¿Cómo?

-Has tenido la regla alguna vez.

El chico la miraba con sus ojos negros como pozos. Existían espacios que podían ser accedidos únicamente con palabras. A veces antesalas a conceptos, a veces salones de actos.

Joelene sintió: bailemos, Perro.

-La tengo hoy –dijo.

-¿La has probado? –preguntó él.

-No, nunca.

Joelene se llevó la mano a la entrepierna...

-Prueba ésta, Inge... Hazlo. Ahora. Vamos.

8

Dos torres de tortas de garbanzos y comino completamente bañadas en aceite de girasol y ralladura de pimiento picante se alzaban desde un mar de humus en el centro en una bandeja de la mesa. En los vasos de madera ante los hombres, humeaba un viejo vino del norte, picante, con motas de canela que chisporroteaban como estrellas en la columnita de vapor.

Sonaba el zumbido de la calefacción y las voces de otros comensales, los vehículos pasaban lentamente por la avenida en la suave ventisca.

En la tele, un resumen de la jornada del fin de semana en la Premier League. Domingo 18 de Noviembre – Arsenal Newcastle United, Emirates Stadium. Abre Kieron Dyer el marcador en el minuto 30'. Thierry Henry da el empate en jugada personal en el minuto 70, bla, bla bla.

-¿Se puede fumar aquí?

-Claro, López.

Dos hombres grandes como armarios ocupaban otra mesa y comían altos helados con nata y frutas. Sorprendió a López los relojes que en la cornisa sobre el mostrador y las planchas de la barra, indicaban la hora en diferentes husos del planeta, bajo cada reloj, el nombre de una ciudad: Estocolmo 11:37. Reykjavik, 10:37. Toronto 5:37. Seattle 2:37. Tokio 19:37.

Se sirvió uno de los rascacielos en el plato y le hincó el tenedor. Cataratas de aceite amarillento descendieron, desplegando un extraño inconexo aroma mediterráneo bajo sus fosas nasales. Felps hizo lo propio con su torre y en seguida le hincó el diente.

Masticaba mientras hablaba...

-En realidad, no creo completamente en lo que acabo de decir. López, ¿qué le parece? ¿Nos centramos en el caso?

-¿Ustedes desayunan normalmente esto?

-¿Aún no le había traído nadie a comer fellen?

-No.

-Dios me valga. No, López. La gente desayuna lo que le rota, pero a algunos nos gusta este plato. Es de la región. A mi me encanta.

-Estupendo. Me recuerda a mi tierra, me gusta. Gracias.

-Analicemos el caso, López y repartamos tareas.

-Sí —asintió el español y trinchó lánguidamente su torre de fellen, de la que empezó a sangrar salsa gris.

9

Joelene lanza la colilla por la ventanilla del viejo coche, trazando ésta un arco silencioso bajo las frías estrellas estivales. Inge aminora y redirige el volante – cruzan lentamente la explanada hacia el rompiente. Las rueda sobre hierba y tierra. Cala el freno de mano y apaga el motor y las luces. En silencio, las dos. Sobre ellas: la fina expansión de este último verano escolar, en el magma del pensamiento, las rocas del excitante enigma juvenil, el próximo inmediato ingreso en la facultad, ¿qué habrá? En la facultad y más allá. Todo se verá. Y ante ellas: las negra aguas de golfo de Bothnia y el manto estelado de la fría noche veraniega. Sobre el risco, contemplando el cielo y TODO ondear.

-¿Qué es lo que exactamente han dicho, Inge?

Inge tiene las manos sobre el volante y mira al golfo.

-No estoy segura. ¿Desde cuándo lo conoces?

-Barriga y yo íbamos juntos en tercer grado. Desde entonces. Sus padres le cambiaron de cole el año pasado, así que este último no lo ha hecho conmigo, pero da igual. Hablamos a menudo.

-Es...

-Diferente, ¿verdad?

-Sí.

-¿Y qué me dices de sus amigos?

-Uff... ¿HOLE?

-Sí.

-¿Qué clase de asociación es esa?

-Bueno. Pues un cine-club, parece ser. Simplemente.

-Sí, pero vaya peli. Era muy porno.

-Sí.

-Me ha gustado la presentación del francés de pelo blanco.

-A mi también.

-Hacedgglo. Tgazag el peggímetgro —lo imitó, solemne -. Y luego esa peli. Ha sido... No sé. Me movía. El estómago. El estómago, la cabeza, el coño. Ese triángulo que han dicho. Sus vértices.

-Sí.

-No estoy segura de haberlo entendido, pero lo intuyo. Lo instinto.

Silencio.

-Mente, corazón y coño... Esas coordenadas. ¿Te ha gustado la peli, primita?

-Algunas partes, sí. Otras nos tanto, ¡me dolía a mí!

-Ya.

-Pero en general sí, Joelene.

-Ya.

-¿A ti?

-También.

Silencio.

Pruébense. Definan entradas y acepciones en su inmenso diccionario interior. Descubran, amigos, el lenguaje total. Aprendan. Aprehendan. Den. Capturen. Corran. Muevan. Limiten su verbo, encuentren, amigos, los límites de su verbo. Hacedlo, trazad el perímetro.

Es un gesto que se produce en dos tiempos.

Lentos ambos.

Mirad como Inge lleva lentamente su mano hacia la mano de Joelene, un instante, la mano se posa sobre la mano, Joelene respira, Inge respira. Silencio. Juntas comienzan un pálpito a compás.

Inge suavemente cierra sus dedos sobre la mano de Joelene. La presión es mínima, la presión es traducida como petición. La casi líquida musculatura ahora. Joelene cede con suavidad, Inge conduce, atrae la mano de Joelene a su propia entrepierna. En el transcurso de este vuelo mínimo: Joelene suspira, sintiendo una campanada amarilla en la región superior del clítoris, Inge traga saliva, un corrimiento de tierras heladas en el bajo vientre. Con sus dedos separa los de Joelene. Aterrizaje mínimo. Las yemas de Joelene, suavemente entrando en contacto sobre la costura de los tejanos de Inge. El ligero monte del coño prieto juvenil. Joelene siente en sus yemas las vulva de su prima y percibe el algodón de sus bragas. La mano quieta. Aprieta. Aprende. Aprehende. Aprieta. Explorar. Trazar el perímetro, condición y capacidad humana. Cierra los dedos sobre el coño de su prima y con dulzura empieza a acariciar y mover. ¿Hasta dónde llegar? ¿Cómo navegar? No hay batíscafo, astrolabio ni sextante. Amarra la curva de Inge con cuatro dedos, buscando gancho con el dedo corazón. Inge levanta las caderas ligeramente, es instinto, la mano de Joelene aprieta más abajo, aferrando mejor. ¿Qué más allá del perímetro? Trazad el perímetro. ¿Qué más allá? Gimen. Gimen, en tiempos propios. Inge ejercita un movimiento de fricción, buscando contacto. Los tejanos húmedos. Joelene desabrocha el primer botón. El estómago plano de Inge, una contracción. Baja los dedos en contacto directo sobre el algodón, y aparta y encuentra el valle, húmedo al amanecer. Esta larga ruta que empieza. Ahora: los vértices de ambos triángulos interiores, se tocan. Plano sobre plano. Se expande en ambas el movimiento. ¿Dónde los límites, qué más allá? Ese francés de pelo blanco, Pierre, lo ha dicho, solo una vez: más allá encontrarán las Entidades.

10

Los dos agentes se encontraban en su área de trabajo, detrás de sendos biombos translúcidos que filtraban la blanca luz de la tarde mientras se expandía.

López, con los codos en la mesa, la pantalla parpadeando, boli, gafitas y libreta, investigaba la pista Flores Santa Clara. Felps entre tanto, el reloj Jörgen marcando secamente los segundos, curioseaba por una de las webs de Kim Wylde, extrañas posiciones para bellas, valientes mujeres, al tiempo que el documento-historial policial referente a Joelene Karlson reposaba minimizado en la barra de herramientas verde olivo, latente, esperando su turno.

López iba:

-Adenimus, pachypodiums lámerei, pachypodiums baronii, agraves... ¡¡Dios!! -dejó el bolígrafo de un manotazo sobre el libro, haciendo saltar algunos papeles -.No me aclaro, coño.

Felps murmuraba:

-Vaya ésta... Uff, y ésta, Dios mío... Humm. Agg, muy bien, sí...

-Menudo cristo.

López cogió el teléfono, en inglés correoso y salpicones de sueco, marcó:

-¿Operaciones? Buenas tardes... Sí, caso Karlson... Joelene, sí. ¿La fusta? No lo sé, no lo sé. ¿Cómo dice? No, oiga, oiga, no, para eso alquile un DVD, no me cuente rollos... Llamo por las plantas, joder, por favor, ¿qué tal los análisis, alguna anomalía? Sí. De acuerdo, espero...

En espera, una melodía como Apple Core u otra. Con vientos.

Felps seguía murmurando.

Se cortó la melodía.

-Sí, sigo aquí. Claro. ¿Cómo? De acuerdo, llamo mañana, muy bien. Entiendo, claro. ¿La fusta otra vez? Oiga... Vale. De acuerdo, gracias. Sí, mañana. Adiós.

Y colgó.

Se ajustó las gafas.

-Baobab... No lo sé. No entiendo nada de esta mierda...

Trabajaron duro toda la tarde. Finalmente sonó el timbre. Cinco y media, hora de salir. Felps se levantó como si un muelle viviera alojado en su ano: boooing ¡! Y ya en pie, cerró las ventanas del escritorio y apagó el equipo correctamente.

Se estaba poniendo el gabán, miro a López desde el perchero, el muchacho, su calva al descubierto, el bombín en el perchero, seguía imbuido en una tormenta de latinazgos vegetales. La luz de la pantalla parpadeaba en su rostro.

-¿Qué hace usted esta noche, López?

El joven levantó la vista.

-Nada en particular, ¿por?

El inspector continuó:

-Podría venir a mi casa, discutiríamos el caso, puede usted

conocer a mi encantadora hermana Helga y disfrutar de su hórrido ideario culinario, pero...

-Es usted muy amable, Inspector Felps.

-Estupendo.

-Pues sí.

-¿A las ocho entonces?

-Ajá. No.

-Ah.

-Bien. No. Es decir: gracias. Es que no desearía realmente molestarles, tengo mis cos...

-Oiga, véngase a casa, López. Helga se queda en el salón de arriba, viendo los capítulos grabados de *My girl's name* y fumando marihuana, últimamente fuma marihuana ¿sabe? ¡Con cincuenta y dos años! En fin, cosas de la vida, yo qué sé... Se pone loca. Hace unas galletas estupendas, por cierto, ¡y colocan! Bueno, nosotros podemos bebernos el agua de los floreros abajo y, oiga, llámeme, por favor, llámeme Igor... ¿A las ocho, Antonio?

-No, no. Gracias. Es, quería decirle, muy amable, pero preferiría quedarme. Quería hacer unas llamadas telefónicas a mi casa, a mi novia, y ...

-Oh. Desde luego.

-Sí. Muchas gracias en cualquier caso, señor Felps.

-No, estupendo. Por supuesto, cuando quiera, López. Mi rabo es el suyo, mi casa es la suya...

-Gracias, sin duda, inspector.

-De acuerdo, López, hijo —tendió la mano hasta hombro y lo apretó ligeramente -. Hasta mañana entonces, amigo. Páselo bien — y la asestó un manotazo en la espalda y chascó la lengua y dijo: -Me cogeré dos big king xxl y me dedicaré un poco a mi proyecto, López. Estoy reuniendo un pequeño grupo. Pretendemos recoger psicofonías, ¿le gustaría apuntarse? Está ahí el párroco, López. Usted debe ser católico, él es metodista, se llevarían bien seguro... Menudo refufunfuñón es. Además, que hombre, está convencido que una sociedad sin valores está condenada a desaparecer... je,je ¡Cómo si los valores fuesen unos únicos e inquebrantables! ¡Imagine los debates qué tenemos!

-Entiendo.

-¿Se queda?

-Sí.

-No trabaje demasiado, Antonio. Pronto llegará el informe forense además. Cuestión de días. Hasta mañana, amigo.

-Hasta mañana, Inspector. Gracias.

-Grande la vida, sí señor... —y en castellano añadió: - Amigo: ¡me voy!

Y rió y así, salió de los biombos y se encaminó al ascensor, rumbo a la azotea y a recuperar la avioneta de Helga, a todo volumen y de vuelta a casa.

11'

<<Voy a bajarte la cara al suelo y orinarte en la cabeza. Eso voy a hacer, ¿entiendes lo que estoy diciendo, perra?>> La mujer que habla está de pie, con las piernas ligeramente separadas y mantiene a la otra, arrodillada a su pies, atada por una correa al cuello. Sostiene el extremo de esta cadena en un puño. Es pelirroja cobriza. Lleva botas de cuero azul eléctrico acordonadas hasta la rodilla. Viste un corsé de látex a juego, realzando sus pechos y afirmando la cintura. Un antifaz de la misma textura y color cubre sus ojos; por las hendiduras se vierte su mirada, muy incisiva y muy severa. Su edad ronda escasamente sobre la cuarentena. La mujer arrodillada a sus pies, ataviada únicamente con un pequeño body de látex negro, pasa apenas la treintena. Ahora levanta la barbilla y el rostro hacia la mujer, su collar azul de cuero y la cadena amarrada en la argolla se mueven en el gesto. Mirándola desde esa postura, las rodillas en el suelo, la espalda recta al descubierto entre los finos tirantes, destellos azules, cerradísimo el body bajo la

cintura separando las nalgas y fijando el coño, pequeña vulva sobresaliente, responde: << Sí, Ama.>>. Entiende lo que está diciendo.

Inge deja la copa de vino sobre la mesa y recoge las piernas en el sofá, abriéndolas. Baja dos puntos el volumen del televisor. La mujer en pie hace ahora blandir su flagelo de varias cintas de cuero contra las nalgas de la mujer arrodillada. Una vez, otra. Y otra. Otra más. Tras las ventanas del salón, la bruma se dispersa en la noche entre las luces de las calles y edificios de la primavera de Copenhague. Suena la gruesa sirena de una ambulancia. Se lleva una mano al triángulo, sobre el pijama de algodón y de nuevo mira la pantalla. En su interior siente esa bola estática alojada.

La mujer de rodillas pega el rostro al suelo, el culo en pompa, una perra. La otra abre las piernas, a cada lado de la cabeza de la perra, quedando su coño sobre ésta, como la punta, la clave de un arco ojival.

Era un sobre amarillo, matasellos de París. Venía el DVD y una carta.

Querida Inge,

Estuvimos la otra noche de cháchara. En realidad no me gusta mucho París, en realidad tampoco estoy leyendo Duras. En realidad ninguno de mis compañeros merecería sobrevivir a un holocausto nuclear. Quiero votar minorías, pero ni siquiera soy francesa. Te contaré bien. Estuve en este lugar.

Había una tarjeta grapada a la carta. Rectangular y de negro satinado. El margen izquierdo estaba cubierto por la imagen, tomada en primer plano, de un rostro enmascarado en látex eléctrico. Únicamente aberturas para los ojos, amplias aberturas y unos ojos preciosos, de largas pestañas y penetrante mirada azul. En el margen derecho, el fundido borroso de un regio portal parisino, de altas jambas pétreas y descomunal portalón. Bajo esta imagen difusa, en diminutas letras rojas, una dirección: 99 Rue Estienne, Issy-les-Moulineaux [Paris]. En el centro de la imagen, una D de fino trazo se retorcía unida a una S y bajo el beso de ambas, las luces, eternas: Paris.

Fue Barriga quien me sugirió la visita. Le escribí una carta con tres preguntas: uno) ¿qué lugares de París visitarías tú? dos) ¿qué lugares de París visitarías si fueses yo? y tres) ¿qué lugares de París visitaríamos si estuvieras aquí conmigo? Contestó con una de esas cartas propias de él, únicamente escribió "Querida Jolly" y después pegó tarjetas, recortes y citas en collage. También escribió "Yo", "Tú" y "Nosotros". Habló de sí mismo al final de la carta, en un párrafo escrito recortando letra a letra de un periódico. Está en Carlisle, quiere conservar la casa y utilizar parte de la herencia para trasladarse. Me pidió que pasáramos por su casa en Hoenberg, en cuanto coincidamos allá. Ahora está cerrada. Me dirá dónde encontrar una llave. Y besos. Eso fue todo. Pensé que podía ser interesante visitar sus lugares, los míos y los comunes. Éste estaba entre los míos. Fui sola. Me sorprendió en primer lugar el olor a jabón y la sensación de respiración amontonándose. En la puerta custodiaban dos agentes de seguridad privada, sin insignias y elegantes, rectas levitas de punto negro. No pusieron traba y abrieron la puerta del local ante mí. Al cruzar, me encontraba en un pequeño vestíbulo cerrado por cortinas. Tras un mostrador a mi izquierda atendía una chica. Era morena y llevaba el pelo, melena dirigida como un manojo de flechas apuntando al suelo y el flequillo estrictamente horizontal. A mi derecha un pasillo y un hombre vigilaba. De traje y rapado. Las piernas separadas y los brazos cruzados. La chica habló. Perdona, Excusez-moi, debo preguntar alguna cosa. Claro, dije. ¿Es la primera vez que vienes a un sitio así? Sí. Entiendo que sabes lo que vas a encontrar, así que: ¿vienes sola, esperas a alguien? Vengo sola. ¿Tendencia? Dije la verdad inmediata: vengo a descubrirlo. La intuyo. La chica reflexionó un instante, mirándome, dijo: De acuerdo. Entraré más tarde a verte. Yo soy Adèle. Bienvenida. Gracias. Y entré. En realidad es una reunión. De gente que vive un modo. Creo que es gente que comenzó en un impulso como el nuestro, pero están todavía en fase. Debemos siempre seguir, nunca parar. Si ha sido determinado que nuestra vía por aquí entra, por esta región, de tránsito, pasemos, visitemos, encontremos. Pero jamás nos detengamos. Esa es, ese es el nódulo del movimiento. Tenía muy presente esa noción mientras deambulaba la sala: aprendan, muevan. Descubran. Me encontré al amanecer, me encontraba al amanecer caminando en círculo entorno a un adulto que semidesnudo a cuatro patas descansaba, la cabeza pegada al suelo, atendiendo mis instrucciones y humillación. Aún tengo el olor de jabón y plástico insertado en el corazón. Y el sonido de cada azote. Visto en perspectiva confieso que es contradictorio. Aún *así, es el único camino. Tú también debes ir, Inge, querida. Barriga por cierto lo sugirió. Pruébalo. Pruébate.*

Un beso,

J.

P.S Espero te guste el regalo.

El regalo...

Susurro láser en el reproductor. Inge se ha desprendido del pantalón del pijama y la camiseta, lanzándolas a su espalda en el sofá. La señal descodifica este momento en pantalla el primer plano de un fino reguero, fluyente, amarillo polvo limón. Orín lloviendo entre dos muslos. La noche de Copenhague pasaba como un vuelo lento en el exterior.

11"

Joelene apaga la tele y lanza el mando al sillón desde el sofá. El mando rebota. El piso en silencio. Tan sólo el tic.tac. Decide salir, a tomar una copa, o el aire, o una vista de la ciudad, o nada, decide salir. Baja la escaleras, sus tacones repicando contra los escalones de metal. Sale al exterior. Sopla el viento en la pequeña plaza y agita su pelo y su falda según pasa sobre por rue de l'Ourcq, justo ahora sobre las vías del tren, cruza, desierta la rue Petit. El semáforo. Verde, amarillo, rojo. Verde, ¡amarillo!, rojo. El viento cálido de mayo subiendo por sus muslos. La noche que refresca y el viento es aún caliente. Están abiertas y vacías las tiendas de comida árabe, como cocinas con escaparate, desoladas las entradas a los bares. A la altura del Boulevard Indochine, levanta la mano:

-Taxi.

El taxi para. Un nigeriano. Ella abre la puerta trasera, se desliza al interior y se sienta. El nigeriano la mira sin expresión por el retrovisor.

-B'n soir, M'dm. Où voulez-v..?

-Glazz'art. 99, Rue Estienne, Issy-le...

-Oui, M'dm.

Arrancan.

Las luces se mueven y pasa la noche en forma de edificios altos y barrios, la muerte siempre nos sigue y llega y nosotros, en asientos traseros, en paseos, corremos y corremos hasta que nos alcanza.

Beep-beep.

Mensaje. Joelene lleva la mano a su bolso. El taxi avanza entre tráfico fluyente y difracciones diversas de diversas luces. Coge su nokia. Aviso de mensaje en el visor. Aprieta. Abriendo. IngeMov. Lee: <<He recibido tu carta. Estoy ahora a dos calles de Maître. xx Un beso. I. >>.

Vuelve al menú principal, bloquea el teclado, guarda el móvil de vuelta en su bolso. Como marchando por avenidas una noche de fastos. El agua negra del Siena. No se ven estrellas. La pálida refulgencia lunar.

Inge descubrirá esta noche su posición en la Revuelta.

12

-Oiga, Felps...

El inspector Felps estaba con la cabeza completamente envuelta en una toalla y reposando sobre el escritorio. La toalla empapada en jarabe Vicks.

-¡Felps!

Desde un hueco almohadanoso, llegó su voz: Ss-í ¿H-helga?

-Inspector Felps, estoy revisando la transcripción de la declaración de la señora Maple. Me preguntaba acerca de..., bueno, algo que dio Maple por supuesto atribuible a la inhalación de marihuana, pero fue referido por la propia víctima como un juego. Sentada en el suelo. Un juego. Se encontraba bajo los efectos de un juego. ¿Qué juego? Se apretó el bajo-vientre y...

Felps levantó la cabeza – como el auténtico hombre invisible. Desde aquel hueco su voz mullida reprodujo: ¿López? Interesante observación.

-Sin duda. Gracias –respondió el agente.

Felps retiró el turbante de su rostro. Tenía la cara enrojecida y bajo los ojos bolsas hinchadas como ciruelas. Entorno al iris, un sistema radial de finas autopistas sanguinariamente congestionadas.

Desenvuelto del turbante de Vicks el inspector proclamó:

-Deme su Glock. Voy a volarme la cabeza.

-No, inspector.

-¡Esto cada vez es más complicado o yo más gilipollas!

-Calma.

-Mire, tengo como un millón de bikinis en la retina. Y varios litros de crema. Estoy destrozado. No sé por qué tuve que suscribirme a esa web, la verdad. Me he ido a dormir cuando salía el sol. Imagine.

-Creo que podría tratarse de un juego sexual.

-Oiga, no es usted quién para implicarse en mi vida privada, López.

-Estoy hablando de Joelene, Inspector.

-Ah.

-Sí. Solicito permiso para una inspección del domicilio Karlson. Algo me dice que no estaba únicamente masturbándose. Piénselo bien: ¿se pajearía usted, no, perdón, se estimularía usted con un, imaginemos, consolador anal en su caso, sabiendo que alguien viene a visitarlo? Quiero decir, ¿no es algo que únicamente haría en caso de estar llevando a cabo ese acto de forma coordinada con otra persona? Algo así como pactar. Los juegos sexuales, por definición, son por naturaleza un pacto entre partes. Ella dijo: "un juego". Quiero encontrar a la persona que estaba jugando al otro lado...

-Concedido. Allane, amigo mío. Libre como un pájaro.

-Gracias. Pues me voy.

El agente Lopez dejó el bolígrafo en la mesa y se puso en pie. Recuperó su anorak y bombín del perchero y ya salía por la puerta del despacho de ambos, cuando se detuvo ante la pregunta de Felps:

-¿Existen consoladores anales masculinos, Lopez?

-Sí.

-Aj-ja. Ah. ¿Con pilas? ¿Vibran?

-Así es.

-Oh. Interesante, sí. Ejem. Marche, marche. Adiós, adiós.

-Luego reporto.

-Bien, bien.

Y salió por la puerta, pasillo hacia el gris amarillento gélido exterior.

13

-¿Cómo ha ido, Ágata?

-Bien.

-¿Qué han dicho los policías?

-Nada. Han tragado.

-¿Pudo retirar los artilugios de las cavidades?

-Efectivamente.

-¿Están a recaudo?

-Acabará el Mundo y no serán hallados.

-Eres grande.

-Gracias.

-¿Y alguna trampa? Jugar a confundir. ¡Tan divertidos son!

-Sí, también. No sabía. Un bol que tenía ella en la nevera, lo he dejado caer en el centro de la cocina. Ha estallado. Nada más.

Silencio de trópico al otro lado. Un instante.

-Me gusta mucho. Creerán que fue pelea o asalto... Muy bien.

-Gracias.

-Qué bien. ¿Qué tiempo tenéis por allá?

-Es noviembre. En Hoenberg. Imagina.

-¡Ja! Claro.

-Allí, ¿qué tal?

-Ahora 28 grados. Veo el mar en calma desde mi sofá. Una absoluta maravilla.

-Ya. Pero aquí los días todavía son más largos y tienen más luz.

-Cierto. Cuídese, señora Maple. Hablamos pronto.

-Adiós.

-Adiós.

-¡Ágata! Perdón, no cuelgue. Una pregunta más.

-Sí. Dime.

-¿Desea seguir con nosotros?

-Por supuesto. Y espero la proclamación de la nueva Reina con ansia. ¿Cuánto cree que tardará en comprenderlo?

-Dependerá en gran medida de la guía que nosotros le demos.

-Sí.

-¿Algo le preocupa, señora Maple? Percibo octavas de inquietud.

-No. Tal vez me gustaría tener más visión sobre el conjunto. No sé si he revelado a los policías cosas que no debía. No conozco el total.

-No, señora Maple. No sufra por eso.

-De acuerdo.

-Gracias, Ágata.

-Adiós.

-Por favor, una última cosa.

-Dime.

-Con pretexto de funeral y herencias, pedí a Inge que se instalase en Hoenberg. Residirá en la casa Karlson. Si puede, simplemente, visítela.

-Así será.

-Muchas gracias, señora Maple. Buenas noches para usted. Será usted debidamente recompensada: acuda a los establos cuando desee.

-Sí, gracias. Adiós.

-Adiós.

Clack.

Barriga de Perro recuperó la lata de 7Up tras dejar el auricular sobre la horquilla. Veía efectivamente el mar en calma. Dio un trago. Pronto se pondría el sol. Se ponía pronto en Puerto Viejo. Siempre entre las cinco y las seis. Pero eran largos atardeceres y noches muy claras del Caribe. Dialogaban la marea de palmeras más allá de la ventana y el ondular del mar. Veía la fina franja de playa de arena gris y blanca. Resplandecía al sol y pronto las sombras oscilarían cubriendo la playa primero y la espuma en la costa y el mar. Más tarde, la noche, ascendería la luna. Saldría a un paseo. Hambre de vísceras.

Sentía tensión.

Ahora que Joelene había muerto, debía atenderse a la proclamación - la nueva emperatriz de la revuelta debía levantarse.

No puede Barriga designar, debe ser ella la que elija levantarse, la que descubra su nueva posición. Será inmediatamente aclamada silenciosamente por todas las legiones. Barriga únicamente puede guiarla a descubrir.

Empezaría por enviar una carta y la máquina.

La máquina. CNN Internacional es un canal de televisión retransmitiendo para el mundo entero. No hay prácticamente lugar al que su señal no llegue, todo el espacio barrido por su frecuencia. El principio es el siguiente: conceptualmente, las ondas se transmiten en el éter, en el todo. El sonido son las ondas que tienen incidencia en el aire; como tal, como ondas simples, carecen de información. Al hablar emitimos onda, y modulando la onda superponemos información: eso es lenguaje. Las ondas de radio, ondas en el medio, en la nada, son emitidas en una banda mucho más alta de la que el oído humano puede captar de forma natural. La onda de radio es por definición portadora, como lo es el sonido, a ella puede superponerse información: hacer al sonido hablar. Un sistema de información. ¿Cómo se superpone un contenido a una onda? El primer modo fue el morse: puntos y rayas. Considerar que la onda es un pitido y en base a entrecortar o alargar su pulso, se diseña un alfabeto. Primera transmisión histórica de larga distancia. 1835. La segunda estrategia para introducir información en una onda fue basada en la modulación de la amplitud de cada onda. Una onda consta de dos dimensiones principales. Amplitud (el ancho total de la onda) y frecuencia (la cantidad de ondulaciones de la onda en tramos de un segundo). Este segundo sistema variaba la intensidad, la amplitud de onda, la altura, sus subidas y bajadas. Sería equivalente a hacer variaciones sobre un hilo de voz. Esa ondulación de amplitud es información. Por último, se desarrolló la ondulación de frecuencia. Alterar el número de ondas que por segundo se transmiten fue la definitiva forma de superposición de información sobre una onda. Conclusión: una onda puede modularse en frecuencia y en amplitud. Por ello, uno puede valerse de cualquier onda en emisión permanente y servirse de ella como portadora para enviar su propia señal.

Diseñó Barriga el transmisor en un día y completó el receptor (la propia máquina) en dos semanas. Por la Interamericana con su Range Rover, y sobre la ladera del Cerro de la Muerte, sol de mayo de justicia y el frío limpio estático de la altitud, la quietud, la atmósfera vacía, se detuvo en la estación emisora de CNN Internacional Costa Rica. Un edificio de hormigón, cerrado y cercado. Sin vigilancia. Sin paso ni tráfico por la zona (¿es esta la luz y atmósfera que perciben los sujetos supuestamente víctimas de teletransportación?). En los modos de cualquier aventurero infantil, saltó la valla y se acercó al edificio. No la puerta principal, pero sí estaba sin pestillo ni cerrojo el ventanuco del pequeño baño de la estación, en la parte trasera del edificio. Se coló. Las moscas negras pululaban sobre la taza y el lavamanos. Intensa humedad regional.

De una patada, accedió a la sala. El rumor maquinal. Tenía perfectamente estudiado qué hacer. Ni siquiera era necesarios sentarse en el panel de control y comandos. Buscó la entrada de audio. A la señal normal de audio de CNN Internacional Costa Rica, conectó, añadió su transmisor. Un pitido inaudible para el oído humano, imperceptible, corriendo a 70.000 Mhz sobre los oídos. Desde Puerto Viejo, envió el aparato a Joelene y una carta con instrucciones. Cubierto en látex azul y con la forma de una lágrima. La señal de CNN es ignorada al otro lado del mar. Decodificada la señal de interés por el aparato, éste vibra. Joelene debía introducírselo en el coño y esperar. Junio. Permanecer así, según lo establecido, incrementando su uso en varias jornadas a lo largo del mes, tal y cómo la carta sugería. La señal había sido diseñada para enviar diversas fuentes de vibración, de forma que la estimulación clitoriana y cavernosa era variable y siempre inesperada. Pausas, ráfagas, secuencias. Una estimulación de larga duración y a larga distancia. Semejante control biológico provocaba un intenso vínculo con la psique. Tensión continua. Siempre expuesta al placer. En cualquier parte del planeta al que llegue CNN, en cualquier parte del mundo: controlada. Un juego. De pronto: severa ráfaga de pulsación sostenida en el momento que Joelene abre el maletero, las bolsas de la compra esparcidas a sus pies. Aggg. Se apoya en el capot. Las piernas tiemblan, el bajo-vientre en contracción. Después sentada al volante, sin arrancar el coche. Sexto orgasmo, por favor, detente. En casa, de madrugada, en la ducha. Durante julio, según las instrucciones, Joelene descansó. En la última semana, el día 24, llegó otro paquete. Feliz día internacional del BDSM, rezaba la tarjeta. Y sobre una base de espuma negra, siniesto y resplandeciente: el complemento anal. Azul látex. Grueso, con tres ondulaciones como canicones superpuestos. Nuevas instrucciones. Pasó agosto con ambos aparatos insertados. Brëol y el verano fueron poco más que una ondulación en su percepción. En septiembre, la Revuelta saludaba al fin a su monstruo necesario.

14

López sostenía su bombín en la mano y a cortos pasos atravesaba sigilosamente la cocina. En el lugar que había caído el bol no quedaba nada. Los de operaciones habían retirado todo. La casa estaba vacía y en silencio. Entró en el salón. Allí había sido encontrado el cuerpo de Joelene, sobre una sábana blanca. Como un ángel recién caído. Se puso en cuclillas justo en el lugar que Joelene muerta había aparecido. Palpó la alfombra, mullida y agradable al tacto. Debía subir a la planta de arriba y buscar evidencias en los cajones, tal vez hallase algo adecuad...

-Buenos días.

López dio un respingo de horror súbito. El corazón le dio un vuelco.

-¿Qué hace usted, señor?

Antonio Lopez se volvió, rotando sobre sus pies, aún en cuclillas. A los pies de la escalera, una bellísima joven lo miraba aguardando una respuesta.

-Esto es el escenario de un crimen, señorita.

-Esto es la casa de mi prima muerta, señor.

-Soy agente de policía, señorita.

Lopez se levantó. La chica permanecía de pie, mirando con intriga al agente. La chica llevaba unos pantalones de pana marrón ajustados y una camiseta blanca. La melena negra cayendo preciosa sobre los hombros. Sonreía con timidez. El agente percibió, creyó percibir un brillo de enajenación en la mirada de la bella muchacha. Se llevó la mano instintivamente al costado donde, bajo el anorak, llevaba su Glock.

-Voy a tener que pedirle que se identifique, señorita.

-Por supuesto. Soy Inge Ingeborg.

-Documentación, por favor.

La joven hizo un gesto, volcándose hacia la escalera ascendente.

-Para ello, agente, debería subir. Tengo mi bolso y documentación en la planta de arriba, señor.

-Bien. Pues subamos juntos entonces.

Sin dejar de atender al peso de su Glock, Lopez se encaminó hacia la muchacha, que sonreía con premura, quieta al pie de la escalera.

-Después de usted, señorita.

-Sí.

Según subían, Lopez no pudo evitar reparar en la gloria con la que las curvas femeninas de la chica habían sido talladas. Una perfecta exposición de sus nalgas, el suave bamboleo de las caderas. Al emprender los últimos escalones, un gesto de la chica al cubrir dos peldaños en un paso, revelan la punta de un estricto tanguita de hilo, negro finísimo. López tiene una reacción corporal: tragar saliva para eyacularla después. No te distraigas, muchacho. Palpó el arma, recordándose que estaba trabajando: ojo avizor, Antonio. Un extraño ambiente fbtaba en la planta de arriba. Jabón aromático y látex y respiración. ¿Podían de los muros aparecer en este instante espectros? Salen, no salen acaso los espectros de los muros del cerebro... De la corteza y sus millones de estímulos. La planta era oscura. Iluminada únicamente en la galería que al fondo del pasillo cortaba, como un perímetro, la casa. El pasillo en sombras grises, salvo una tibia lámina de luz azul solar, traslucida por, posiblemente, una ventana en el techo dos-aguas, que manaba por la puerta abierta de lo que parecía ser la estancia del dormitorio, lugar al que la joven se dirigía. El resto de habitaciones en aquella planta permanecían cerradas y debían, todas, ser inspeccionadas.

Hipótesis. La mujer estaba perturbada y le estaba siguiendo la corriente, podía ser peligrosa, tal vez tuviese un arma, una persona perturbada es capaz de cualquier cosa, ojo avizor, pero, López, antes que eso: ¿no has percibido que el desarrollo de toda esta secuencia es anormal? Esté ella perturbada o no... Es cierto. Tengo la sensación de estar actuando como si, como si ella ¿fuera una aparición? Fuera. Algo fuera. Es este entorno. López, ¿no sientes que estás viviendo cierto rigor de ensueño? Y sus curvas. ¿Qué sucede aquí? HOLE. Agujero. ¿Oyes otras voces? No. Es la mía, ramificada. No, te equivocas. Es la nuestra. Masculina y femenina. Aquí estamos todos. López. Todo estamos aquí. Creo que lo intuyes, pero no lo puedes saber. Ella es Inge. Tú la vas a seguir. ¿Quién me habla? Nosotros. Estamos aquí. Siempre lo hemos estado. Y lo sabes. Ahora aún ves turbias nuestras caras, pero nos hemos reconocido otras veces, cada vez. Ella es Inge y la vas a seguir. Sí. Ella te enseñará. La futura reina necesitará en su reinado un futuro rey. Te enseñará. Aun no lo sabe. Lo descubrirá. Pronto. Debes mostrárselo. Tu la deseas. La amas. La quieres seguir. Ser fuerte con ella. Lo descubriréis juntos, Antonio. Hay una fuerza creciente en nuestra contra. No te preocupes ahora. Primero ámala. Deséala. Descúbrela. Díselo. Es (nuestro) Evangelio.

-Inge...

La voz de Lopez era un fino reguero. Se vio empujado por su pensamiento, hacia el suelo. Al sentir golpear sus rodillas contra el suelo, su cuerpo en genuflexión, supo que no había vuelta atrás.

-Inge...

La joven se había vuelto y observaba al hombre arrodillado. Juan 13:23. Uno de ellos, el discípulo que amaba, estaba arrodillado ante él. Entrecerró los ojos, ese gesto rompía las barreras. Lo entregaba. Sin sonreír, dijo:

-Qué. Qué quieres.

-Inge, yo... —Lopez bajaba la cabeza hacia el suelo, mirando directamente los pies de Inge mientras hablaba.

-Dilo.

-Deseo rendirme a ti —susurró.

Inge se sonrió. Nueva condición, nuevo desarrollo.

-Demuéstralo.

López no sabía qué hacer, pero sentía que debía hacer algo. Habló:

-Te acompañaré donde vayas.

Eso conmovió a Inge. No lo quiso así.

-Levántate por favor.

Lopez se levantó. Sonreía. Sonreía como el tipo que baja a llamar por teléfono una noche cualquiera y la cabina lo succiona a un viaje en el tiempo, hasta un mundo de dulce y mieles, frutas, sol y mujeres, y tras el gran desparpajo, la fiesta, siesta y jolgorio, es devuelto a la cabina, con todavía restos de hierba en el pelo y carmín en el cuello de la camisa. Sonriendo.

Inge río.

-Sígueme, Antonio por favor. Me encantaría.

-¿A dónde?

Juan 14:15 Si me amas, obedecerás lo que yo ordene.

-Te enseñaré dónde pasábamos los veranos Joelene y yo.

-Estoy trabajando.

-Pues haz que sea por trabajo, tú deseas seguirme. ¿No has de investigar?

-Sí.

-Pues Brëol es fundamental para ti —sonrió Inge. Rota, rueda la realidad: avanza -. Ahora, Antonio. Ven.

Lopez comprendió por un instante y sin verbo el movimiento

de los límites, los bordes tocantes, las fronteras, la gran teoría de los perímetros y sus niveles de superposición. Apretó los dientes. No había vuelta atrás. Le gustaba esa mujer. Serían fuertes juntos. Sonrió. Tendió la mano.

-De acuerdo. Vamos.

La mañana, con ojos de nieve y pupilas de sol, vio a Antonio Lopez perder su primera piel y sereno, extraño, infantil y turbio, ser urdido a la estela de Inge Ingeborg.

Juan 14:23. Replicó: aquel que me ame, obedecerá mi enseñanza. Mi padre le amará, vendremos a buscarlo y haremos nuestro hogar con él.

Pareja.

15

En octubre, la Reina Joelene había matado a dos aliados, un macho y una hembra. Alarma. Desde Puerto Viejo, Barriga de Perro organizó una video-conferencia a tres bandas. Discussion. Hecho inaceptable, cómo proceder a continuación. El triunvirato reunido (siempre tres vértices: Pierre Levay, obispo supremo, en su residencia africana, amorrado a una botella de agua mineral y rojo como el demonio, mostrando signos de consternación en pantalla desde su residencia centro-africana, Madame Omtrek siendo suavemente abanicada por su nueva perra en Aguas Calientes y el propio Barriga, enganchado a un pack de 12 latas de 7Up y fumando Lucky Silver sin pausa, encendiendo uno con la colilla del anterior) debatió pormenorizadamente y en detalle la cuestión. Expuesto el caso, escuchadas las tres partes, sólo una resolución consensuada se impuso: la Reina debía ser depuesta.

La Reina Joelene había sido invitada a una cena particular en una mansión a las afueras de Estocolmo, en una pequeña, coqueta, zona residencial en Uppsala. La pareja había recibido convenientemente a su invitada y la cena había sido servida con gran corrección. La esclava hembra deglutía a los pies de Joelene aquello que ella desechaba, comiendo directamente del suelo y sin utilizar las manos: una perra. El esclavo macho permanecía de pie, atento a la reposición y otras tareas. Sin duda en su fuero interno, convino el triunvirato en la reunión, Joelene, en las arenas más profundas de su naturaleza, repudiaba aquella situación. La atroz reducción de la condición humana, la negación voluntaria de la libertad, de la no-dependencia, la abrumaban. ¿De qué podían valer esos seres? ¿Por qué? Posiblemente Joelene sufrió una intensa crisis. El asesinato de los dos aliados respondía quizás a esa dolorosa incongruencia que en su interior sentía. Los había matado en el transcurso de una sesión de castigo. Eso era doblemente grave. La Reina era violenta y débil. Loca. Un error. La Reina había perdido su Alteza.

-Si al menos los hubiera matado con una pistola, un auténtico asesinato, comprenderíamos que ella, en su sin-razón, había elegido matar a esa pareja. Por supuesto, procederíamos, pero... – Levay se veía incómodo en su argumentación, muy preocupado por el cariz que los hechos habían tomado en Europa.

-Desde luego, Pierre... –intervino Omtrek-. Lo que hemos creado es un monstruo sin control. Seguramente no comprende lo que ha hecho. Una parte de ella debe decirle que esas muertes eran castigo necesario para nuestros aliados, creyó estar ejecutando lo que su condición real exigía...

-Es gravísimo. No es sólo un exceso, no es sólo minar la confianza en esa relación, romperla incluso, es ejecución, no hay asesinato en nuestra Revuelta, yo... Estoy muy disgustado... Perdona, Omtrek. Sigue por favor...

-Sí. No, bien. Totalmente de acuerdo contigo, Barriga...

Levay, revolviéndose el pelo, intervino:

-Esto prueba el absoluto desconocimiento del territorio que está pisando. No quiero ni pensar qué pasará cuando salga de esta región sexual y ascienda a la siguiente fase. Es... horrible, amigos.

-Sí, pero... ¿os dais cuenta? –irrumpe Barriga de nuevo -. Ella sentía Amor... En sus arenas más profundas, sentía Amor.

-Y nuestros aliados también, por Dios —intervino Omtrek-. Es una relación estrechísima de Amor, Barriga... Ella precisamente lo traicionó.

-O los liberó, Omtrek. Según lo que ella creía.

-Basta —medió Levay-. No debemos debatir sus motivaciones sino decidir qué hacemos a continuación.

-Eso es incongruente, Levay. Es necesario conocer sus motivos para juzgarla y decidir qué decisión tomar.

-Estoy en desacuerdo, Barriga. La ley atiende, pero su Naturaleza la lleva siempre a imponerse.

-De acuerdo en eso, Omtrek, pero aun así...

-Barriga, hijo. Nosotros..., entiendo que era de tu sector, pero nosotros no tenemos ahora capacidad de conocer su motivación. Únicamente podemos debatir sobre ello. La Verdad nunca puede ser obtenida por consenso.

-De acuerdo en ese argumento.

Levay intervino de nuevo.

-Además, y para zanjar la cuestión: si ella creía que la liberación incluye Muerte en ese nivel de preparación, también se equivocó y tampoco nos sirve. Y más: -bebió un largo trago de su botellín- este crímen Por tanto, ¿de qué forma por tanto, señora

Omtrek, Barriga, creéis debemos proceder a continuación?

-Debemos deponer a la Reina –dijo Omtrek.

-¿Barriga?

-De acuerdo, a mi pesar.

-Y yo de acuerdo. Por tanto, depongámosla.

-Yo me ocuparé –expresó Barriga-. Variaré la modulación de las señales, la guiaré de nuevo a una sesión con las máquinas en los orificios. La depondremos así.

-Procedamos entonces.

-Un momento.

-La próxima Reina.

-Así es.

-La prima Inge Ingeborg.

-Sí.

-Que se haga con un Rey. Una pareja. Un bloque. Intuímos, Levay, la formación de una Resistencia. Necesitaremos fuerza.

-Una Resistencia. ¿De qué naturaleza?

-Celeste.

-¿Dónde?

-En mi foco, Pierre. En Aguas Calientes, en la región. Vieron a Luna.

-A Luna —el obispo cerró los ojos y frunció el ceño -. Si así es, es evidente, lucharemos. ¿Por qué descienden?

Un instante de silencio, vibración técnica. El triunvirato cruzó miradas monitorizadas.

-Que sean pareja. —conluyó Levay-. Lucharemos —de otro largo trago acaba el botellín y lo lanza a un lado -. Depongamos a la Reina, ahora. Sea.

-Sea.

-Sea.

Y procedieron.

Joelene despertó a media tarde y una escena brotó inmediatamente en su mente. Sangre. Sangre manando de un orificio. Del ano de un hombre. Una boca abierta en un gesto de horror y la mirada estática femenina clavada muerta en el techo. El carmín corrido, una lapidaria evocación. El rigor cadavérico. El frío súbito en el aire. Los había matado. Con electricidad él, estrangulamiento en suspensión ella.

¿Qué era aquello? ¿Qué era aquello? Le habían hecho comer flores y hojas esparcidas expresamente por el suelo de parquet, hojas y flores de unas plantas expresamente enviadas desde el Caribe. Grabarse con una cámara mientras lo hacía y hacerlo también según petición a través de web-cam. Ataviada únicamente con sostén perla reluciente y un fino tanga a conjunto, zapatos blancos de tacón, se había visto masticando hojas y flores y relegada a poder únicamente expresarse mediante la reproducción de mugidos. Una preciosa vaquita blanca pastando en el prado. ¿Qué era aquello? Se había visto envuelta, llevada a diversas tareas y situaciones, lentamente maleada, pero ¿era esa ella? ¿Deseaba Joelene semejante deformidad? No. Tú eres la Reina ahora. Te formaron, te ayudaron a ser quien eres hoy: la Reina, la Madre de la Revuelta. Pero, ¿a cuántos lograrían liberar? ¿Lograrían liberar a alguno? Y por qué debía ser aquel el medio. Desconocía el camino, la maldición de las liberaciones mistéricas. Éste es el camino en esta fase, Joelene. Persiste y nos llevarás a todos a la liberación. La habían llevado y... Esos esclavos merecían morir. He hecho bien. No servían adecuadamente. Ellos buscaban un tercer placer, en realidad yo me encontraba en sus manos. Sometida a sus límites. Pero yo soy la Reina: lo mostré. Te equivocaste. ¿Qué han hecho de mí?

Estaba todavía vestida con el traje chaqueta y los zapatos de tacón. Bajó por la escalera a la planta de abajo. El silencio de la casa. Se superponían vidas. Vidas en aquella atmósfera. Miró al exterior crepuscular. El semáforo. Verde... El colegio. Las fiestas en la playa. Las bicicletas. La feria. Aquellos besos con aquel chaval. Amarillo. HOLE. La universidad. París y la muerte de papá y mamá, ... , ¿qué he hecho? Viajes. Distancia. París. París. Adèle. Rojo. Atender. Este es el punto presente. Comunicarán mi acto y seré agasajada. Sin miedo. Buscar, seguir, proceder. Yo tuve una vida, yo, ... , yo... Verde. ¡Amarillo! Rojo.

Joelene, preciosa, querida, amorosa Joelene. Resolvió como otro que atormentado vive. Optó por mantenerse en el estado en el que se encontraba. No tenía maniobra. Identificaba dos seres que en su interior vivían, haciéndose, pugnando uno con el otro, pero ambos eran el mismo, al mismo nombre respondían y la misma imagen era devuelta cuando se miraban al espejo. Y una membrana formativa entre ambos. Se mantuvo así y esperó. Nada sucedía. Octubre cubría los cielos.

Tres semanas más tarde llegó un sobre.

Nuevas instrucciones. Y nuevos aparatos. ¡Ja! ¿Podían ordenar algo a la Reina? No. Nadie. Nunca. Jamás. Ordenar no, nunca ordenaban. Aconsejaban. Todos los grandes reyes, tiranos, visires y faraones, eran aconsejados. Y a la Reina gustaban los aparatos y sostuvo ante la palma de la mano las dos pequeñas piezas circulares. Un ejercicio real, decía la carta. Exercise royale. Royal practice. Röjelexercis. De nuevo se tratarían los orificios. Ella había pasado por eso. Ahora lo adoraba. Orificios. Esta vez se incluía, además del anal y el clitoriano, el bucal: una bola en la boca, atada por correas tras la nuca. Y la novedad, los dos pequeños aros. Estimuladores, uno para cada pezón. Así se indicaba. Tras la ducha, había seguido rigurosamente las instrucciones que venían en la carta, depilación extrema del sexo, dejando únicamente un fino segmento de vello, e insertando a continuación cada artilugio en su orificio. El coño primero, el culo después. Una vez insertados éstos, se vistió como lo hubiera hecho en un noche de descanso. En negro. Sostén, braguitas mínimas y ligueros. Le gustaba la tensión de los ligueros en los muslos y la presión de las medias en la piel. Mirándose frente al espejo de pie, se colocó los anillos entorno a cada pezón. Resplandecían, bajo la luz del vestidor, en plata en el espejo. Lo último que hizo fue colocar en la boca la bola azul, succionando, ligeramente sobresaliendo, cerrando la correa en la nuca. Eligió entonces del zapatero unas botas de caña, de tacón fino y alto. Se sentó sobre un cojín en el banco de felpa y se las puso. Fue a la habitación. Suponía que no tardarían las vibraciones en empezar. Apagó las luces y habiendo previamente introducido el DVD que le habían sugerido que visionara tras la ducha y la inserción; se palpaba con suavidad el coño, estirada sobre la cama, con las piernas algo separadas, una rodilla flexionada, el tacón clavándose ligeramente en la colcha, mientras en pantalla una joven era conducida por una mujer rubia al interior de una sala en la cual esperaban dos hombres y dos mujeres en un sofá. Aunque tiraban de ella por una correa con argolla atada a su cuello, la joven iba vestida con tejanos y un jersey. Se tocaba y esperaba, salivando sobre la bola y sintiendo cada pieza.

Una inmensa sensación de hambruna.

La vibración primera, muy fina, como el crepitar de la espuma en la cresta, o un ligero tecleo, fue la vibración de la pieza clitoriana. Un ronroneo comenzó luego, y la creciente ruptura en fases, diferentes ritmos y tonos, y estando ya fuertemente estimulada, Joelene descubrió que no deseaba estarlo, no deseaba serlo en absoluto. La bola en la boca, el video en pantalla, ejercicio de realeza: lo que era un gemido improducible, bloqueado entre la garganta y los dientes por la azul bola de látex, podía volverse, ¿qué han hecho contigo?, de pronto un alarido. Entonces, la vibración anal comenzó. Fuerte y serena. Estable, no paraba. Las rachas en la garganta clitoriana sincopaban la latente estimulación anal constante. Se puso de rodillas. Las piernas abiertas, las rodillas clavadas en la cama. El coletero aun tensaba su coleta larga y rubia, el pelo todavía húmedo por la ducha. Con las manos, Joelene se palpaba el bajo-vientre. ¿Pueden abrirse tanto los brazos cuando es tan grande lo que llega? Agitaba las caderas, subiendo con ese gesto su coño hasta por fricción frotar la ropa interior. Al cabo de un rato era incapaz de controlar su mente. Lo mereces, lo debes, lo eres, lo eres, y miraba la secuencia en la pantalla, pero a fracciones: la joven no lleva jersey, una muñequera de cuero cerrada en una ancha y bronceada muñeca masculina, el puño cerrado, una mujer a cuatro patas lamiendo de un plato – complicación, intrincación, voy a quitarme la bola, tengo las manos libres, no, no debes, ejercicio real, la formación de una Reina, una verdad resuelta es ésta. Radiante bajo una única bandera. ¡No! No, no, no. O... Afffffffffffffffffff. Se estiran las sombras. Es llevada. Comienza ¿lo había olvidado? el estímulo en los pezones, en ambos a la vez. Se trata de ligeras descargas vibratorias, lo más semejante a un roce, su intensidad será variable. Joelene gime, pero la bola le impide expresión y se oye a si misma mugir. Una perra, un bovino, una pieza de feria. Se detiene. Todo.

No, la estimulación de los pezones continúa, pero alivio profundo, destensión, un descanso en la vibración vaginal y anal, ambas al mismo tiempo. La paz. Agotamiento en la cavidad abdominal. Se sienta en la cama y baja los pies al suelo, los tacones sobre la moqueta. Continua el estímulo en los pezones. Quiere suspirar, pero la bola no se lo permite. Ofuscación. Placer. Horror. Se pone en pie. Descanso. ¿Cuánto durará? Cuánto durará este Röjelexercis. La calma parece ser estable, inteligente, permite recuperación, reacción, Joelene da un primer paso por la habitación, irá al baño, a mirarse de cuerpo entero, decidir, la calma estable, pero en el momento que da el segundo paso, el bamboleo de su cintura, el cimbreo de su cuerpo debido a ese estricto calzado, la pulsión, le recuerda inmediatamente que no hay nada que deba decidir: debe seguir. Ella pertenece a ese momento. Ella pertenece a ese inmenso movimiento. Se acerca entonces al colgador de la pared junto a la puerta y coge la fusta de punta triangular. Se azotará el coño para mantener la tensión. Se sienta en el borde de la cama. Separa las piernas. Sostiene la fusta a mitad de varilla. Primero azota con dos secos golpes la parte interior de las piernas y dos golpes secos más bajo los muslos. Inmediatamente reacciona poniendo éstos en tensión, la pierna entera, tan bien definidos sus músculos. Separa un poco más. El coño húmedo y latente ahora de la constante estimulación anterior. Toma aire que no puede expulsar por la boca debido a la bola y expulsa por la nariz, un fino relincho. Con suavidad empieza a azotar la vulva desde abajo. Plac plac plac.

La segunda vibración sobrevino cuando Joelene se encontraba ya con la cama abierta, el edredón entre la cama y el suelo, caído, y tumbada Joelene como una niña, con los brazos bajo la almohada y la cabeza de perfil sobre ella, el pelo aun cogido en una cola, la bola azul y las correas como un chupete adulto, y las piernas juntas, una sobre la otra, las rodillas ligeramente flexionadas. Todavía con las botas de fino tacón. Como una niña, dormía. Soñaba ir por una autopista. Amanecía. Ella conducía. Se sentía inquieta. El paisaje era gris alrededor, tal carbono, hielo, pero muy cálido. Un amanecer. A su lado viajaba una mujer. Perímetro... Sublimación. Todas las vibraciones al mismo tiempo. Es en blanco. Arde. Todo envuelto. El agotamiento de la primera fase y el auto-castigo habían rendido físicamente a Joelene, su mente y Naturaleza habían estado reposando sobre el instinto y la memoria, la presencia ahora yaciente de un intenso proceso de orgasmo en el que se veía completamente envuelta. La vuelta es feroz. Coge a Joelene por sorpresa, su mente en sueños, arrancada de pronto, la memoria corporal pronto entiende la vuelta, su mente se ajusta y en seguida percibe que ha sido intensificada la progresión. Es más intensa. Y está agotada. Al principio es como si estuviera siendo rajada. Le duele. Se encoge, apretaría los dientes pero la bola no le deja, se oye a si misma protestar, hmmm, se mueve, se estira. De molestia, prende con los dedos la sábana, mueve las piernas, acaba de lanzar completamente edredón y sábana al suelo. Sobre la cama, limpia, solo ella, se retuerce. Los dedos prendidos a la sábaba. De rabia, de espacio, de totalidad, se pone en pie. Orgasmo creciente. Arranca la sábana. Aaaaaaaaaaaaaaaaaaaa. Del suelo en un gesto instintivo recoge la fusta. Se azotará más, más orgasmo, que suba, que siga... que acabe. Que acabe. Forzará. Sale del dormitorio, primero por su propio pie, se envuelve, se cubre la espalda con la sábana, como de niña, con frío, una manta, se cubre, se protege, se estiran las sombras, la intensidad del orgasmo - aaaaah, cede, ah-ah, cede, es lo que merece, se pone de rodillas, en el pasillo de la planta de arriba. Como una perra, una yegua, cubierta por la sábana, una loca, reducida, aguantando la fusta en el puño, incómoda al apoyar esa pata, de rodillas y apoyándose, la Reina Joelene se dirige hacia la escalera. Mugiría, pero lleva una bola en la boca.

Justo cuando se encontró frente a la escalera, descendente, hacia el recibidor y el salón, decidió que una vaca allí tendría miedo. Que debía ser sin duda espoleada. Cambiándose de mano la fusta, se azotó severamente los laterales de las nalgas. Plac plac plac plac En continuo, primero una y luego la otra. La vibración de los orificios se mantenía. Joelene físicamente temblaba, pero se encontraba muy lejos de percibirlo. Sintiendo la palpitación en el culo, se puso un momento de rodillas y se azotó sobre y bajo los pezones, entorno a los aros. Aah. Aaah. Aah. De nuevo quedó a cuatro patas. Esa espuela le había quitado el temor al descenso. Cuando llegase abajo, se pondría de pie y se castigaría adecuadamente la base y la curva de cada cacha, y de nuevo se azotaría en el coño y entre las piernas; de este modo, como vaca no volvería a tener temores mojigatos frente a ninguna escalera. Comenzó el descenso. A mitad quería maullar y gritar.

A cuatro patas cruzó todo el salón. Hacia las ventanas. La vibración, se sentía exhausta. Dejó caer el rostro contra el suelo, moviéndose, moviendo las caderas, ser follada, ser follada por favor, y acabar con eso, empezó a quitarse las botas, lloraba, ahora lloraba, cogiendo de los tacones y estirando, debía liberarse, aaah, iba a, no podría aguantar así... Una vez lanzó las botas sobre el sillón, aguantándose en el asiento, se puso en pie, con esfuerzo, temblando, no, vibraba, más cómoda descalza, iba a azotarse y ganar así fuerza. Debía. En pie, descalza, por los ventanales, la noche se extendía alrededor en Hoenberg, y comenzaba a nevar, Joelene vio por un instante copos flotando en la noche, iluminados por el haz del semáforo de la esquina. Verde. Amarillo. Rojo. En el instante, se vio a si misma, mentalmente, de pie en el salón de su casa, una bola en la boca, estimulada por maquinaria remota, enrojecida de sus propios azotes, Joelene. Este agotamiento. Debía azotarse, sí. Seguir. Abrió las piernas. Vio cómo le temblaba la fusta en la mano. La levantó y se asestó con el triángulo de cuero un suave azote en el coño. Zap. En ese momento, apertura, sintió el orgasmo romper. Se abrió, se abría. Fluía. Crecía en su interior por cada milímetro y terminación. Quiso gritar, la bola, la saliva, el temblor, subía, la gruta, el hueco, la caverna del orgasmo aumentaba y vibraba, se hinchaba, la ahogaba, subía, aaaaaah, ahahahahahahahahahahhahahahahah, no podía, no podía aguantar, iba a ver, seguía, fue un fortísimo tirón y después una luz. Y silencio. Quietud. Se había abierto una luz sobre sus ojos blanca y reluciente, ahora, dejaba de sentir, relajación, desprendiéndose de sí, comprendió en ese vuelo ligero, creciente, comprendió todo lo que era, las identidades en ella no eran más que reducciones, fragmentos de una, una identidad superior, ella misma, de si, era ella, ella, era, libre, libre, era libre, ella – real. Caía su cuerpo, la sábana resbalando de su espalda al suelo, como alas, caía su cuerpo, como caída del cielo, sobre la sábana, caía – ascendía Joelene...

16

Como marchando por avenidas en un día de fiesta. Sale el sol, pero en el borde de este rompiente nadie se va a dormir. Lejos, repartidos por los riscos, individuos perlando el espacio áureo gris. Desde aquí, todos siluetas. Todos en paz. La luz es amarilla y fina y destella sobre las aguas. Como naranjas heladas flotan en la atmósfera copos de luz matinal. No. No tengas miedo. Ellos: son simplemente bondad.

La vista desde arriba

El señor Brahe tensó la última brida y observó la lona. No cedía. El agua gris de lluvia que hasta ese momento había combado la tela se desplazaba ahora hacia los límites y goteaba como una diminuta catarata sucia. Era un porche precario, pero le gustaba. Siempre había querido tener uno. Pronto pararía de llover y de nuevo se desplegarían los rayos y pátinas de sol por el mundo. Miró alrededor.

La marea de azoteas, antenas, templetes y chimeneas se esparcía tibiamente en toda dirección. Podía ver las áreas de condensación pluviosa, nubes que se disolvían, se deshilaban, diluían, flotando como raros seres soñolientos sobre los tejados.

A diferentes distancias, esparcidos por las azoteas como una constelación, vibraban los focos de las pequeñas luces y hogueras de otros hombres en sus nuevos hogares.

Se acercó a la tapia de cemento, apoyó las manos y se asomó. En el parque las cosas seguían igual. Un grupo de Llegados seguía caminando en círculos alrededor. Rotaban, trazando círculos concéntricos, como satélites de un centro imaginario. Estaban organizando un diagrama del área. Mierda.

Volvió al interior de la caseta.

Como otros muchos supervivientes, había construido su casa entre varias planchas de fibra de vidrio, recuperadas de los patios interiores, puertas y toda clase de maderas. Era una estancia espaciosa y de aspecto confortable, le evocaba en cierto modo al interior de una tienda oriental o una roulotte. Había abierto ventanas en los cuatro lados. Eran amplias e irregulares. Libros, objetos y mobiliario rescatados de lo que en otro tiempo fueron hogares se repartían por la vivienda. El sofá era blanco y mullido. Había presidido y ordenado el espacio del salón de los vecinos de la planta undécima, última del edificio. Sobre la cómoda del vestíbulo recordaba haber visto aquel día fotografías de la familia que habitó el piso. Una dama rubia de melena rizada y un señor canoso. El hombre pasaba su brazo sobre los hombros de la mujer. En otros dos marcos sonreían una chica morena y un joven de pelo encrespado. Ambos estaban en el mismo jardín frente a la misma valla blanca. Ahora sólo Dios sabía dónde estaban. Deseó que estuviesen bien... Aquella situación parecía ensalzar, hacía emerger los sistemas de sentimientos más profundos y radicales de los hombres: el amor y la violencia.

Encendió el televisor y se acercó a su mesa de trabajo que se extendía a lo largo de la pared del este, bajo la extraña línea de ventanas. Se veía más allá la silueta de las montañas cercanas y los árboles y la pinaza.

-Informe sobre Diagramas en Curso en el área metropolitana. Hasta el momento se han reportado siete situaciones de diagrama en los barrios de: Chile, dos reportados, Alta Mar, uno reportado, Ciudad Oeste, tres reportados, y Whitley, uno reportado... Por el momen...

Uno era el del parque, el otro podía estar en la avenida, cerca del colegio, o quién sabía. Se había aventurado la siguiente hipótesis: los Llegados se movían de ese modo circular para crear una suerte de red sensorial de conocimiento por radar. Entorno a un mismo centro, se distribuían varios individuos en diferentes radios y trazaban círculos perfectos alrededor, cada individuo a una velocidad y alternativamente en una dirección. Cada individuo emitía a lo largo de su trazo una frecuencia propia que estaría, por un lado, indicando a los demás individuos del sistema su posición, al tiempo que daba información, por el rebote de onda, sobre los objetos y las formas detectadas alrededor.

Con estas detecciones múltiples y la constante variación de posiciones se formaba un diagrama, una red en la que quedaban perfectamente identificados todos los obstáculos, huecos y elementos fijos del área examinada.

Fue un martes. Entre el martes y el miércoles. Emergieron de pronto, vibrando como televisores mal sintonizados, como una luz eléctrica que parpadea al encenderse... Y tomaron forma, incorporándose entre nosotros. Zmmmm.

Aquí fue al atardecer.

Brotaron sin más, de la nada, ¿qué demonios es eso?, un parpadeo azul eléctrico... En la planta principal del centro comercial, entre los muebles de prendas y perfumes, en las neveras del área de alimentación, en la parada del autobús, en los portales, en los parques, por todas partes y en tierra. En suelo firme. Aquellas personas a las que los seres rozaron mientras se corporizaban murieron en el acto como por una descarga o un rayo invisible. Fulminados. Millones de personas murieron en esa apertura sin saber qué ocurría. El señor Brahe recordaba las primeras informaciones que se difundieron, con las mismas imágenes repetidas en todas las cadenas. Imágenes obtenidas por cámaras de seguridad, cámara de teléfono, de mano, escenas de la emergencia de los seres por todas partes del mundo, y la Secretaria General de Estado señalando una cuadrícula y gesticulando con firmeza. Se había estimado que el número de seres correspondía con una décima parte de la población mundial. Era terrible. Terrible. Por un lado eso significaba que ellos eran 600 millones de seres y por otro, y de ahí la gráfica, considerando que se habían repartido uniformemente por el planeta, tal y cómo se sospechaba, siguiendo un modelo de cuadrícula, ocupando los 149 millones de kilómetros cuadrados de tierra del planeta, significaba que correspondían a una relación de 1 ser por cada 250 metros cuadrados, lo cual, sin duda, era catastrófico. Las bajas eran incalculables y para ello no había lugar al engaño. La Tierra había sido invadida. De un minuto al siguiente, aparecieron de pronto, en las plantas principales, en las calzadas y aceras, tomaron tierra y acabaron con miles y miles de años de nosotros. Tomar forma les llevó más o menos un minuto. Muchas personas murieron sin saber qué ocurría. Son unas figuras de aproximadamente dos metros y medio. Al parecer no llevan ropaje alguno o éste forma parte de su biología, y la piel, si así puede llamarse, emite un bajo reflejo azul. Algo así como un neón de baja intensidad, pero no es un neón, es el Cosmos.

Ignoramos en base a qué química se forma semejante vida.

Tienen composición antropomorfa, una cabeza, tronco y cuatro extremidades. No existen dedos ni pies y apenas las extremidades se separan del tronco, aunque tienen movilidad y parecen más bien estar desprendiéndose, aleados, de una fusión azul. Caminan y flotan. No tienen ojos. Parece ser que bajo la capa azul de piel resaltan, endodérmicos, pequeños puntos negros, del tamaño de una nuez, como núcleos.

Es algo increíble.

Tras la materialización, Los Llegados habían permanecido quietos, estáticos, ocupando sus posiciones, altas figuras azules y brillantes... La última broma demente de Dios. Brotó el caos y el desconcierto. Estatuas azules brillantes, vivas, algunos se abrasaron acercándose a ellos de forma irracional, otros colisionaron sin desearlo o llevados por el pánico.

Y entonces, todos los seres, al mismo tiempo, empezaron a caminar.

Aquella tarde de marzo, el señor Brahe se encontraba en la oficina, el cielo se apagaba y los papeles le rodeaban y no hablaba y ni trabajaba ni hacía nada. Sintió la piel y el vello de los brazos erizarse de pronto. Percibió un parpadeo extraño. Alrededor no sucedía nada en su despacho. La papelera seguía en el mismo sitio, la puerta cerrada, los archivos en su sitio. Entonces empezaron los gritos y chasquidos. Se asomó a la ventana. Parecían llamas de gas. Algo había reventado. Tardó varios segundos en confirmar qué sucedía.

Cuando los seres comenzaron a caminar, la nueva Realidad tomó definitivamente su forma. Algo increíble estaba sucediendo. En esos minutos de pánico, otros millones de personas por todo el planeta murieron, intentando volver a sus casas o pensar con claridad.

El aire huele a tierra y entre la lluvia, a océano. Sobre la mesa se esparcían grupos de tuercas y cables, como pequeños poblados y un extenso tamiz de campos de recortes de papel y transmisores, circuitos, y como colinas, cajas de diversos tamaños, repletas de pequeños motores y engranajes y tornillos, pedazos de cable muy fino y transmisor de cobre. También rollos de cable recubierto de plástico, franjas rojas y blancas.

El señor Brahe se preparó un pitillo.

El tubo pasaba el metro de largo y había sido en otro tiempo la cobertura de un mueble. Brahe tenía sobre la mesa, emergiendo como un raro sol desde la marea de cables y papeles, un espejo circular. Una maravilla. Debía colimarlo bien, e intentar forzar su concavidad. Dejó el pitillo en la hendidura del cenicero y se inclinó, ajustando los tornillos exteriores que había dispuesto a ese menester. Bueno. Pronto lo tendría.

Su telescopio.

En televisión, seguía el reporte de informes. Llegará el día en el que las centrales eléctricas fallen. ¿Qué sucederá entonces? Se restará un elemento más de la evolución, un paso más a la involución. Hacia el futuro, sea el que sea.

Ajustaría el espejo en un extremo del tubo. Había preparado el prisma. Lo situaría a cuatro dedos del espejo. Entonces, a la altura del prima, abriría el visor y la lente...

Miraría arriba.

-¿Angus?

Una voz desde el exterior.

-¿Estás en casa?

Era Helena. Helena tenía cuarenta años y había perdido a sus hijos.

-Te traigo una cosa, Angus...

Perdió también, o eso suponía, a su ex marido, un hombre, ni bueno ni malo. El señor Brahe se quitó la manta y se puso en pie. Le dolían las rodillas.

-¡Helena! Estoy aquí...

La cortina de la entrada se descorrió, un chorro de plomiza luz gris y la mujer asomó la cabeza, a contraluz, y parecía tener una sonrisa resplandeciente.

-Sal aquí, Brahe... —dijo y se retiró, dejando caer la cortina de nuevo.

Helena tenía cuarenta años y los ojos pequeños. Vivía con Iván, un joven mecánico, en una choza dos patios más allá. Compartían con Brahe la misma azotea.

-Está bien, bonita... Estoy saliendo.

Llegará un día en el que las azoteas sean reinos y los Hombres, reyes.

Llovía. A Helena le aguaba el rostro la lluvia, y sonreía y sostenía entre las manos una caja de madera y se la ofrecía.

-¿Qué es?

-Algo para ti.

Cogió la caja que Helena le tendía.

En su interior había una pequeña placa cuadrada. Parecía chapada en plata sucia. La atrapó con los dedos y la sacó del fondo. Estaba ligeramente combada y tenía pequeños símbolos a ambos lados. Éstos quedaban agrupados en tres líneas en el límite exterior de la placa y decididamente se trataba de algún tipo de marca.

-¿Esto qué es, Helena?

El señor Brahe sostuvo la rara placa entre ambos; al otro lado vio la sonrisa de la mujer elevándose como un apogeo.

-Eso tendrás que decírnoslo tú...

-¿Cómo dices?

-Hemos creado una comisión, y hemos decidido que tú seas Responsable Científico.

El señor Brahe dio un respingo:

-¿Cómo? —repitió.

-Angus... Tenemos que trabajar todos juntos.

Cierto. Eso era cierto.

-¿Qué es esa comisión que citas?

Helena explicó. Iván y ella se habían arriesgado por el suelo a dos expediciones a los edificios y arriba hasta las azoteas colindantes. El señor Brahe conocía a algunos de los vecinos de esas azoteas. Pronto cumplirían todos un año en las azoteas, un año desde la Llegada. Habían decidido constituir una unidad entre los vecinos, una comunidad. Cada uno explotaría sus mejores valores por el bien del resto y de si mismo. Era fundamental para sobrevivir.

-¿Aceptas el puesto?

El señor Brahe asintió. Sonrió a Helena y miró la placa.

-Esta placa la encontró el hijo de una mujer llamada Sofía, de aquella azotea —señaló la mujer. Una hoguera titilaba bajo un precario porche, en la azotea al otro lado del parque. Distinguió una silueta de pie, envuelta en un manto negro junto al fuego.

-¿Dónde lo encontró?

-En la Vaguada.

-Dios mío... En la Vaguad..., ¿qué más vio?

-Bueno. Una caja de apariencia metálica, plasmada de esa luz azul... No lo sé.

-Iré a ver al chico.

Había dejado de llover o la lluvia se había vuelto emulsión y no caía, flotaba. El señor Brahe observó la placa. ¿Identificarían los seres sus piezas del mismo modo que nosotros? ¿Eran aquellos símbolos parte de un lenguaje, el equivalente a una de nuestras matrículas o números de serie? ¿Qué era? ¿Quiénes eran? Ellos. ¿De dónde venían? Muchas preguntas.

Todo preguntas.

-Hemos concertado una reunión, la primera reunión, de la comisión dentro de dos días. Vamos a ver de qué modo podríamos tender pasarelas entre las azoteas... ¿Vendrás?

-Sí.

-Gracias, Angus.

-También organizaremos las unidades de abastecimiento. Todos los hombres y mujeres de la comunidad, capacitados, entre 20 y 70 años, saldremos en pequeños grupos, comandos, Angus, con fines de abastecimiento.

-¿Cuántos somos aquí? –dijo y pasó la vista alrededor.

La vista desde arriba.

-Pronto haremos el primer censo oficial, pero sumamos unas 55 personas entre las cinco azoteas. Iván, como Responsable de Suministros, será en primera instancia coordinador de las salidas de los grupos. Utilizaremos esta azotea como centro de almacenaje principal.

-Bien.

-Yo llevaré el registro y el reparto.

El señor Brahe suspiró. Nacía un nuevo mundo.

-¿Sabes en qué pensaba ayer, Helena?

-Qué.

-Recordaba el revuelo que se formó cuando descubrimos agua fluyente en Io...

Helena rió.

-Y recordaba los domingos en el campo, también. Las tertulias después de comer. La sonrisa de las madres, no sé... Melancolía, chica. Melancolía.

Dio unos pasos hacia la tapia y la barandilla y miró abajo. Allí seguían los humanoides, bordeando el parque.

Helena lo miraba apretando los labios.

-Todos juntos.

-Sí.

El señor Brahe pasó los dedos sobre la superficie de la placa. Era suave y cortante al mismo tiempo.

Frunció el ceño.

No podía reconocer de qué material se trataba.

Bondad

1

El mono chilla de tal manera que al principio el obispo Levay piensa que tal vez, Dios no lo quiera, el animal haya sido poseído por un esbirro del Maligno... Azazel tal vez. O el propio Astaroth. Con pulso firme, el obispo dirige la escopeta, apunta y cuando tiene el cráneo del mono fijo en la mirilla, aprieta el gatillo: un martilleo rápido y un zumbido agudo, inmediatamente después un húmedo repicar en el momento que la bala perfora el cráneo del mono. Galante disparo, como una sandía marrón, el cráneo se abre en dos partes. Es un instante. Adiós vida animal. Por desgracia, mi querida, los dedos peludos del mono se han contraído con fiereza en el momento de la muerte (y permanecen aferrados salvajemente) entorno a la cabeza del pequeño niño que vivo y desconcertado se tambalea ahora descalzo y lleno de finos arañazos sobre una alfombra de hojas. Este niño apenas no tiene dos años. Se llama Gar. El pequeño Gar llora incesante e histérico. La mano simiesca aferrada a su cabeza sería la raíz, y el cuerpo decapitado del mono que -perdida la vida y la fuerza- cuelga ahora como una extensión fanática y terrorífica, el tronco de una horrible prolongación vegetal mutante que saliera de la cabecita del niño. Inyección extra-terrestre, ébola espontáneo, piensa Levay, y ríe. Jajajajajaj. Ríe. Sshhh. Entreacto. Aplausos. Shhh. Todos se remueven en las butacas y algunos empiezan a hablar. Entreacto. Otro bosteza. Sshhhh. Shh-shhh, Ludo, por favor, Clara, quieta, ahora quieta, Helden, hija, vamos, niños, venga, esto empieza de nuevo, niños, va, ahora silencio. Ellos: capaces de todo. Sh-shhh. Shh. Silencio. Ahora. Siguiente acto: la madre, gritando, se lanza a por el pequeño Gar, y al intentar recuperarlo, al ir a asirlo, cae de rodillas contra el suelo, vencida por el peso de la raíz mutante que brota del cráneo de su hijo. Con ella Gar también se desploma, una caída torpe, excluída.

Al caer madre e hijo, chillan. Gar, tendido bocabajo en el suelo patalea y aúlla de histeria - un pequeño hurón.

Hiiiiiiiiiiiiiiiiiiiiiiiiiiiiiiiiiiiiiiiiiiiiiiiiii.

No es el fin del mundo. Un mono loco entre los hombres. Colgándose la escopeta a la espalda, Levay avanza a rápidas zancadas hacia la mujer. El niño está de perfil sobre las hojas, la mejilla sobre el suelo tumbado boca abajo y llora, abriendo la boca como una tortuga. La mujer está arrodillada tras su nuca, con los ojos abiertos, desorbitados, mirando a Levay, al cielo de hojas de palma que bloquean el sol, los troncos, el calor, y chilla. Está cerrando las uñas entorno a los dedos peludos del mono, pero no ceden. Lloran. Madre y Gar están cubiertos de sangre animal, pelo quemado y pedazos de materia rosada.

-Calma, Etelle.

Tiene sesenta y dos años y la vida a este lado del mundo le ha mantenido fuerte y bronceado hasta ahora. Camina con paso decidido, el pelo canoso, revuelto, agitado sobre la nuca y la frente, la barba gris de lija. Lleva pantalones verdes de campaña y una camisa blanca empapada en sudor que marca las curvas de su barriga y el costillar. Luce un viejo azulado Cristo en la Cruz esquemáticamente tatuado en el antebrazo.

Al llegar, se arrodilla junto a la mujer y el niño Gar.

-Tranquilo, pequeño. Etelle: permítame.

La mujer se aparta, solloza, deja de chillar y regurgita. Gar llora y no cesa. Con cuidado, el obispo libera la cabecita del niño de la presión post-mortem del mono. Dedo a dedo.

Libre de pronto el niño se abalanza a encontrar el abrazo de su madre. Contra su pecho. Lloran, la mano por la cabecita herida. El obispo, arrastra por la muñeca el pesado cadáver del mono hacia el hueco entre las enormes raíces de un árbol y lo lanza a descansar en paz. Boqueando, Gar recompone la arquitectura del mundo alrededor, entre los brazos. Recibe una inmensa radiación de amor desde el pecho de su madre. Compone trazando con hilos de amor la carta necesaria para orientarse en un mundo salvaje.

Acercándose, Levay busca un pañuelo en el bolsillo trasero y se lo tiende a Etelle. Ella lo coge. Mira al suelo. HERIDA. VIVA. REINA. Estando tan cerca, Levay intuye un olor determinado en ella. Parámetros. Perímetros. Olor. Caza. Registra biológica y naturalmente el sentido y la sensitividad de las formas de la mujer. Hasta dónde puede llegar. Ese olor, polen. Ahora.

Presa.

Cervatillo joven, fina belleza europea. Levay ve proyectada en su mente la forma compleja de un asalto hacia ella. Sesenta y dos años, la camisa empapada, siente un bombeo repentino en la base de la polla.

Un palpitar.

-¿Dónde estamos?

-Pronto llegaremos al Mbomou, el río, y allí nos remontarán. Después ya casi estaremos en casa, Etelle.

-Estoy sufriendo en este país.

-Lo sé.

Habían cortado por la pequeña selva a sugerencia de Levay. La reducción del trayecto era considerable respecto a rodear el bosque. También era un paso intransitado entre la República Democrática de Congo y Centro África. Lamentablemente habían encontrado ese mono loco entre humanos. El mono había sentido ímpetu por Gar y cayendo como un forajido desde una rama alta, se había hecho con los pelos del niño y lo arrastró hacia un borde del espacio que marchaban, entre troncos, palmas secas y rocas. A la sombra. Y con el niño preso, el mono se puso a chillar. El mono chilla de tal manera. Adiós vida animal. Hola Centro de África. Centro de la Humanidad. Estamos en casa.

El llanto precede a una agotada calma donde el volumen de los ruidos percibidos como ecos interiores gradualmente decrecen hacia murmullo y la pena pasa a palpitación. La madre carga con Gar en un arnés improvisado con la muda que llevaba en su mochila.

El obispo maneja el machete como una prolongación de su brazo. Donde señala, suavemente cae una rama. Los chasquidos del bosque los acompañan mientras avanzan. Progresivamente el aire agreste sofoca toda idea y deseo de conversación, y ambos adultos caminan en silencio, tan sólo pendientes del bombeo de su sangre y el picante entumecimiento de los músculos que poco a poco, metro a metro, paso a paso, se van cargando y pinchan.

Levay. Extrañas grietas en la memoria trasladan a las papilas gustativas de Levay el sabor preciso de las patatas fritas de BK, el jugoso momento, hincar, las mesas, el regusto ácido del pepinillo, todo es mundo, es verdad. La densidad exacta de los jugos que se mezclan en el paladar a cada mordisco. Este hambre necesaria. Las tripas del obispo acostumbradas tanto tiempo a la carne macerada, las raíces y las legumbres, rugen inesperadamente de ansia. Suelta otro golpe de machete. Un 7Up en vaso de papel y con mucho hielo, al atardecer, apoyado en las jardineras, contemplando el extraño efecto del aire caliente expulsado por los extractores externos del sistema de aire acondicionado del Banco. Todas las cosas del mundo lejano. Las butacas de los cines, el asiento trasero de un taxi, todas las cosas que diferencian aquel mundo de éste se elevan ahora, y sin esperarlo – inconsolables despojos de una pérdida.

Etelle tiene el rostro empapado en sudor y un mechón de su oscuro cabello cruza su rostro, adhiriéndose al labio inferior al cortar sobre la boca. La fina camiseta de algodón blanco realza su busto y revela estáticamente los pezones maternales. El cuello, la garganta, el ondular de la piel sobre los tendones de la muñeca: madre.

Hemos hecho tanto daño.

En estas rocas fuimos concebidos. El ácido regurgitaba en los lodos y en el cielo vibraban las tormentas. Se formó por condensación un charco entre los poros de estas rocas...

Progresivamente y hasta hoy.

El niño duerme en el pecho de Etelle, bien cogido en el arnés, durmiendo como lo haría un domingo por la tarde empujado en el clima de una avenida tranquila en Europa. Etelle mira al suelo, el rostro perlado de sudor. La piernas y brazos colgando, ahora el niño es una imposición. Ella, bellísima. Un palpitar. Querida: abre la boca − dilo TODO. Impulsos biológicos, en el límite interior del mundo. Aquí: la sede de toda vida, el lugar origen.

Aquí, tan cerca de: la Cueva del Nacimiento.

Un espantajo grazna en algún lugar. Las nubes transitan el cielo. Plena conciencia de lo que alrededor se extiende. Pierre se acerca a Etelle y se ofrece a llevar al niño. La escopeta apuntando al suelo, y el niño como un fardo a la espalda. Está tranquilo y respira quieto. María, José y el Niño. A través del bosque. Pronto, es claro el rumor del río. Sus destellos del atardecer se filtran entre los troncos. El bosque pierde espesor y las franjas de luz se abren paso entre las copas, flotan motas. Se oye un motor y entrechocar de troncos. Finalmente los tres salen del bosque a una explanada, franja constitutiva de la orilla sur del Mbomou.

Son dulcemente abrazados por el clima y el aire, por las aguas móviles. Son saludados desde la distancia por dos hombres negros que, con camisas y pantalones cortos, charlan quietamente apoyados en la barca varada.

Sea el Támesis a las 9 AM, Hudson al amanecer. El auténtico mar. El obispo dialoga con los hombres, en francés. Este increíble sol.

-Non. D'abord... Après −dice el alto y flaco, señalando río arriba.

-Par là d'abord... −dice el otro, cortés.

-Merci, ... −asiente el obispo.

-Mais vous pouvez l'attendre. Il reviendrà.

-Oh. Nous attendrons peut-être... Merci, mesieurs.

-Allez.

Saludando una vez más, el obispo se retira y retrocede al encuentro de Etelle y el pequeño, que han esperado en la larga pendiente arenosa de la orilla.

-Podemos subir el curso un poco más, Etelle. Desde ahí nos remontarán. Se me ocurre que puedo ir yo y retroceder a buscaros. O podemos esperar aquí. La barca acabará por venir.

Etelle mira al hijo como la luna llena a la tierra.

Esperaron, según la tarde se prolongaba. Efervescían las primeras brumas cobre y lima en los márgenes bajos del cielo cuando la barca, anticipada por el petardeo de avispero de su motor, llegópara atracar. Madre y niño remontaron la pasarela de ascenso y después Levay.

-On met pied à terre à Baj-baj-wue, monsieur... –indica el obispo.

-Parfait, monsieur... Bon o-ui, je sais! On y và...!

-Merci –sonrió Levay.

Por fin, se acomodaron en cubierta. El niño miraba el mundo con ojitos vidriosos y las comisuras de la boca cerradas, los labios prietos. Permeable. El aire húmedo y caliente de la última fase del atardecer. Remontaron el río hacia el oeste, la luz descendía con el peso inmenso del cielo contra ella. Etelle cierra los ojos y en las sombras de las cuencas intuye los movimientos celestes, los planos estáticos y las órbitas supremas, es la galaxia una rueda del gran mecanismo, el profundo motor. El rumor de las aguas y el chapoteo de la quilla la envuelven, las toses del segundo de abordo, la respiración del niño y la presencia de Levay. Adelgaza el aire, se intensifica el medio.

Progresivamente, un incesante canturreo de loros y gorriones, palomas, tucanes, y el rumor de las palmas mecidas en el viento comenzó a extenderse sobre el río como un arco.

-Ya nos acercamos –explica Levay, su voz como otro rayo

grueso en la tarde. Etelle abre los ojos.

Entre la espesura de la costa norte, se entrevé una alta cerca de hierro forjado insertado en piedra gris y roca. El motor se ralentiza, el barco toma curso hacia el muelle. Se disgrega un canturreo de pájaros en el aire. Preparados para desembarcar. La barca se coloca a ras del muelle. El auxiliar tiende la rampa. Se despiden. Mujer, niño y Levay descienden al muelle; el obispo se vuelve un instante y realiza una amable genuflexión hacia el barquero en la cabina y su segundo en cubierta, que inclinan la cabeza con respeto. Los barqueros del río. Intensifica la rotación de la hélice y comienza la maniobra de vuelta al curso del río. Levay, la mujer y el niño recorren el muelle en silencio. Cae la luz movida al oeste. La puerta parece elevarse como viento sobre el muelle y serían cintas mecidas en la brisa las tres figuras que avanzan hacia ella. Es de piedra caliza, arenosa, ambas jambas compuestas por bloques cilíndricos y sobre ellas un dintel horizontal, un bloque único sobre el cual ha sido inscrito el nombre de la propiedad:

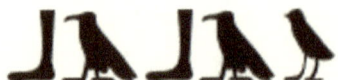

b3b3w. Agujero; Cisterna de la cabeza. Pierna humana (b), buitre egipcio (3), pierna humana (b), buitre egipcio (3), codorniz (w). b3b3w. El jeroglífico inscrito en el dintel, nombre de la propiedad, aparece aquí sin determinante. Es una elección voluntaria. Sólo dos entradas semánticas conocidas, dos conceptos, se han obtenido para esta combinación fonética. Combinada con el determinante correspondiente al disco solar, O (este determinativo puede confundirse con el de "pupila"), la palabra es traducida como: Agujero. Combinada con el determinante correspondiente a hogar (un pequeño rectángulo con una abertura en su base, y subrayado por tres líneas verticales) el término es traducido literalmente como: cisterna de la cabeza.

Sorprendió a Etelle que no hubiese verja en la puerta. Entraron, como el traspasar de un arco milenario, accediendo a la propiedad. Los sonidos parecieron silenciarse, reordenarse, tejiendo una trama invisible y expectante según remontaban el camino.

-¿Estás cansado, Gar?

El niño parpadea, caminando a pasitos cortos sobre la arena.

El pequeño negó con la cabeza.

-Muy bien, hijo.

Sonaba un motor. En cuanto accedieron a la propiedad, Pierre Levay accionó el botón del intercomunicador en el pequeño poste metálico insertado en la tierra.

Un jeep gris bajaba ahora a su encuentro.

Madame Terugbesorg, una elegante señora de piel mulata, de cincuenta años, alta y fina como un estilete, mitad etíope, mitad francesa, asistente personal de Levay, conducía el jeep con la alegre destreza propia de esas tierras. Frenó en un margen del camino y salió del jeep de un salto. Su falda roja ondeaba al cálido viento crepuscular. Llevaba la negra melena recogida por agujas de madera, los ojos abiertos y alargados en una forma extra-terrestre.

-Señor Levay —saludó-. ¿Qué hace una criatura así en este lugar?

Levay sonrió. La preciosa Terugbesorg parecía enfadada y miraba al niño y a Levay y a la madre según se acercaba, con preocupación maternal.

-Skone...

-Señor Levay, no es procedente. ¿Qué ha sucedido?

El obispo se dirigió a la joven Etelle; Gar miraba con ojos atónitos el mundo, parecía a poco de romper a llorar.

-Etelle, ella es Skone Terugbesorg, la mitad de mi vida. Y un poco más.

Etelle, agitó la cabeza, su fina melena rubia moviéndose uniformemente como un velo. Sorprendida preguntó:

-Pero ¿está usted casado, señor Levay?

Levay rompió en una espontánea carcajada.

-Así es... —sonrió.

-Entiendo —sonrió ella, tan remoto el mundo.

-Estoy casado, pero con Dios...

-Ah —respondió la mujer, un movimiento rojizo en sus mejillas.

Como una pista de aterrizaje, el instante final de la risa, un estertor, trajo un tenue profundo desasosiego a Levay. Se pasa la mano por la frente y el pelo canoso revuelto y ríe de nuevo, el agotamiento, el mismo aterrizaje forzoso, niebla, bruma, tres colores de luces en pista: verde... amarillo... rojo.

Entendiendo las rutas mentales del obispo, Madame Terugbesorg falsea cómicamente en su rostro un gesto de desesperación representada, ¡tanta tonta cháchara!, y acercándose más se arrodilla ante el pequeño Gar, su falda roja como un manto. Extiende la mano y murmura:

-Hola, Gar.

Gar mira con ojitos los inmensos pozos de luz de la mujer.

Madame Terugbesorg sonríe. Gar se muerde el labio inferior. Ojitos sobre pozos. Mueve su manita hacia la mano de Terugbesorg ahora tendida entre ambos. Enrosca el índice de la mujer con su manita.

-Qué monada de niño... —susurra Skone, se mueven las copas de los árboles, silencio africano... - Pero, por favor, ¡vamos a casa ya...! Gar necesita cuidados y vosotros comida e higiene, ¿no es cierto? Vamos, vamos, por favor.

Skone se puso en pie y de un giro rápido y majestuoso, se encaminó hacia al jeep, seguida por los dos adultos y el pequeño.

El agua recorre el cuerpo de Etelle, desnuda sobre la elegante plataforma de madera. El rostro recibiendo el flujo de agua directamente y después cae, se distribuye, abriendo cada poro, destilando agotamiento su cuerpo. La ducha es un amplio cubículo de casi tres metros por lado. A través de la ventana abierta, ve la amplia extensión de savana, propiedad de Levay, respirando los elementos al reposo según anochece sobre África.

En la habitación, duerme Gar.

<<Hola, Gar>>

Esa mujer, ¿cómo sabía el nombre de Gar? Se ha arrodillado ante él y ha dicho: Hola, Gar. Su falda como un manto de sangre. Una brutal menstruación. Por su nombre, ¿cómo? El cansancio tal vez había rebajado la capacidad de su atención o la memoria no construía (jamás) de forma completa, y quizás sí había mencionado el nombre del niño en ese encuentro por Levay tal vez, pero no por ella. Eso seguro. ¿De qué otra forma podría sino haber Skone sabido el nombre del niño? Sólo una conexión invisible de mentes, un cerco intangible.

Un perímetro.

Se siente de pronto presa. Cervatillo joven, fina belleza europea. Presa tan bella. Ser presa tan bella. ¿Qué lugar es este?

El agua cae.

Cuando se envolvió en la toalla su corazón latía con suavidad macerando su sangre con miel y caña, destilando dulce licor humano.

Está tranquila mientras se viste, todavía un microscópico temblor en sus rodillas y cartílagos. Agradable liberación de tensión. El pequeño Gar duerme en paz en la enorme cama matrimonial, ocupando apenas un lado. En el televisor, Alicia de Disney está creciendo desmesuradamente en el interior de un casa, al tiempo que un deshollinador lagartijo resbala cómicamente escaleras abajo: "¡¡un monstruo!! – ¡¡un monstruo!!". Éste sería un bonito hogar, piensa Etelle mientras abre la puertas correderas del armario, observando todas las prendas colgadas ordenadamente en las perchas, los finos vestidos, los tejanos, las faldas, los cajones de ropa interior, en línea sandalias y zapatos.

Con dulzura de madre, Etelle se viste, cubriendo en capas su desnudez. Todas las prendas blancas sacras de este lugar. Como Alicia con manchas de miel por la cara.

Tras el baño, Pierre Levay se deja caer sobre su cama. Las estrellas pueblan el cielo más allá de los ventanales y una brisa cálida azota suavemente la incalculable extensión. No hay apenas luces eléctricas en ningún lugar. Se oyen grillos, y una letanía de aves de charca desde el norte.

Dentro de veinte minutos será servida la cena en el comedor. Junto la fantástica galería y bajo la bóveda, las estrellas, las siluetas de los árboles, la sombra azulada del suelo amarillo y verdusco de la savana.

Intenta anticipar el rostro de Etelle en esa cena.

Un palpitar. Seguro que tiene sabor de ron. Enciende el televisor. Se forma la imagen. Señora rubia y señor calvo ante un fondo de edificios de centro financiero, comentan la noticia. Sonríen comedidamente. Informan. En pantalla, sobre la franja roja: ... dline news NASA Astronaut in strange love triangle leaving NASA Headline news NASA Astronaut in strange love triangle ...

El amor todo lo puede y a todos nos iguala.

-¡Jajajajajaj!

Está loco este señor, Tía An...sshhh, Helden, por favor, ¿será posible? Olga, Olga, hija, deja eso, por favor... ¡Niños! Venga, lo habéis hecho muy bien esta mañana... Vamos... Este señor no está loco, venga callaros... Sshhh.

Se levanta de la cama y se acerca al ventanal, sobre los campos. Ha oído el agua corriendo en la habitación de la madre. Mira al cielo. Se estará ahora vistiendo. Las estrellas. La piel habrá perdido la irritación de la exposición directa al sol y lucirá ahora calma, hidratada y bronceada.

Levay, se saca la polla. Cuelga, gruesa y fláccida, bregada. Con templanza, empieza a masturbarse. Ojos entrecerrados, el rostro de Etelle bajo el haz de la luna, el vestido que lleve, el brillo que refracte y qué − ¿¿ − trepando por sus piernas − ?? −

La poseerían.

Un palpitar en el perineo.

Aquí, con ellos.

Ascendía. Subía. Grueso. Abierto. Aquí, madre e hijo.

Salida. Arco.

Caída.

Se quedarán ambos con ellos, aquí: en el centro de todo.

Una mancha germinal en el cristal y sobre la moqueta. Apagó el cigarrillo en el cenicero de cristal de roca sobre la mesita redonda junto al ventanal. Silenció el volumen del televisor. La noche de África... El palpitar tras la eyaculación. Juntos seremos más fuertes. Que se queden. Que entiendan. Los formaremos. Ahora estamos creando familias. Ella y el niño, aquí conmigo. Vi imágenes, es precioso: las familias. Barriga de Perro tiene en su territorio una familia primaria concebida. Se forjó tras la deposición de la última Reina. Hemos evolucionado sobre nuestro sistema anterior. Ya no somos colmenas, ya no dirigimos revueltas en los territorios para elevar una Reina sobre todos. Hasta ahora hemos brillantes como el Imperio. Tantas provincias, un Emperador. Así constituíamos el centro del movimiento en cada región: una Reina. Bellos, altos, podían las provincias y legiones mediante revuelta aclamar un nuevo Emperador.

Pero ahora somos familias.

Veo diluirse la estructura de los vínculos que hasta ahora nos unían. Somos ahora grandes familias formadas entorno a una unidad tradicional: pareja. Madre y padre. Eso tiene Barriga en su región. Nosotros aquí, yo soy el centro, también crearemos familia. Madre, padre e hijo. Y Skone. Aquí, en el punto origen. Yo soy el último eslabón de la estirpe elegida. Uno, de la Humanidad, custodiaría el Agujero. Hemos custodiado. Ahora, ellos recibirán el regalo a su bondad: superados los dolores, una primera preciosa familia. Palpitar-serpiente en el perineo.

Suena el comunicador junto a la puerta. Llamada de Skone. Acciona el botón en el comando y se enciende la pantalla. El rostro de Skone en primer plano. Los ojos abiertos y rasgados. Serpiente. El pelo negro mojado cayendo a los lados de la cara. Está desnuda, pero aparte del rostro, solo se aprecia el cuello en pantalla. Tras ella, la penumbra estrellada de su estancia. Familia.

-Hora de bajar a cenar –dice-. Etelle acaba de salir de su habitación.

-Muy bien. Gracias.

Skone apaga el comunicador y se sienta como una ninfa en la punta de una esquina de la enorme cama. Vivía al otro lado de lo que en Bahbahwué llamaban el Oasis, un área de piscina iluminada, sinuosa y con el agua a ras de suelo, bosquejo de palmeras y varias sombrillas de cañizo. Una casa de dos plantas y ático. Salón, tres dormitorios, cocina, biblioteca, sótano, y un inmenso comedor. Lentamente, se calza. Cierra las hebillas de sus zapatos rojos de tacón de filo entorno al tobillo, los dedos cerrados en la punta, el empeine como un puente, se pone en pie. Hora de cenar. Hora de bajar a cenar.

Algo cambia. Hay algo cambiando. Percibe.

En el aire. Es un instante, y los márgenes del instante, cerrados, negrísimos, no desvelan la forma que en su centro se proyecta. Una impresión. Algo cambia. Rota.

La inclinación de los rayos de la luna, la incidencia astral que levemente varía según el cuerpo avanza en el movimiento de órbita. Madre e hijo han sido enviados. Deben formar familia. La familia central del movimiento. La primera familia. Tal vez no cómo ellos querían al inicio, pero con familia al fin. Ellos volverán. Custodiado el humano, Skone podrá volver al hogar. Sonríe. Siente frío. La luz. Algo cambia. Hay algo cambiando. En la luz. Cuerdas desde el cielo. Los somormujos graznan en la noche clara sobre el mecer.

El obispo comprueba su imagen, perfectamente vestido de lino blanco, pantalón y camisa, ligera y amplia, radiante, el pelo blanco revuelto y la barba gris. Un fino tanga masculino de hilo, blanco impoluto, recoge y potencia su paquete bajo el pantalón y separa sus nalgas, cubriendo la región: estertor perineo. Se mira.

Tan moreno. Los ojos tan azules. El Cristo en la Cruz esquemáticamente tatuado. Etelle.

Una hambruna necesaria.

Hora de cenar. Hora de bajar a cenar.

Devorar. Familia.

Tras los dulces y postres, Etelle, te llevaré a la Cueva del Nacimiento.

2

Zinea hunde las manos en el agua azul y las contempla por un instante. Lucen como peces y coral. Agita las manos suavemente bajo el agua azul y los dedos como un pequeño baile submarino y las entrelaza y las saca y mojadas se las pasa por la cara. Se refresca.

Mmmmm.

Bañado su rostro, sus manos, ella entera, por la clara luz que desde el Espacio irrumpe limpiamente al larguísimo pasillo celeste.

La CASA está suspendida sobre la Tierra y en órbita a su alrededor. Una esfera azul de superficie acuosa y translúcida. Se ven puntos de luz azul intenso en su interior y cercos, surcos (pasillos celestes) marcando sus meridianos. Bella e inmensa. Orgánica, preservada por la gélida esencia del espacio exterior.

Aquí, en los cielos, hay un rumor permanente.

En el interior, existe una estructura sólida. Zinea va enfundada en el traje azul propio de la CASA. Salvo ejercicios particulares y momentos de ocio en las cabinas, es necesario su uso durante los traslados y en los lugares públicos de la nave. El traje protege el organismo del individuo de posibles variaciones térmicas y radiaciones particulares de ciertos aparatos o, en ocasiones, astros residentes. El traje da a su cuerpo definición perfecta (sentido y sensibilidad de la forma).

Zinea, residente, estrella humana de la revuelta, pasea celeste la CASA, expectante. Fluye en su sangre el frío calor espacial, inyección estelar. La revuelta ha comenzado. Peones. Alfiles. Zinea, pronto moverán Reinas.

Sus pasos suenan sobre la plataforma del pasillo.

Como la Reina Hatsepsut desde su templo de terrazas ajardinadas la noche antes de partir en guerra, Zinea desea sentarse y contemplar.

En los días que estuvo con Sonner aprendió a decodificar los mensajes inscritos en la luz. La luz es un cuerpo formado de partículas. Dichas partículas, corpúsculos, se agrupan en franjas y evolucionan de forma lineal sobre la franja a la que se inscriben. La suma de franjas compone el haz. La luz, ilumina las sombras. Así como existe un orden sonoro, existe un orden lumínico. Un músico se vale de un abecedario de sonidos para componer frases, textos inmensos con sentidos diversos. Como un humano la letra. Y lo mismo un astro con su luz. Cada astro envía sinfonías y textos en sus rayos de luz. Deben leerse a partir de la posición de cada fotón en su franja en el rayo. Los fotones evolucionan avanzan, de forma desigual (imaginemos una carrera de chapas que los críos jugasen bajo nuestro balcón), durante el descenso, en la caída desde el centro del astro hacia los objetos contra los que refleja, aquellos que traspasa y los momentos en los que es difractada.

De las cuatro noches que les quedaban, Sonner la recibió en la primera de vuelta a su loft en las afueras de Cercana. Los amigos ya se encontraban allí. Sonner la recibió en la puerta. Todavía no es capaz de recordar cómo llegó a casa de Sonner, pero ha aprendido el sentido necesario de las sombras. Luna la llevó, pero no recuerda el desarrollo del trayecto. No fue por carretera ni paisaje nocturno de ventanilla. La AUTOPISTA ascendía, trepando una pista hecha en distantes posiciones entre las estrellas. El azul se intensificó en el interior de la furgoneta azul. El exterior planeando sobre el mundo, un fulgor estelar sobre el desierto. Tiempo indeterminado. Después se encontró el repicar de sus tacones sobre la escalera de metal, ascendiendo a la puerta de él. Los ojos secándose como si hubiera llorado. Un estímulo floreciendo celeste, manando del corazón, savia, la razón. Sonner la recibió en la puerta.

-Qué bella eres Zinea. Entra.

Sí. Entró.

Zinea, qué bella al pasar. No hablaba. Miraba. Estaban los amigos, dos parejas, sentados en los sofás. Ha sido siempre verano al atardecer en este rincón del mundo. La feminidad sensible a un amplio espectro (dulzura) entendiendo el instante de miel fluyente en el despegar de cada encuentro. Viva en esa cresta, Zinea sonrió a las parejas y ellas devolvieron las sonrisas y tras los blancos dientes en los cielos de sus bocas brillaban estrellas.

La luz es oscura-azul aquí y por los ventanales inmensos se ve el movimiento del espacio. A este área de la CASA acuden todos los rangos residentes sin distinción. Una evolución de innumerables niveles flotantes, cambiantes, como palcos, o enormes plazas, o enormes mares, vinculados por flamentos azulados entre sí, transitables. En enorme silencio. Gradas celestes. Zinea ha ocupado un espacio en la corona de la zona estable, justo a ras del inmenso exterior. Sentada y observa... La inmensa corporeidad de Orión extendiéndose, vibrante, desplazándose, sus puntos, y la lenta evolución de marea, una resplandeciente nebulosa sobre la Tierra, los tránsitos estelares distantes, el refulgir de los brillos, la profundidad.

Entra sobre Zinea y el área la luz celeste, rodeando los objetos, los otros sillones vacíos, mesas y columnas, la luz filtrándose...

Aquí, se estiran las sombras.

z i n e a e s t á s e n s o l e d a d

Zinea ve al ser una vez éste se ha aproximado y ocupa ya la butaca a su lado. La envuelve. Despojado de su forma biológica humana, sin disfraz adaptativo, sin formulación superpuesta, el ser es pura luz azul-blanca.

v o y a s e n t a r m e c o n t i g o s i n o m o l e s t o t u d
e s c a n s o

No molesta. Le encanta. A Zinea le encanta. Está ya sentado cuando oye sus palabras. Reconoce sus palabras. Es la estrella Spica. En su forma humana se suele presentar bajo la apariencia de un adulto rubio y de piel blanca.

d e l s e c t o r q u e y o p r o v e n g o , p r e c e d o , n o
m u j e r e s n i h o m b r e s c o m o t ú n i l o s v u e s t r o
s a b a j o . s o i s e x t r a ñ a r a z a z i n e a

Ahora es una llamarada sostenida y blanca fulgente. Las puntas de sus rayos azul-blanco. Spica se mueve como si realmente hubiese un cuerpo alojado moviéndose en la luz. Los ojos de Zinea se han habituado a la percepción de seres semejantes: ve su núcleo, todavía más blanco que el resto, trasluciendo desde su interior.

d e b i d o a l s e n t i r q u e l a s r e v u e l t a s h u m
a n a s n o s h e l a b a n , d e c i d i d o c o n f r o n t a r p a
r t i c i p a r s e c u n d a r a y u d a r . e s t o y d e e l l o c o n
t e n t o e n e l n o m b r e d e

Zinea sonríe y mira directamente el foco de Spica con dulzura porque antes que oírlo lo siente, entrando por los poros abiertos bajo su uniforme azul. Un gélido calor. Un inmenso amor.

f e l i c e s   d e   t e n e r t e   a q u í .   s e g u r o s   d e   t i .

Permeable a la materia del sentir estelar.

-Muchas gracias, Spica —sonríe y siente temblar los órganos en su interior anclados como boyas en un cálido magma.

h e m o s   a n t e s   c o n o c i d o   h u m a n o s .   s a b í a m o s   p o d e r   e n   l u n e   c o n f i a r . s u   r e v u e l t a   c e l e s t e , e s t a   a l t a   e s t e l a r . l u n e   t i e n e   a l g o   q u e   e x p r e s a r t e .

Spica ha empujado calor amoroso al interior de Zinea y ahora filtra una sensación de frío estático a partir de ello. No es un goteo, es un ascenso. Llegando los términos a sus poros, Zinea percibe una fracción de aquello que Luna desea expresar. La revuelta ha comenzado. Mueven Reinas.

-A m   o r   Z i   n e   a h

La voz de Spica es quebradiza, el sonido de una boca de hielo ardiente, un cielo de hielo fragmentándose.

-Amor, Spica.

La estrella se retira concentrando su intensidad, reduciéndose. De forma regular, se retira, elevándose hacia el visor del Exterior y atravesándolo. Zinea ve la estrella flotando en el exterior, paseando, como Hatsepsut por las terrazas celestes.

Sonner separó las piernas de Zinea.

Se encontraba ella estirada, la espalda sobre el asiento de una de las sillas de la cocina del loft, y las nalgas y caderas apoyadas sobre otra silla, el cuerpo como un arco. El cuello en tensión, cabeza atrás, barbilla alta, el pelo cayendo casi a rozar el suelo. Le habían cubierto los ojos con un antifaz. Un hombre y una mujer la sostenían por las muñecas, los brazos alzados, en aspa, reteniéndola en esa postura.

-Me encantan los mortales, amigos...

La voz de Sonner es pálida, en las nasales cavernosa, en las vocales radiante; cambiante, radial.

Sonner paseaba alrededor de la mesa, como un pistolero, bajo las luces de aquel area correspondiente al comedor y la cocina del loft. Hora de devorar a la elegida. La luz amarilla limpia desde los techos forjaba el espacio, las sombras estomacales rodeaban el resto, filamentos de luz de luna y espacio segmentándolas.

-Verte es como ver una falda al vuelo, Zinea. En mis veranos.

Y la toca. La mano sobre el estómago. La mano de Sonner sobre su abdomen, Zinea recibe un intensísimo calor que se esparce afectando a toda la región, sus músculos abdominales, la boca del estómago, paredes de la vagina, ingles, lumbares, ano. Un radiante calor.

-Zinea, hay una cosa que debes entender... Yo soy Sonner. El Sol. El Astro Rey del sistema en el que tú y los tuyos habitáis. Ellos, —señaló sonriendo a las parejas (Zinea vería, pero lleva un antifaz)-, son las corporeidades de cuatro astros de características muy similares a las mías y por tanto, dadores de formas de vida y climas semejantes a los vuestros, Zinea. Otros Reyes de otros mundos. Quería que te observasen conmigo. Te los presentaré.

Zinea respiraba en silencio y entrecerraba los labios, expulsando aire suavemente, el cuello en tensión. Ahora había levantado la cabeza.

-Quien te coge de la muñeca derecha es... ¿Cómo te llamabas tú?

La mujer que presionaba la muñeca derecha de Zinea sonrió.

-18 Scorpii ...

-¡Eso! —y estalló Sonner en una carcajada-. ¡Qué bonito! ¡Por favor!

Y rió de nuevo. Y con él, los otros.

Zinea asustada se agitó en la fuerza de las manos que la fijaban.

-Zinea, tranquila. Me río porque vosotros humanos siempre tenéis la necesidad del nombre; nombrar, nombrar... Os comprendo, pero, mi querida, es tan mínimo... Aunque es coqueto, es... Es... pequeño, bonito, dulce. Es... como tu ropa interior...

Y rió de nuevo y suspiró, el Rey Sol. Continuó:

-Bueno, quien te coge de la mano izquierda es Zeta Tucanae. Saluda Zeta Tucanae, amigo.

Zeta Tucanae, un joven moreno y de ojos rasgados saludó:

-Hola, Zinea —su voz marmórea.

Sonner mantenía las piernas de Zinea abiertas y mientras hablaba, con calma acariciaba el exterior de sus muslos y las rodillas, y pasaba las manos por los gemelos y ahora palmeaba suavemente su entrepierna.

-Zinea, saluda a Tucs, por favor...

-Ho-la ... —musitó la joven.

-Todo esto sería... ¿qué sería? ¿Un desliz? ¿Una orgía? ¿Una misa?

Sonner dio una palmada repentina sobre la vulva de Zinea. Gimió. Un palpitar.

-Ay, ay Senora... —canturreó Sonner.

Los astros rieron.

-Me lío con vuestros nombres, Zinea, querida... —la observó, tensa en las sillas-. Qué bien debes bailar tú... Qué poco me arrepiento. Quiero que seas consciente de otra cosa, Zi...

Muchísimo calor.

-S-sí..

-Espera. Disculpa. Primero acabo la presentación, ag, me aburro, tanto nombre... Zinea, debería follarte haciéndote daño, pagar tú por el resto de humanos, ¿entiendes? No. Todavía no entiendes... Agg... Eres, eres tan bella... Debería follarte haciéndote daño. Hummm.

Zinea aspira aire y boquea, el mentón tenso.

-¡La presentación! ¡Cómo me distraigo en esta biología humana, qué barbaridad! Qué graciosos sois... La presentación, decía. Sí. Seguiré. Uh, ahí, justo detrás de tu cabeza, Sigma Draconis... El hombre, el hombre fuerte, que tiene ahora mismo, jeje, ciertos problemas motrices con un vaso... Ojalá lo vieses, Zi. Te reirías... – (suena un bufido de incordio a su cabeza y un ligero tintineo de cristal, una risita femenina, del foco en el que imagina se encuentra 18 Scorpii) – En fin. Déjalo, Draco, por favor... Jajajajajajaja ¡!

Zinea no puede evitar sonreír.

-Ah, qué encanto eres, Zinea. Mira, oh, sigo la presentación, oh-oh, bajándose ahora mismo la cremallera del vestido la, ooh, la rubia que has visto y cuyos pechos y curvas Zinea te hemos visto observar con preciosa fugacidad, sí, qué cuerpo maravilloso... 82 Eridani... Ah. Ag. Increíblemente bronceada por su propio fulgor, Zinea. Acaba de caer el vestido. ¡Qué bellos ciertos momentos en la tierra! Qué cuerpo tienes 82 Erdiani... Ag. Qué bella en ese cuerpo... Qué inten... Oh... Acércate, quieres...

Zinea dejó de sentir presión y tocamientos. Sonner le había desabrochado el primer botón de los tejanos y hasta ahora jugueteaba con los dedos por el interior de la cintura, separando el tejano de la piel, palpando la cinta de la ropa interior, y con la otra mano asiendo de la cadera, estiraba, bajando lentamente, revelando más piel, cadera y cintura. Ahora la dejó. Percibió que se ponía en pie. Un movimiento torpe. Una silla corrida. Un palpar. Sonner estaba de pie y abrazaba por la espalda a 82 Eridani que se apoyaba sobre el brazo de Sonner y empujaba el abdomen hacia fuera, formando un arco, los pechos rectos, el abdomen como un altiplano y bajo el ombligo la caída vertiginosa de su pubis, en punta: al suelo.

Tocaban las manos de Sonner esa piel y cuerpo, resbalando, se besaban, Sonner clavaba su polla recta y gruesa contra las nalgas de 82 Eridani. 82 Eridani buscó con una mano detrás de su espalda la boca de la polla. Grueso el tronco bajo el cinturón, asomaba el capullo, el inicio de la inflamación. Con los dedos, 82 Eridani palpa la corona del prepucio y la estimula con la punta de una uña y con las yemas aprieta, y con los dedos intenta desabrochar el cinturón, primero el índice, pequeño no.

-No.

Sonner envuelve el cuello de 82 Eridani con sus dedos, y la besa en la comisura de la boca. No. No. Mi polla ya es tuya. Pruébala a ella...

-Venga, boquita...

82 Eridani se separa de Sonner. Sin vestido: su cuerpo formado, resplandecientemente bronceado - lamido por la luz. Alta, bronceada, la rubia melena escalada hasta los hombros, entrante, limpia, cortante, los músculos de la espalda, los pechos, vehementes, sujetos por un fino sostén negro, pequeños triángulos como lágrimas sobre los pezones, el ombligo, las caderas, el coño justamente cubierto por un fino pétalo negro, sostenido en tensión por las estrictas estrechas tiras de la cintura. Los muslos en tensión,

depiladas, morenas, las piernas con la consistencia de una estrella. Clava los tacones y se sitúa ante Zinea. Las nalgas esculpidas en piel morena y músculo, amenazantes, ligeramente separadas por la firme prieta tira vertical.

Zinea intuye. Gime.

Flexionando las rodillas, culo abajo, 82 Eridani se agacha. Pie de guerra, el sexo expuesto, una mano apoyada en la cadera, una pierna abierta y en flexión, y la otra apoyando sobre el talón, el culo, justo sobre la pequeña hebilla de cierre del zapato; la punta del pie sobre el suelo, el tacón en ángulo. Una muSSa.

-¿Sabes de qué estoy muy orgulloso, Zinea?

Tensa, Zinea no responde, aspira.

-De las enormes playas que he posibilitado en tu mundo...

Umff.

-Zinea, esto es necesario. Tú, la más humana, serás probada. Yo debo determinar tu valía para el propósito celeste. Mira Zinea: estando en cuerpo y mente humanos lo comprendo en tus palabras: seres de superior complejidad y preponderancia, de mayor responsabilidad en este nuestro sistema celeste consideran que en el planeta no se han llevado a cabo acciones según lo... Aquí no teneis término. Deseable y esperable, sería. Aquello que el sistema anticipaba. Sois una anomalía extraña. Ten en cuenta una cosa: por pequeña que la parte sea, no hay partes insignificantes en un sistema. Debemos corregir la anomalía. Yo... Me hace gracia. No estoy preocupado. No es eso... Aquí nunca pasa nada, ¡ja! O aquí pasa todo... ¡jajajajaja! ¡jajajjjaj! ¡Lógico! ¡jajajajaj...!

Su risa dorada.

-¡Ay!

El nuestro es un rey cuerdo. Susipra: - ...qué locura Zinea pensar con estos cerebros vuestros tan pequeños...

Y continúa:

-Lo arreglaremos, Zinea. Lo arreglaremos todo. Luna te ha traído en su tracción. Has sido elegida entre todos los demás. Yo quería un simio, al principio. Me resultan graciosos. Pero la elección es de Luna. Luna te ha traído. Yo, el Rey de este sistema, debo determinar...

Con la gracia de una directiva, 82 Eridani separa un poco las piernas de Zinea (el Agujero. Cisterna de la cabeza) y palpa la zona interior. En calor, Zinea percibe cada palpar como la extensión de un latido; reacción bajo exposición. En este mundo se trasciende el dolor. Siente una palmada súbita en la vulva. Contrae los músculos del abdomen y arquea el cuerpo, levantando el culo, entregando el coño. 82 Eridani se inclina hacia ella, pie de guerra, acercando su boca, en contracción la vulva tras la palmada y prieta bajo la costura del tejano, acerca los labios, suavemente, rodea, y besa. Y besa. Y la lengua. Empuja. Presión de la lengua sobre el monte: sabe tanto a cielo.

-Y, Zinea, como Rey, determino: que ella sea: que serás tú. Ahora, voy a llenarte de sol.

Entonces Zinea sintió deslpegarse toda mañana a su alrededor. El fuego y el núcleo de una estrella transmitiendo su bondad...

Todo calor.

Aquella noche no volvió a casa. Miranda tampoco. Desde el inmenso calor, flotando sobre una inabracable extensión de ondeante trigo, Zinea recobró la conciencia en una habitación amplia y luminosa. Mediodía. Sonner. No. Nadie. Una estancia rural, suelo de madera y muebles coloniales. La cama inmensa. Se puso en pie. Sentía sus pies flotar. Segura, se acercó al ventanal, abierto y con la cortina descorrida, no se movía. Miró al exterior. Flotaban. La estancia flotaba como una caja suspendida en el aire. Se encontraba a una centena de metros sobre el río. Serpentaba brillante en el valle. Ante sí, a lo lejos, corría la sierra y agrupaciones de bosques de pino y arbustos, empequeñecidos en la distancia. El sol recorría su tránsito por los claros cielos. ¿Dónde estoy? Sonó en sí la voz de Luna: esto es un espacio intermedio, Zinea. Todo va bien, preciosa. Hemos hecho esta habitación al gusto que de ti hemos observado. Ahí tienes la salida a la terraza, Zinea. A los pies de la cama, había una puerta. Salió. El exterior. Una plataforma invisible. Flotaba en el aire. Caminaba en la atmósfera. Rodeó la habitación por el exterior, todo el paisaje la envolvía. La vista de Aguas Calientes, pequeños los tejados, claras las vías principales y siguió rodeando la habitación, todo el balcón invisible alrededor y vio su casa. Vacía.

Progresivamente, Zinea aprendió el cómo del movimiento. Colgarse en los rayos de luz...

Trans-acción, gravedad ligera, Zinea asciende ahora impulsada, abducida por el conducto elevador hacia el nivel orbital de la CASA. Disminuye la atracción de la gravedad según accede al nivel, la intensa luz blanca, de clínica definición, se esparce global y uniforme. Está envuelta en toda dirección. De la presencia lumínica, se contornea de pronto una forma. Una silueta.

Son claros los ojos y despuntan como pequeños abismos negros, nocturnos mares caribeños con perlas y coral luciendo en su profundidad. A contraluz, se define el cuerpo, las caderas, piernas y brazos, el pelo en cascada, única, alteza, gracia, Luna.

Azul frialdad.

-Mi preciosa Zinea... La revuelta ya ha comenzado.

-Lo sé.

-¿Estás nerviosa? Te siento feliz.

-Lo estoy —y sonríe.

Las voces fluctúan entre la reverberación del sonido en el aire y el oleaje del pensamiento, despuntando ecos en ambos medios.

-El obispo ha engullido a la pareja. Nuestro plan ha funcionado. Etelle y Gar han fijado la posición. Tenemos al fin vía establecida con la fortaleza.

La sonrisa de Luna es dulce como un millar de puntos de luz.

-Él cree tener su presa final, su familia definitiva. En su mente concibe a la mujer y el niño humano como caídos del cielo, su señal esperada. Ofrecida en la tierra por las carreteras del país llamado Congo, el coche roto, ella perdida. Aparece él de vuelta de la capital. Los encuentra. Los defiende y los guía, ahora los hará su familia. Caída del cielo. Y sí, caída del cielo es, pero tal presa es, en realidad, la trampa que lo atrapará...

Zinea abre las palmas de las manos y permite que la luz envuelva entre sus dedos, orgánica. La revuelta ha comenzado.

Luna continúa:

-Era importante que Etelle no fuese consciente del papel que desempeña. La hemos mantenido en conciencia humana natural. Para ella el discurrir real es el narrativo: ha tenido un accidente con su niño en el Congo. Ilesa, pero perdida. En su mente y asunción de la realidad, Etelle viene simplemente del sepelio de su exmarido, difunto padre biológico de Gar, enterrado en Kinshasa con honores diplomáticos. Un buen humano para aquella región. Voló de París a Kinshasa. Su plan racional era volver tras el sepelio. Pero empujamos un mensaje. En la mañana siguiente al funeral, saliendo Etelle al balcón del hotel, enviamos en todos los rayos de luz una pulsión. El amanecer de la bella África alteró el pensamiento de Etelle. ¿Por qué regresar en seguida al gris París? ¿No había Gar nacido en África? ¿No había acaso ella vivido muchos años en esa tierra hasta que llegó la separación? Descargó Sonner, volcamos en sus rayos rastros de los planes e ideas que en su día ella había tenido. A mediodía, Etelle cancelaba los pasajes. Fue bien escrita la impresión y Etelle veía florecer en su corazón la visión del viaje que siempre quiso hacer. Remontar el río Congo. Por las carreteras y caminos. Un sueño de los tiempos formativos que podía hoy llevar a cabo. Alquiló un coche y salió. En el momento preciso, enviamos, Sonner envió reflejos y brillos y difracción en el vidrio parabrisas que la cegaron y la hicieron volcar. Ilesa. Entonces, Levay la encontró. Ella ha seguido la línea en tal traducción humana. Por ello, no sé cómo reaccionará cuando te vea, pero no intentes explicar, simplemente protégela, más tarde entenderá. Tía Ana la acogerá. Gar. Gar es un infante de dos años. Zinea...

Ahora la luz cubre a Zinea de forma absoluta. Es gruesa y en su interior se ven finísimos filos y vetas, blanco nuclear. Venas de luz.

-Deberás Zinea descolgarte ahora por el trazo de Etelle..., descender sobre ellos. He fijado a Etelle. Sonner indujo su conducta. Yo, lo sabes, empleo mi capacidad de atracción y tracción; mis rayos, reflejos del sol: fijo seres y objetos. Ilumino y resplandezco, enaltezco o asombro. Cuando nuestra órbita encuentre el vínculo que fijé sobre Etelle, cuando estemos sobre ella, descenderás por ese hilo de luz. Directa sobre bahbahwue. Agujero está ahí, Zinea. Siempre estuvo ahí.

Imperceptible para los ojos humanos, un filamento de luz y helio incide preciso en el punto de unión de los tres huesos de la bóveda craneal de Etelle. Fijada. Cisterna de la cabeza.

-El Agujero, el punto origen, Zinea, fue abierto donde Etelle se encuentra ahora. Por ellos. Dadas las condiciones, creado el cielo, era posible Vida. La galaxia, y el eter entero, podía asistir a un nuevo nacimiento. Un nuevo elemento en el sistema, movimiento, seguir avanzando, rotando. Una gran alegría. Sonner reslpandecía orgulloso. Se dotó Agujero del aleación para la Vida. Todas las estrellas saludaban la nueva forma en superficie, saludando en la bóveda celeste. Hubimos de elegir seres para la preservación del punto origen. La preservación de esta fuente de vida. Elegimos una estirpe blanca. Es tarea vuestra descubrir vuestro pasado, no revelaré más. Levay es hoy, Zinea, el último esqueje de la estirpe elegida para la preservación de bahbahwue. Su protección y cuidado. Así fue al principio. Pero se ha manifestado ahora la anomalía.

Zinea frota las palmas de las manos sobre su vientre y las caderas, resbalando sobre la ropa y arrastrando copos de luz en el gesto.

-Existen filamentos y pulsos que componen vuestra naturaleza, esa red trama vuestra esencia, traza el (hecho de) ser humano. Existe un comportamiento común codificado, una membrana de reacciones y tendencias, química, física, matemática, todo ello integrado en la materia que os forma y derivado directamente de la aleación que todo lo sostiene. Muchos sistemas de credos e ideas se han trazado en la Tierra, muchas definiciones y cálculos. Un vergel maravilloso. Pero entre los humanos, una tendencia. A la supresión del otro, a su devora. Ese deseo, ese hambre necesaria impulsa a los humanos. Es una búsqueda, una continua carrera, por la suplantación y la agregación de ideas al sistema, la combinación de elementos para el hallazago de nuevos. Este hambre maravillosa impulsa también a los humanos de la estirpe a la que fue confiada la pureza de bahbahwe. El ansia y la devora exigente. También a la estirpe a la que fue confiada la pureza de bahbahwue afecta ese código, un comportamiento entre los humanos de esta tierra. El hambre que os impulsa es el hambre que os hace devoraros los unos a los otros. Levay, Levay y los suyos, Zinea, conducen su hambre valiéndose del Agujero. Se valen de la fuerza de bahbahwue, de su materia y esencia, para la progresiva asunción, control y agrupación de seres iguales. Utilizan las corrientes y el fluir. Por esencia, los humanos podéis tender a ello, pero ellos, la estirpe se vale de la materia para ello, y eso es lo que ahora debemos detener: los hace invencibles para el resto de humanos. Han incluso extorsionado el lenguaje. Le fue asignada a la estirpe una compañía, una vigilancia, procuradora. Una línea sanguínea de la Tierra Negra, kmt, el Egipto. La mujer. Ella no puede intervenir ni frenar. Su función es el curso, como el Nilo, raza de aleación. Ahora tal anomalía es colonia, pero irá expandiéndose por la población entera del planeta constituyéndose en legión. Una única red articulada, con capacidad, y hambrienta, para la propagación por el medio. Propagación. Por ahora, conforman reinos y familias.

Zinea, suave, mueve con elegancia sus brazos en la luz, cálidamente envuelta, atendiendo con serenidad a las palabras de

Luna. Los labios rectos, los ojos entrecerrados. Reinos y familias. Recuerda en una imagen clara el salón de su casa, Internet, el calor, las tiendas. Está ahora envuelta de luz.

-Zinea, sólo un humano puede redimir a los humanos... Es necesario. No es celestialmente posible para mí o nosotros descender para la protección de Agujero. Podemos intervenir en otros flancos de tu tierra, lo hacemos, mucho y a menudo, con nuestra luz, con nuestros actos, pero no es por Naturaleza posible que nosotros defendamos Agujero. Agujero es vuestro. Nosotros lo abrimos, pero Agujero es necesariamente humano. Cuna. Cueva. Origen de los humanos. Por ello te elegimos. Elegimos a aquella humana en la cual más signo humano detectamos. La mejor equilibrada. Todos los seres tenemos en nuestro interior una representación del sistema del Universo. Los elementos se conjugan entre sí, y definen linealmente un triángulo entre, empleando términos de vuestra definición, razón, sexo y corazón. Así los llamáis, es la traslación de los vértices del Universo. No son tangibles. Son pozos y vértices que todo lo sostienen. No importa. El límite tecnológico, tecnología divina: el Universo es un mecanismo. Es bello, vuestros nombres son bellos... Dotados todos vosotros de los mismos flujos y mismos elementos, también sois mecanismos, y en función de la combinación que cada individuo administra, se definen las múltiples, millones, formas humanas del ser, vuestra especificidad. Los múltiples, millones, de seres humanos que hoy, ahora, habitan la Tierra. Los múltiples, millones, de triángulos. Tu triángulo, Zinea, uno muy equilibrado entre los humanos. Sus lados los más parejos entre sí. Tocante a la estructura superior: la esfera universal. La profundidad y peso de cada lado en sintonía casi idéntica. Tu triángulo muy parecido al sentir de equilibrio que, Zinea, a todos elementos nos mantiene existiendo...

Ahora es la luz la que autónomamente se mueve entorno a Zinea, besándola, valiéndola, en jarras, caricias, besos de luz.

-Eres quizás lo más parecido al ser que siempre deseamos para tu tierra. Zinea, contigo, y elementos, seguiremos...

Las lágrimas no pesan ni calientan. Son lágrimas-perlas que manan y flotan. Mucho amor. Celeste calor.

Prosigue Luna:

-Ven conmigo ahora. Dentro de muy poco nuestra órbita alcanzará la posición del flo celeste de Etelle por el que descenderás. Estarás envuelta. No tengas miedo, Zinea. Liberemos bahbahwue...

Ven conmigo.

Zinea entrecierra los ojos y aspira aire y luz.

3

Cuando Inge Ingeborg ve a los niños cree que se trata de una bárbara alucinación. Un pasaje inducido. Un ejército de niños está ascendiendo la loma hacia su mansión. Pendones, estandartes, se agitan en el aire. Los niños, cientos, abren sus bocas, cientos de muecas, y portan jabalinas y lanzas, arcos, palos y flechas. Una bruma azulada se eleva sobre ellos, polvo azul mezclado con la bruma rasera del golfo de Bothnia.

Grumos de nieve sobre la hierba quemada.

-Antonio, por favor.

Enfundada en un traje de látex negro, tensas las correas del corsé a su espalda, los pechos hinchados como banderas, Inge se ha puesto en pie frente al alto ventanal de la sala. Antonio, sentado en un sillón orejero, se inclina hacia delante y con los dedos corta el lamer de la perra que a sus pies limpiaba sus zapatos. Le pasa la mano por el lomo y desciende, haciendo tamborilear los dedos sobre la nalga y la cadera. Basta por ahora, sierva. Con el anverso de la mano, los dedos cerrados, empuja la mejilla apartando la cabeza de la perra. De rodillas, la perra se mueve, separándose un poco del sillón, la frente en el suelo. Lopez se pone en pie y acude a la solicitud.

-Antonio, ¿qué ves allí, amor mío?

Por la loma suben niños. Pálidos y azules. No hay sonido, tan sólo el viento del golfo.

-Un ejército de niños, Inge.

Al parpadear, las largas pestañas de Inge casi rozan el cristal.

-Antonio, avisa a todos por favor: defensa inmediata.

Y vuelca la mirada hacia el hombre. Se encuentran sus miradas sobre un abismo. Inge abre los ojos, Antonio los entrecierra. ¿Qué les asedia?

-Te amo.

-Y yo a ti.

Se vuelve el hombre y recorre la estancia hacia el sillón, se agacha sobre la perra que esperaba en posición y extiende la mano sobre su nuca, levántate, ven conmigo Adèle, tienes que ayudarme...

Desde su posición elevada, disuelta en el aire, Tía Ana observa el destacamento del pequeño Ludo subiendo por la loma este. Niños... Qué orgullosa estoy. Avanzan de forma irregular, alegres, sus sonidos nos son percibidos ni reproducidos en el aire, el eco de sus voces suena en las bóvedas celestes. El grupo de Helden remonta con solemnidad la vertiente norte, como un ondular, cada niño con un dogo azul de largos colmillos. Sus rugidos resuenan en las bóvedas celestes. La escuadra infantil de Clara se aproxima, sobrevolando el golfo desde las costas de Finlandia en formación circular, limpias llamas azules sobre el mar; pronto ocuparán su posición, rodeando la mansión desde el aire. Ya en el oeste forman los honderos de Louis, en línea y a la espera, sus hondas colgando de sus pequeños puños y los morrales repletos de pesadas rocas lunares. Los batallones de Pablo y Bárbara se encuentran ahora, tocando sus dedos, formando unidos un enorme círculo perimetral de retaguardia. Muy bien, niños... Muy bien todos. Esperad mi señal.

Inge Ingeborg, majestuosa stiletto, de pie ante su ventana, es vista por toda la planicie azul tal y cómo contempla exterior.

Sus pestañas, la vista abismal.

Es perfecta, Sonner. En las bóvedas celestes, las voces astrales...
Es ella. Perfecta, Sonner. Lo es, mi Luna. La esfera en su interior.

En la mansión el movimiento de defensa ha comenzado. De
las jaulas del sótano, las puertas ahora descandadas, salen hombres
y mujeres, poco ejercitados físicamente, dejando atrás platos de
comida de perro y recibiendo máscaras que cubrirán su rostro y
velarán su identidad en campaña. Abrochadas las máscaras, llevan
apenas una pequeña tira cubriendo su sexo y un arnés en aspa
cruzando su pecho, tanto ellas como ellos. Reciben por parte de
Adèle un fuerte azote en las nalgas, ZAP!, uno a uno, según cruzan
el marco de piedra del sótano y ascienden al salón donde, en
formación, recibirán sus instrucciones de contienda.

La defensa de las plantas altas de la mansión es organizada por
la Reina en persona. Inge ha dispuesto a sirvientas y amas de llaves
en grupos de dos, ocupando terrazas, parapetadas tras los
ventanales, firmes en las galerías, servidas de negras ballestas y
flechas finas y tallantes, proyectiles de filos y punzones. Una
división piquerista. Por el tejado de la mansión, tumbadas sobre la

pizarra como serpientes, se han distribuido las criadas personales de alcoba de la Reina. Sus cortas faldas negras aletean al viento, desvelando suavemente la parte baja de sus duras nalgas al cielo, y las finas correas que mantienen insertadas en sus coños gruesas pollas de látex lubricado. Cada una de ellas empuña una fina vara capaz de emitir descargas eléctricas de larga distancia.

Recibidas las instrucciones, los esclavos del sótano salen por la puerta principal de la mansión, enmascarados, sus ojillos brillantes por las hendiduras, y se disponen en formación circular, creando una corona humana defensiva rodeando la mansión. Descubren que, excepto por el sur, están rodeados. Las líneas infantiles enemigas se han detenido a distancia, formando tres inmensos muros de pequeñas siluetas azuladas. El aire es limpio, reina el silencio y la brisa blanquecina del golfo.

Muy bien, niños... Así. Aguantad. Blandid. Blandid. Daré la señal... ¿Estáis nerviosos? No, Tía Ana. Un poco, Tía. Bien. Por favor, niños... cantemos.

Una melodía lunar. En el dormitorio de la mansión, Inge Ingeborg se sostiene sobre unos larguísimos finísimos tacones de aguja, las botas cubriendo sus piernas sobre la rodilla, pegadas al mono de látex que oprime y alza su cuerpo hasta el cuello. Su coño, su monte, no es puntiagudo, es un copo, un grueso copo de luz. Las tetas, estandartes, el cuello: diosa terrestre. Lleva pelo recogido en una larga cola. Las pestañas de hada-araña. Sus inmensos ojos. Negros. Desde el dormitorio se abren ventanales sobre toda la planicie. Puede ver perfectamente los flancos de niños formando en las laderas entorno a la mansión. Ahora, audiblemente, cantan.

-Antonio...

Lmmmmmmmm Luuuuuuuuuu Lmmmmmmmmm Leeeee-eeee-eeee Lmmmmmmm Luuuuuu Lmmmmmmm Leeaa-eeaa-eeee Antonio está ante ella, el bombín calado, la camisa abierta. Los pantalones de pinza, y ahora un cinturón con pistoleras sobre la cadera abrochado alrededor. En las fundas pistoleras, dos gruesas correas enrolladas. Un fulgor azul eléctrico emana de ellas. Una mueca de preocupación.

Lmmmmmmmmmmmm Luuuuuuuuuuu

-Antonio, Barriga de Perro no me responde. No logro comunicar con él. Una y otra vez el visor no muestra imagen alguna. El sonido es un pitido. Algo está bloqueando el sistema.

La Reina acaricia suavemente la cabeza de la mujer que a sus pies, de rodillas, atiende perruna. Se dirige a ella:

-No tengas miedo, Miranda... Tu Ama Omtrek se encontrará bien...

La perra se mueve intranquila a los pies de la Reina. Temporalmente cedida por su Dueña Ama Omtrek al servicio de la Reina y su Consorte como presente nupcial, la perra Mi, percibiendo el dolor que se avecina, sufre por su Señora, allá en el hogar. Como un cachorro humano, lloriquea.

La Reina pasa su índice por la barbilla de la perra y le levanta el rostro para encontrar sus miradas:

-¿Quieres que la llamemos, Miranda? Vamos a hacerlo. Ella podrá darnos consejo en esta emergencia. Ayudarnos desde Aguas Calientes y tal vez sepa algo de Barriga. No tengas miedo... ¿La llamamos?

Miranda mira a la Reina, con ojos brillantes y sacando la lengua.

-Bau-bau −ladra. Dos ladridos: "sí".

-De acuerdo. Llamémosla. Ponte en pie −y dirigiéndose a López -. Antonio, llama a Dolores por favor, cariño.

-Inge, los niños...

-La defensa está establecida, poco más podemos hacer que esperar.

-De acuerdo. Llamo a Dolores, pero bajaré con los cerdos después.

-Muy bien, amor mío. Eres noble −sonríe Inge y hace un ademán en dirección al intercomunicador, sin señalar, la palma abierta. Gesto real.

Antonio se dirige al visor y en la consola marca el número, 00, 1, de Dolores Omtrek... Estableciendo conexión...

Tía Ana modifica su posición. Llega ya, resplandecientes coágulos de luz en la atmósfera, el escuadrón de Clara, menos de dos millas marítimas para alcanzar la costa de Suecia. Sshhh, niños. Atentos. Ludo, estás maravilloso esta mañana. Todos los estáis. Helden, bellísima. Shhh-shhh, niños, por favor, Clara está a punto de llegar a nuestra posición. Esperad mi señal. ¿Los veis a ellos, formando alrededor? Y en las terrazas. Y en el tejado. Tened cuidado niños. Os veo, pero ahora, debo dejar la región. Voy a tomar posición con Olga y Cristina. Fuerza, niños. Amor, ¿de acuerdo? Fuerza y amor, niños. Y todos los niños como una inmensa bellísima voz infantil, de miles de picos y tonos, una alegría celeste-genérica, responden: Am o r T í a An a . . . Un coro en las bóvedas celestes. Tía Ana disuelveun beso en el clima, que se esparce... Formando entorno al palacio, los niños astrales continúan su canción.

Sobrevolando los montes interiores, altas cumbres de nieve amarillenta, los lagos y ríos heridos por la intensa luz boreal, Tía Ana se desplaza hacia el sur y al oeste, y cruza las planicies urbanizadas, allá pueblos y pequeñas ciudades, tejados de pizarras y caminos como regueros de hormiguero, camionetas y avionetas, allá queda Hoenberg parcialmente cubierto en las sombras proyectadas por los cúmulos nubosos que bloquean la luz, rostros esporádicos en la ventanas y plazas, y continúa y es frío el tacto del aire sobre el Kattegat y turbulento el encuentro de brisas angulares que soplan desde el Skagerrak, y continúa, Dinamarca, un tapiz de campos verdes y geométricas estructuras de piedra, puntiagudos campanarios que intentarían tal vez rozar los cielos intocables, sobrevolando la negra bahía de Kiel, ese pedazo de tierra oscura germana, las costas de Alemania sobre el mar del Norte, islas negras como grumos escupidos sobre el agua, siguiendo la luminosa línea, ventosa, bella costa de Holanda, y ahora describiendo un amplio arco, planea sobre el mar y el estrecho alcanzando Inglaterra, comienza el descenso, se filtra en la luz, se frena, rebaja, campos verdes, la campiña, lentamente, casi a rozar los tejados de Carlisle, atrás queda Carlisle, un pequeño tramo más de campos, la costa marrón. Altos muros de roca lamidos por las frías aguas el mar de Irlanda. Tía Ana se sitúa en lo alto de un risco, la línea quebradiza sobre las aguas. La luz es gris. Niñas..., podéis salir... Dos puntos de luz son detectados bajo las aguas, asomando desde grutas acuáticas o caladeros, avanzando ambas como proyectiles radiantes bajo el mar oscuro hacia la costa. Llegando a la mínima playa de piedras, las luces emergen del agua y cobran corporeidad. Olga y Cristina. Azules, rubias y gatunas. Niñas, qué bellas. Subid por favor. Y las niñas, como suaves llamas azuladas, ascienden desde la playa de piedras hasta el risco sobre el que Tía Ana contempla el mundo y sonríe. Tenemos sed, Tía Ana. Sí, ahora beberemos niñas... ¿Estáis bien? Sí, Tía Ana. Entonces no perdamos más tiempo, mis pequeñas. Vamos. Él está en casa... Y sospecho que nos espera.

...100% Conectado. En el visor nace la imagen: la sala de conferencias de Dolores Omtrek. Una mesa vacía y varios sillones de mimbre. Hay una luz de pie encendida, proyectando su cónico haz controlado sobre el suelo de madera y una esquina de la inmensa alfombra navajo. Enormes ventanas al fondo muestran la noche estrellada de Aguas Calientes.

Antonio espera unos instantes. Si la imagen se muestra es que Dolores ha admitido la llamada, pero tal vez esté atendiendo alguna cuestión. Al no aparecer, ni oír sonido alguno salvo el rumor ambiente, López oprime el botón del comunicador:

-¿Dolores?

Silencio.

El cálido rumor del viento, nada más. Antonio observa la imagen digital de la estancia. Corta el aire-píxel un súbito grito femenino. Una joven. Despúes se oye un chascar de flagelo. Un gemido. Un aspirar. Otro chascar.

Lopez oprime el botón de nuevo:

-Los navajo no tolerarían que alguien como tú tuviese esa alfombra, Dolores... ─y sonríe.

Chasquidos y gemidos cesan. Fuera de plano, se oye finalmente la voz de Omtrek: << Retírate, puta. Baja y ve al establo. Dile a Egon que te prepare, ¿entendido? Montura, cola y penacho. Vamos... >> Otro chascar. Y otro. Otro. << Daremos un paseo nocturno, ponygirl ... >>. Y otro más.

En plano entra Dolores Omtrek.

Lleva una blusa estampada, granjera, de cuello redondo abotonado. Sus grandes pechos amelonados abultan como montañas ocultas bajo la ropa. Una falda arenosa de campiña fija con su tiro alto la madura cintura de Omtrek como los vértices trapezoidales de una tarta de bizcocho y nata. Bajo la falda se marcan los elásticos de sus ligueros. Los ojos aristocráticamente ensombrados en plata oscura sable MaryKay.

-Estúpido español.

-Hola, Dolores —sonríe López-. Inge deseaba hablar contigo. Tenemos contingencias aquí.

-¿Contingencias? ¿Qué clase de contingencias?

-Ella te explicará.

-¿Qué tal se encuentra mi bonita?

-Tiene muchas ganas de verte.

-Muy bien. Y yo a ella. Gracias, Antonio. Que entre Inge, por favor.

-Adiós, Dolores.

Antonio se retira del plano y en él entra Inge, acompañada por Miranda. Por los altísimos tacones de la Reina, Miranda, que va descalza (su melenita morena cortada a la altura del mentón, los ojitos tras un plumífero antifaz, el cuerpo sujeto bajo el corpiño) apenas llega a la altura de los firmes pechos de la alteza danesa.

-Reina, qué hermosa eres...

-Gracias, Dolores... Tenemos un problema.

-Miranda, pequeña mía, ¿qué tal estás?

Miranda, como una cachorra , sonríe tras su antifaz de plumas negras y sus ojos brillan, la melenita se mueve dinámica: la alegría de la perra, gozosa, viendo que se encuentra bien su Dueña (movería la cola, pero su biología es humana), saludándola... Habla.

-Bien, mi Amanda. Muy bien, mi Señora.

-Así me gusta, querida. Mira. Ahora vas a hacer una cosa... –la señora Omtrek entrecierra sus ojos, las bolsas bajo ellos se estiran, plata sable, y aprieta las comisuras de la boca, estirando sus arrugas maduras, el pelo cobre arenoso desmontando sobre sus hombros -. Mientras tu Señora anfitriona y yo hablamos, vas a ella adorarla y lamerle el coño como harías si ella fuese yo, Miranda. Espero que hayas actuado así todo el tiempo...

-Así ha sido ‒intercede Inge.

-Estupendo... ‒sonríe y dirigiéndose a Mi: - Ahora. Vamos.

-Sí, Señora.

Miranda se agacha y de rodillas apoya la frente ante las puntas de las botas de la Reina. Lentamente, empieza a lamer el suelo. E irá ascendiendo.

Dolores Omtrek, su imagen digital, busca la mirada de Inge.

-Contingencias decía Antonio... ¿Qué problemas son, querida?

-Niños, Dolores...

Omtrek arquea una ceja con sorpresa. La perra besa las puntas extremas de las botas, alternando con suaves lamidos en los tacones...

-... Niños. Estamos rodeados de niños astrales.

Seguidme, hijas, es por aquí... Las dos niñas avanzan apenas flotando sobre el suelo de roca y musgo. Tía Ana va por delante. El paisaje: colinas de hierba marrón y arbustos, las planicies marcadas por largos murillos de contención y terraza, indicando los límites de los campos. Surcan por uno de los caminos a pleno día, marcadas las huellas de ruedas. La luz es gris y el clima tibio, y las niñas avanzan en silencio. Tía Ana concentra su atención por un instante en las posiciones en Brëol y el palacio de la Reina. Siente el mecerse de las hondas, las gélidas rocas lunares en los zurrones, el babear de los dogos que está formando ya pequeños charcos densos de saliva sobre la hierba quemada de la ladera, el aire. Pronto la señal niños. Tía Ana, ya estamos aquí. Lo sé, Clara; estupendo hija, ¿aguantáis? Por supuesto, Tía.

Horrorizadas, las damas de alcoba en el tejado junto con las sirvientas y amas de llaves en las terrazas observan el anillo de luz azul que sobre ellas se ha formado. En el aire, cubriendo todos los flancos.

En el suelo, López pasa revista a las tropas. Una hilera de hombres y mujeres rodeando la mansión. En las mazmorras, en los actos, en el establo, éstos son muchos seres a nuestro servicio, pero qué pequeño débil ejército es. Qué endeble la línea parece frente al inmenso corpus celeste que les rodea. Qué pesado el silencio. El miedo... es humano. Y los cerdos son humanos. Por segunda vez en la sigilosa revista (no hay arengas, ni alharacas, ni vítores de entusiasmo u honra: el silencio comunica. Los gestos y decisiones libres de cada uno de esos hombres y mujeres, de todos ellos, la suma de gestos, les ha llevado a encontrarse donde se encuentran ahora y ocupar la posición que ahora ocupan en el diagrama de relaciones) López ve un reguero de pis. Antes fue una mujer, un charco entre sus pies, y ahora lo ve, resbalando por las piernas de un hombre. Con las ordenes establecidas, posición firme, sencillamente se ha orinado encima. Sostiene la mirada al frente. Ante él, es la cara norte de la mansión, se extiende una larga luminaria de niños. En la cuesta, a media distancia. Cada niño con un dogo. Son como espectros de alegre azul, todavía en la plaza, esperando iniciar la marcha. Tiene mucho miedo y se ha orinado. Antonio lo mira fijamente y en su mirada intenta transmitir comprensión. Lo abrazaría, pero existe un código. El hombre sostiene la mirada con miedo devoto y venerante. Un instante, cada instante es un abrazo. López sigue caminando, mirando uno a uno, intentando transmitir en su paso y sus gestos, coraje y valor. Dogos, hondas, lanzas y esta especie de hadas asesinas que ahora orbitan los tejados de la mansión.

-¿Lo veis? Está ahí.

Las niñas cierran sus ojitos y escrutan la casa. Son miradas radar, ojos scan. Lo ven. Inmóvil. Sueltan risitas.

-¡Está desnudo!

-Niñas, por favor...

Jijijjijijiji.

Barriga de Perro está desnudo. Al amanecer ha empezado la sensación. Solo como siempre, se ha levantado al salir el sol. Escaleras abajo. Esta casa vacía como una casa poblada de espectros. Tal vez el brusco cambio horario, apenas recién llegado de Puerto Viejo con motivo de la boda real, ha tenido una extraña sensación al cruzar el vestíbulo, tenuemente bañado por la luz norteña cobriza del amanecer. Una inundación. Repentina. Por sus poros. Muy extraño estertor. Ha sido un impulso afectando vascularmente, los riegos, los conductos, las gónadas, enjambres de neuronas de pronto inundadas por el frío. Sintió un bloqueo inmerso en su nuca. Palpado.

Se da cuenta ahora: no ha reaccionado todavía del efecto de este pulso. No se mueve. Pero cómo es posible... ¿Qué hora es? La luz es gris clara fuera. Casi mediodía. ¿Qué he hecho? Está, está, estoy desnudo, ¡todavía de pie en el vestíbulo! ¿Me he movido? ¿Dónde he ido? No. No has ido a ningún sitio. Es un haz. Estoy bajo el influjo de un haz. Me retiene. Al amanecer ha empezado la sensación. El amanecer ha pasado, yo sigo aquí. Detenido. Una pinza caliente inseminada en mi nuca. Los músculos agarrotados.

Barriga, es una ofensiva. ¿Cómo? Ofensiva celeste. ¿Dolores? Sí. ¿Eres tú, Omtrek? Sí. ¿Por qué me apresas? Barriga no soy yo quien te apresa. ¿Qué sucede? Estoy ahora mismo hablando con Inge en el visor. Os atacan en Brëol. ¿Cómo dices? Tengo que hablar con Levay. ¡Me han fjado! ¡Estoy preso, Omtrek! ¡Ayúdame! No puedo, hijo. No puedo hacer nada por ti. ¡¿Cómo?! ¡Tengo miedo! Dolores...

¡Dolores!

Pero Dolores Omtrek ya ha abandonado el magma de los pensamientos de Barriga, dejándolo a su suerte. Sólo le queda esperar. Reducido. Está ahora experimentando lo que a otros han hecho experimentar: privación. No puede moverse, sólo pensar y esperar. Al menos Barriga puede ver y sus glóbulos oculares se mueven nerviosos, sus pupilas abriéndose captando la luz que lentamente avanza y barre el suelo. Y puede oír. El repicar de metrónomo del reloj sobre la repisa de la chimenea. A las primeras lágrimas de pánico se les suma un torrente al comprender Barriga que es atroz el abismo que media entre éstas y las últimas lágrimas que lloró. De niño, un otoño, al hurgar con la manita en el hueco de un gigante alcornoque, fueron su mano, muñeca y bracito por completo agredidos por el terrible enjambre de insectos que habían colonizado esas sombras. Al sentir los miles de micro-mordiscos, el niño había sacado la mano apresuradamente, viendo con pavor cómo una manta negra y móvil, cientos de movimientos autónomos, se había adherido a su piel, recorriendo en masa dedos, nudillos y trepando su brazo. Y dolía. Llevado por el terror, había golpeado la manita salvajemente contra el tronco, expulsando los bichos, y azotando con la otra mano en la piel, y con hojas y golpeando. Tanto, que se rompió dos dedos y la muñeca. Tantos mordiscos y dolor: lloró. Lloró mucho. Y fue la última vez. Ahora son calientes las lágrimas y el torrente es inmenso. El tiempo: irrevocable. ¿Qué entre aquellas lágrimas y éstas? La vida entera... Estático, Barriga llora.

-Inge, querida...

La Reina ha visto a Dolores, ojos cerrados, labios prietos, comunicándose con Barriga. De pensamiento a pensamiento: la virtud elemental de HOLE. Tienen retenido, un haz directo sobre su mentor. Fijado en Carlisle. Es una horda celeste. Una ocupación. Inge Ingeborg siente un nudo orgánico tensándose en su estómago.

Sus largas pestañas apunto de sostener lágrimas como perlas.

-Voy a hablar con Levay, Reina. Inmediatamente. Resistid y vendremos a por vosotros como sea.

-Sí... ¿Qué ha pasado, Dolores? ¿Qué está pasando?

-Inge... −el zumbido digital-. No estoy segura. Debo hablar con Levay... ¿Cuándo van a atacar?

En el aire ha crecido una tensión eléctrica. Recuerda Inge una noche de verano. Aquí. Un millón de años atrás. Los rayos restallaban. Joelene se llevó la mano al coño... Sus yemas sostenidas en el aire, brillante sangre menstrual.

-No lo sé. Está tensión es horrible.

-Aguantad.

-Sí.

-Intentemos salvarnos. Adiós, Reina.

Las separa un zumbido digital.

-Adiós, Dolores.

Dolores Omtrek cierra los labios, un gesto sobre la consola y la transmisión se corta. En el visor, la pantalla se torna negra. Apagada. Fuera. El ejército de niños oprime risueñamente cada molécula de aire. El aire es azul. Ya no cantan. Suena el bufido del viento solar.

Todo va a ser resuelto. Así siente Barriga. Y a la vez rabia, y miedo. La mujer se encuentra ante él, en el vestíbulo de su hogar espectral. Parece en sí un espectro que hubiera obtenido definición de la masa invisible. Tía Ana ha establecido su corporeidad en una fase intermedia y trasluce la luz matinal cuerpo a través. Su pelo recogido y con ropas modestas, una profesora de provincias. Su poder es inmenso. Levanta un dedo hacia el hombre. Su voz tiene cavidades en las que ondea el agua.

-Barriga... Qué precioso mediodía.

Barriga hablaría, pero no puede mover los labios. Su garganta sí le permite carraspeos y mugidos. Gruñe. Si verbalizase, el gruñido sería ordenado a: "te mataré, vieja puta". Tía Ana sonríe, conoce y ama la intensa agresividad de los chicos humanos.

-Me temo que no, hijo.

Grrrrr.

-En vuestra historia, la lujuria siempre ha sido una puerta al mal. Esa concepción dual, el bien y el mal. Que os mantengáis en un sistema dual hoy aún, es bello. Ahora que encontrais agua en Marte, ahora que veis bosques de líquenes y rastros de posibles civilizaciones en la superficie de Marte, nosotros en el cielo descubrimos en vosotros una maravillosa red túneles subterráneos que habéis creado entre vuestras regiones de bien y mal. Conductos, puertas, túneles y pasarelas. Muestras de una intensísima actividad de ingeniería moral. Habéis progresado enormemente.

Grrrrrr. Preso, las lágrimas brotan de los pozos de Barriga. Los tonos y huecos en la voz de la mujer son un retumbar en su organismo. Mueven, como lo haría el viento y las piedras en el agua, ondas en el inundación que bloquea su organismo.

-Sin embargo, Barriga... No sería irreversible si únicamente afectase al planeta. Pero llegados a este punto hemos observado: la hambruna necesaria también os conduce a vosotros. A Levay y a vosotros, fuera de la estirpe, sus escuadras de protección, sus tropas de asalto. Ten presente una cosa, hijo: todo mecanismo, y el sistema celeste lo es, tiene por naturaleza una capacidad de anticipación. Todas las piezas en funcionamiento crean un orden, en principio inmutable. Puede por tanto deteriminarse. A mayor complejidad, mayor variabilidad, y mayor precisión en la anticipación. Un sistema. Salvo anomalías. Las agujas de uno de vuestros relojes dejarán de marcar las 3h00 un día, debido a una mota que bloquea la muesca e impide la rotación. Una pequeña mota, puede desarticular un sistema. Vosotros, Levay y los reinos, suponéis esa anomalía. Debéis ser retirados, Barriga.

El joven ve pasar antes sus ojos las decisiones de su vida. Sus manos sosteniendo una revista pornográfica, el chicle pegado al pelo de una niña, una plasta rosada y el llanto terrible, revive el miedo que sintió, intacto, atemporal. Toda una sucesión de decisiones. Una articulación. Sosteniendo una pinta repleta y rebosante, la pierna tibiamente bronceada de la chica en el tabureta al lado, la noche temprana adolescente, cada decisión. El mapa de su vida. Comprende ahora cada conexión, del inicio a hoy.

-Niñas, por favor. Entrad.

Grrrrrr...

De pronto, quiere llorar. La boca seca, Barriga dirige sus globos oculares barriendo el vestíbulo. Dos niñas emergen del aire y cobran cuerpo, parapetando a lado y lado a la mujer. Sonríen.

-Éste es el hombre que os necesita.

Jijijijijijijijiji.

-Niñas, por favor...

Jijijijijijijiji.

-No es más que la hermosa desnudez de un guerrero equivocado...

Jijijijijijijiji.

-Ay... Estas niñas incorregibles... ‒sonríe la mujer.

Barriga siente que las aguas en su interior suben un punto de calor. Al tiempo, ambas niñas se elevan en el aire, a media altura entre la alfombra y el techo el vestíbulo. Las sombras ocres del mediodía son moduladas por su movimientos aéreos. Las dos niñas sonríen, basculando sus cuerpos como si éstos pendiesen de hilos invisibles que las sostuvieran desde el cielo.

Jijijijijijijiji.

El movimiento recuerda a Barriga metrajes del cine de vampiros. Las niñas se dirigen súbitamente hacia él. Su cerebro ordena protección general, pero está inmóvil. Las niñas le abrazan. Una se aferra a su cuello y hombros, la otra lo rodea, colgando a su espalda y pasando las piernas por su estómago. Barriga siente de pronto un inmenso amor.

Es aliviado de todo dolor.

El amor orgánicamente transmitido es cálido y suave. Las niñas lo abrazan. Barriga siente el descomponerse, habitaciones y cuencas sombrías que se abren por primera vez a una intensa luz, las sombras son diluidas y la luz se esparce viva por cada rincón. Y trae calor. Y más calor, el abrazo permanece, el amor es calor, sigue y aumenta. La luz. La inundación que lo apresa, reacciona al calor. Esta agua interior aumenta, más y más calor, borboteos, burbujeos, comienza la ebullición. Las niñas aprietan sus músculos celestes contra la piel del hombre. El amor se vuelve hirviente, punzante, desde el interior, en cada vaso y vena, en cada átomo: ardor. Cocción. Lo están cociendo, lo están hirviendo en el agua interior. En este mundo no existe el dolor. Barriga ve su piel tornándose gris primero, lívida después y azulada, pálida después. Lentamente, el calor es inmenso, siente cada sombra reducirse, la luz cada vez es mayor y más huecos ocupa, más se extiende, pronto todo será blanco, todo será luz, no habrá definición. Un infinito estado de luz. No tengas miedo. No tengas miedo, Barriga. Su cuerpo es cáscara, se levanta, es elevado, las niñas le llevan, en vuelo, llevan su esencia, limpia, ligera ahora, aire arriba, suben, suben, el cuerpo queda atrás, queda abajo, qué claridad, el mundo, el suelo, subiendo con las niñas que lo elevan cielo arriba. El cosmos, lento, las bóvedas celestes que se expanden en claras sombras azules en toda dirección.

Tía Ana queda en el vestíbulo en silencio. Continua el pendular del reloj sobre la repisa. Ante ella, lo que fue la forma humana de un guerrero, semeja ahora una escultura de ceniza azul. Sonríe con lástima. Avanza un paso e introduce su mano corporal en el pecho de la estatua. Como arena, el pecho se deshace. Agita los dedos, caen riadas de grumos y ceniza azul. Se deshace el cuerpo, lo abraza Tía Ana por completo, sintiendo la caída como caería agua, como se desharía una figura de polen. El cuerpo es ahora un montículo azulado en el suelo del vestíbulo. Tía Ana suspira. Sonríe con paz. Y respirando hondo, se disuelve en el aire.

Del montículo de polvo azul, surgen pequeñas llamitas espontáneas. Arden. El montículo combuste. Es desintegrado. Nada más que un mínimo cerco grisáceo sobre la alfombra. La luz del mediodía segmenta el espacio con solemnidad. En los tonos de carillón, suena el punto de mediodía.

Cenit solar.

Tía Ana envía la señal a los niños sobre el Bothnia.

Una tromba de luz azul. Las primeras rocas, materia lunar, describiendo preciosos arcos en el aire de mediodía. Sobre pechos, cabezas, caras y manos, impactando: pieles y cuerpos humanos rotos como fnas cáscaras. Orificios quebradizos, ovíparos, suplantan rostros y estómagos. Llamaradas de descarga eléctrica cruzan en defensa el aire matinal desde el tejado de la mansión. Aquí y allí son atravesados ilesos niños lunares, la marabunta es inmensa y avanza por los flancos, en jolgorio. Pequeños filos y tramos de electricidad surcan la atmósfera, proyectiles eléctricos que son absorbidos por las pieles infantiles.

El cielo es irreductible.

Sin detenerse un instante, los lunares insertan sus lanzas sin descanso. Cada inserción recibe una ligera oposición grumosa, como el clavar de un sable en una cuba de hígados, sin sangre. De las heridas mana una densa baba negruzca, surcada por mínimos filos azules. Caen, se desmoronan. Ruedan porciones de cabezas, pelo, encéfalo, dedos y frentes, pechos, estómagos, caderas, mentones y cuellos... El gran cielo abierto, el cerco de hadas luminosas. La brisa del golfo agita y levanta las faldas de las sirvientas en el tejado, la punta de sus coños a la luz, los músculos contraídos de sus perfectos muslos en tensión. Combaten con sus flechas. Reflejos líquidos, acuosos, sobre el suelo, cientos de pedazos orgánicos. Regurgitados por el cielo. Las muchachas lloran por la vibración silenciosa que en el aire retumba. Abajo. Jauría celeste. Como lo haría una marea de arañas, los dogos se dividen en columnas, escaleras arriba hacia las plantas superiores y otros bajo el arco de piedra que a un lado del vestíbulo de acceso a la fría escalera que conduce al sótano y mazmorras. Sus rugidos silenciosos, azul ferocidad. Tras los perros, entran unos cuantos niños al vestíbulo y también se reparten. Se ocuparán de ayudar a los cuerpos vivos que entre ambos mundos queden, empujándolos al otro lado. El rugir de los perros no es audible en este aire, pero sí los chillidos de las mujeres. Todo es rápido y el silencio es vibración y la vibración ocupa el aire y absorbe todo grito. Sin dolor: órganos genitales y costillas, masas de carne sangrienta. Ascienden. Todos ascienden. El aire es limpio. Porciones derruidas, pezones arrancados, músculos, muslos, tobillos, un irregular cubo de carne con un ombligo impoluto en su cara principal. Ascienden. Los niños siguen el rastro de los perros, palpando con los dedos cada pedazo que encuentran. Empujan así cada pedazo al río. Huesos, ojos, manos, piernas, flotando en la limpia sub-corriente celestial.

Despojado del muro humano defensivo, su regio pórtico, abiertas las descomunales hojas de madera del portalón, se levanta desprotegida la mansión, envuelta en una bruma pálida. Pequeños rayos fluctúan tibiamente desde las galerías y el tejado, como susurros; sin incisión. Vacío. Sentado en el último peldaño de la escalinata de acceso, Antonio López juguetea con su bombín, la vista perdida entre las vetas del mármol de la escalera. Está cubierto de manchas azules. Sus correas eléctricas siguen enrolladas en las fundas pistoleras, sin usar. Es inútil. Dos niños pasan por su lado, descendiendo las escaleras. Él mantiene la vista en el suelo. Esparcidos los trozos de aquellos que fueron suyos, quemada la hierba, fundida la nieve. Es tibio el sol de mediodía que sobre la región transita. Siente en su espalda la humedad del salón principal respirando al exterior. Uno de los niños se le acerca. Tú, hombre. Antonio, perdido en la tristeza, mira al niño que sostiene su mirada con un brillo de alegría matinal. Ven con nosotros.

-¿Dónde?- pregunta, sus ojos pozos de confusión.

El niño sonríe. Una amplia sonrisa, la misma que al recibir un dulce una bella tarde de paseo familiar. Acerca su manita a la frente del hombre. Lopez tiene un destello de humanidad. ¿Tengo elección? El niño se detiene. Siempre la tienes. Todos la tenemos. Ante sí la hierba quemada. Levanta el rostro y cierra los ojos. Van a posar yemas azules sobre la piel sudorosa del humano. Una membrana gris comienza a expandirse desde el punto de contacto, cubriendo por completo al hombre que queda petrificado en el acto, su gesto es triste, pero los ojos comprenden. Tejida la pleura, la carne del hombre se torna pálida como una rosa y se contrae, se quiebra como bloques de hielo, cayendo cada pedazo de su y cuerpo al abismo de un pozo interior de azules profundidades. Luego, únicamente la membrana gris de cobertura que ha retenido la posición y gesto del hombre. Una bella escultura membranosa del óbito, que ahora es dispersada por un bufido del pequeño Ludo.

Tía Ana. Dime, Helden. Hemos encontrado a la hermana y a otra mujer, una joven francesa. Muy bien, hija, niños. Sois maravillosos. Protegedlas, por favor. Estaban en las mazmorras, Tía. Los dogos han olido a la hermana y se han detenido. Estaban, Tía, en el último calabozo, hay instrumentos extraños aquí, muchos aparatos de tormento y reclusión... Estaban aquí, escondida cada una en una jaula, habían cerrado las rejas y miraban al fondo del cubículo, de espaldas a los dogos y a nosotros. Tía Ana..., ¿por qué son estas personas así? Tía Ana sonríe con amor. Inge la ve sonreír, y aunque no oye palabras, siente un fluir de comunicación, como un pulsar donde cada partícula fuese un significado... Sin verbo, comprende. El verbo se hizo carne. Querida Helden, Bárbara, mis niños, estas personas buscaban su vía a la salvación. Otros humanos eligen otras formas, pero tal discernimiento no nos compete. Ellos buscaban liberarse como cualquier otro. No es nuestra tarea juzgar. Estamos aquí porque los seres que ellos encumbraron, los seres que los sometieron. Proteged a las mujeres, Bárbara. Subidlas. Sí, Tía Ana. Muy bien, niños. Estoy muy orgullosa de todos vosotros. Gracias, Tía. Gracias a vosotros, niños. Tía Ana. Dime. La hermana no desea ser movida. Exige ver a su Señora. No quiere ir a ningún sitio. La joven francesa tampoco quiere nada de nosotros. Se quedará con Miranda, dice. ¿Qué hacemos? De acuerdo. Tía Ana ejecuta una bilocación y con menor presencia corporal que los niños, se envía a la mazmorra. Cruces en aspa y potros. Jaulas, elementos de retención y restricción. Las dos muchachas están de pie en el centro de la sala. Los niños las miran con curiosidad. Están cogidas de la mano, Miranda y Adèle. Es Adèle, morena, piel rosal, quien habla. Adèle, de Issy-les-Molineaux, desea permanecer. Habla.

-No sabemos quiénes sois ni en virtud de qué razón quereis hacernos lo que al resto. Tantos pedazos humanos, ¿por qué son mejores esos pedazos que nuestra vida hoy? ¿Por qué vuestro sitio es mejor? ¿Acaso no seré juzgada allá donde me quereis enviar?

¿Por qué debo ser juzgada? Y, ¿cuál es la ley que me exonerará o condenará? No me sirven vuestras luces. No comprendo por qué vosotros debéis juzgar, si es que es un juicio lo que vamos a encontrar. No quiero. No quiero ir. Yo soy feliz así, yo lo escogí, y quiero permanecer... No me toquéis, no me voy a mover. Y Miranda... Miranda: habla por favor.

Al expresarse, las palabras de la joven suenan dubitativas, reverberantes, no por desconocmiento de conceptos, por identidad.

Ha sido mermada su voluntad de expresión verbal a base de ejercicio e instrucción.

Finalmente articula:

-Me quiero quedar... No quiero ir a ningún sitio...

Los niños contemplan impávidos. No es la imagen corporal de Tía Ana la que determina, es su voz, su presencia espectral en la mazmorra diluyéndose, entre los niños:

-Entonces, dejadlas estar... Que permanezcan, hijos.

En el aire se mantiene el cerco de luminarias. Inge Ingeborg está sentada y bajo el blanco sol. Sentada, sus piernas recogidas, los tacones clavados sobre la pizarra. Tía Ana flota corpórea ante ella. Acaba de oír su voz: que permanezcan. Cálida. Sobre el tejado: tornasolados jirones de faldas de látex, pedazos calcinados de plástico, abombados, irreconocibles, membranas y globos oculares disueltos como yemas de huevo. Las niñas-llamas flotan como una coronación. La Reina sola. Sopla la brisa del Bothnia. Tía Ana, flotando ahora apenas sobre la pizarra, mira con paciencia a la Reina. Esfera.

-Inge Ingeborg, te necesitamos.

Reina sin reino, deberá enfrentarse a si misma y su capacidad. De la nada, de la estructura, levantar el reino otra vez, si desea: que permanezcan. Reclutar el reino otra vez. Pero, ¿otra vez? ¿El mismo reino no tendrá una y mil veces el mismo final? Un reino mejor. ¿Pero cómo? ¿Dónde ha estado el error? Analizar, volver a empezar, probar... ¿Lo desea? O ¿lo deseaba cuando todo empezó? ¿No fue más bien arrastrada, inducida, usada? ¡Pero es la Reina! Entregarse es perder. Perder todo lo que es. El dolor que tuvo Joellene. Ser sólo cáscara, escultura de ceniza y cristal. Perder el sentido del ser... ¿A quién apiadarme, a quién preguntar...? Las mejillas de Inge, sus ojos, sus labios, cobran un gesto de la infancia. Los rasgos se estiran, vibran ligeramente sus labios. Empieza a llorar. Como una niña. Hunde la cara entre las manos, sintiendo los surcos que dejan las lágrimas en su rostro y palmas.

El arco de luminarias zumba como un enjambre. La Reina percibe el sonido por primera vez. La luz es más azul alrededor. Primeras percepciones celestes.

-¿Dónde me llevarás?

Una red está siendo tramada a su alrededor. Puede ver los filamentos y atómicos nudos hilándose a su alrededor, cubriendo el cielo, el aire, el color, cerrándose sobre la realidad. Su percepción. Pero ella no se ha pronunciado y le han dicho que podía elegir. Ya has elegido. Acabas de hacerlo: ¿dónde me llevarás? La imagen de la mujer flotante, envuelta en un halo blanquecino y coronada su cabeza por un cerco de llamas azules expectantes, es blanca y suave y paciente. Reina pero antes, debo pedirte: Inge Ingeborg, ayúdanos. Es necesario. Y te ayudarás a ti, deshaciendo el camino. Inge tu forma interior es esférica. A diferencia de los triángulos internos del resto de humanos, tú tienes una esfera en tu interior.

Inge, llevas la siguiente semilla en tu interior. Todos los puntos de una esfera son accesibles mediante el avance. Tú tienes la capacidad de destruir y renacer. Tu avance circular lo permite. Inge, avanza.

Inge ve la imagen empujada en su mente.

Una anticipación de la prenda. Recibe con empatía la intensa carga de agudísimo dolor, no logra retener el foco, pero sí el intenso color. Y sangre. La imagen se disuelve. Avanza, Inge. Adelante. Destruirás y portarás el renacer. Inge entrecierra los ojos, se pone en pie, apenas en equilibrio sobre sus finos tacones hincados en la pizarra. Llévame, susurra. Avancemos. Inge está ya cubierta por completo de tejido azulado. Tía Ana sonríe – mariana. Adelante, Clara. Del cerco de niños-llama surgen pequeños rayos que envuelven la malla azul que se ha trazado entorno a Inge y la levantan, llevándola en esa bolsa azul. Se elevan en la atmósfera, transportando como un peso a la mujer, intacta, al destino, el avance celeste que se inicia.

Caen las primeras gotas.

La brisa del Bothnia mece la hierba quemada, ondeando en esta primera hora de la tarde como una bandera y un inmenso mar en paz.

4

Cuando Levay entra al salón, Etelle ya se encuentra ahí, de pie ante los altos cristales de la galería, abocada a las claras sombras que en el exterior se estiran. El cielo nocturno es un manto de oscuridad gradual, profundamente perlado de estrellas y destellantes puntos de luz. Gruesos tramos de rayos de luna descienden sobre el mundo.

-Qué hermosa vista, ¿no es cierto?

Etelle se vuelve a la voz masculina.

El obispo ha obtenido miles de recompensas de los tesoros de otros. De los ojos, miradas, flores y gestos de otros. Agasajado por los otros.

-Maravillosa. Se percibe aquí una paz especial, señor Levay...

Levay ejecuta una sonrisa traviesa.

-Así es, querida...

-Me gusta.

Desde tiempos remotos, desde el principio de civilización tenemos constancia de una noción: el orden cósmico. Las monstruosidades, en la vieja Asiria, los niños que nacían con deformidades, eran, como alteración del orden cósmico, considerados presagios de incierto futuro. El niño que nazca sin orejas: mal reinado será. Cada monstruo, una anunciación. Un advenimiento.

-Es un lugar maravilloso, Etelle, ¿quieres saber por qué?

Etelle se encoge de hombros y su gesto está extraído de los tiempos en que fue una joven estudiante, la sonrisa desértica: limpio signo de capacidad para el amor.

-¿Hay una razón? -pregunta la joven.

-Siempre hay una razón. La dificultad está en establecer cuál es y la causa de ésta... -El obispo hace un gesto dirigido, invitando al asiento.

La mesa es larga y está cubierta por un largo mantel reluciente. El juego de pequeños focos de interior dispuesto a lo largo de una varilla pendiente del techo reparte haces de luz definida. La mesa ha sido puesta para dos. Uno en la punta, otro a su derecha. Levay en la punta, se sientan.

Sirviendo agua helada en las dos copas, el obispo habla.

-En este lugar, Etelle, nos encontramos en el límite de la cuenca hídrica del río Nilo... Sobre ella -. Deja la jarra sobre la mesa y se lleva el vaso a la boca, sorbiendo.

Etelle sostiene el vaso con índice y pulgar.

-¿Aquí?

-Uno de sus límites. El agua madre del Nilo, su limo, su fluir Sur-Norte, alimenta las tierras de las que nosotros aquí arriba disponemos. Imagina una red de venas, de flos acuáticos subterráneos corriendo como un sistema sanguíneo, acuático, bajo nosotros...

Acompañada del tintineo de una campanilla, entró en ese instante Skone al salón. Qué mulata afilada. Le pareció a Etelle más alta y prominente que en la tarde, más larga, más recta, más real. Nsyt. Realeza. Rodeó la mesa por completo a paso lento y firme, casi flotante, y fue a sentarse en el sitio frente a Etelle, a la izquierda de Pierre Levay, que ocupaba la punta.

No había plato para ella.

-Buenas noches —sonrió -. ¿Charlaban?

-Buenas noches.

-¿Qué tal se encuentra el pequeño Gar, querida?

-Estupendo —sonríe Etelle- Lo he dejado durmiendo como un angelito. Toda la cama para él. Comentábamos acerca de la increíble paz que se respira en este lugar.

Skone sonrió.

-Fina sensibilidad tienes, querida.

-Es así. Una paz que todo lo envuelve, señora.

-Así es, mi querida...

Se abrieron las altas puertas correderas que a espaldas de Levay, en el fondo de la sala, se elevaban. Por ella entraron tres personajes, hombres, altos, rubios y blancos, cubiertos por togas blancas vaporosas, casi transparentes, y portaban cada uno una bandeja.

-La cena.

Sobre hojas de parra, se esparcían racimos desmenuzados de uva negra, porciones de piña y fragmentos de coco en una de las bandejas. Una inmensa montaña de arroz blanco cocido en otra; y en la tercera, una fina lámina oscura, como crema batida o un ungüento. Los platos de los dos comensales son servidos del siguiente modo: uno por uno, los hombres de aspecto atlante se sitúan a derecha del comensal, primero Etelle, después Levay, sirviendo primero las frutas en un margen del plato, después una montaña de arroz en el centro y una fina muestra del ungüento en el otro margen. No hay respiración, no hay vibración humana en los hombres. Eso entiende Etelle. Pese a ver pasar los brazos de ellos antes sus, ojos, mirarles a la cara uno a uno tras cada servicio, no percibe Etelle parámetros humanos en ellos. Como espectros, sin temperatura, o sonidos locales (ni respiración, ni carraspeo, sin oquedad real en el espacio que ocupan) actúan.

Levay se reclina contra el respaldo de mimbre de su sillón.

-Excelente. Muchas gracias.

Sin mediar palabra, los hombres se retiran sigilosamente, sus togas flotantes deberían crujir, los tejidos hablar, pero no sucede. Etelle revisa las figuras perfectas de los hombres mientras se retiran por la puerta a espaldas de Levay. Cuerpos excelentes. Etelle vuelve la vista a su plato y encuentra la mirada de Skone. La joven se sonroja al instante, contrayendo el labio inferior y mordiéndose instintivamente el superior. Frente a ellos, los platos.

-¿Qué es esta crema oscura? Huele de maravilla, pero...

-Una especialidad de la región, Etelle... Deliciosa. Milenaria.

Una ambrosía de los Dioses...

-Querida, -interviene Skone- Debes comer mezclándolo todo. El arroz con las frutas, y la crema después.

-Perfecto, señora... Vamos a probar. Ambrosía de los Dioses...

-Primero bendecir, Etelle –anuncia Levay.

-Oh. Perdón.

-Skone, bendice la mesa, por favor.

La mulata asiente y se pone en pie. Etelle ve la forma del crucifijo que sobre el valle de sus senos descansa, pendiente de una fina cadena de plata. Es un anj. El lazo egipcio de la vida eterna. La mujer extiende los brazos y de su boca, impostando, forzando su garganta, salen guturales sonidos, una retahíla cavernosa de tono solemne.

Concluida la bendición, la mujer se sienta otra vez y sonríe.

-Qué hermosas palabras siempre, señora Terugbesorg...

-Yo no he entendido nada, señora, pero he sentido un cosquilleo en el estómago, un movimiento, señora Skone... Un retumbar, como tambores... ¿Era egicpio?

Ríen.

-¡Es cierto! Como tambores... −protesta.

Y ríen de nuevo.

-Qué encanto eres, Etelle. Qué maravillosa es la Fe, la Creencia. Nos arrodilla antes pedestales, estatuas, hombres o insignias. Les entregamos todo.

-No, con perdón... −se encoge ella -. Simplemente tambores...

Ríen de nuevo, ¡estallan en risas!

Luego paz.

Etelle se siente envuelta en cordialidad. Las risas amables como cojines, no hirientes, dulces. Skone finalmente se disculpa:

-Mis guapos, os voy a dejar cenar tranquilos.

El anj brillando. Se pone en pie. Hasta más tarde. Se vuelve, su corta falda roja da un vuelo, la espalda al descubierto como un cielo y el cuello, el pelo recogido: la nuca de Nefertiti. La belleza que vuelve. Se retira por la puerta de acceso al vestíbulo y al jardín y desaparece en la penumbra. Un instante de silencio. El cálido viento mece el mundo, la luna avanza.

-Hablábamos de la paz de este lugar, Etelle.

-Sí. El riego sanguíneo del Nilo...

-Exacto...

-Skone es egipcia.

-Su sangre es egipcia, así es. Egipto, la Tierra Negra, kmt. De la Negra es su sangre. Fue asignada al tiempo que fueron mis anteriores asignados para la protección del milagro. Para acompañarnos en todo el aprendizaje.

-¿Qué milagro?

Levay esboza una sonrisa y no dice más. Comienza a desmenuzar las uvas de su plato con la punta del tenedor, moliéndolas, mezclando la masa resultante con los granos de arroz, gruesos y grises. Mezcla también el coco, en porciones, y aplasta los trozos de piña, expeliendo su jugo. Mantiene aún sin tocar el ungüento oscuro, como una herida en el margen del plato. Etelle imita el procedimiento sobre su propio alimento. Silencio. El viento mece el mundo. El obispo se lleva un bocado a la lengua. Traga. Bebe un sorbo de agua helada y deja con suavidad la copa en la mesa. Clava la mirada en los ojos de Etelle, que lo ha seguido con la vista.

-Etelle.

-Sí.

-Ésta... −hace un gesto circular con la mano- es la región del planeta que los Dioses eligieron para hacer brotar la vida en la Tierra...

-¿Cómo?

-La vida, nuestra vida, toda vida. Aquí... Toda vida es culminación de un proceso. La vida es la consecución y el resultado de una combinación homeostática. No tenemos la capacidad de forzarla ni crearla, de arrancarla del Universo. No. Desconocemos por completo aquello que nos es único y de lo que deriva todo lo que somos. ¡Qué frágil estadio es todavía el nuestro! Qué púber-Humanidad... La divinidad se ha tenido siempre como ente, imagen, representación... ¿Por qué? Nos enfrentamos constantemente a nuestros límites. No por ser incapaces de definir su naturaleza debemos exigir que los Dioses sean falsos. Tampoco creer que los Dioses sean entes. Ni verdaderos. Sencillamente no sabemos lo que son. Me parece evidente. El creyente es aquel que considera la vida, el origen de la misma un milagro. El no-creyente la considera fruto de la casualidad química. Posiblemente, ambos tengan razón. Posiblemente la casualidad, tal y cómo la entendemos, no exista en semejantes términos si el Universo es la asombrosa maquinaria que sospechamos... Creo que no hay debate posible o tal vez no contamos en este momento con recursos verbales y conceptuales suficientes para afrontarlo. No tú o yo... Nadie. A mi entender, fueron seres. Seres biológicos, seres de biología suprema, que eligieron dotar esta tierra de vida. Ellos sí conocen el misterio que nosotros desconocemos. Nos otorgaron el regalo de la Vida. Y mira qué hemos hecho nosotros. Con la Vida. Todos. Hemos hecho tanto daño, Etelle... Fuera, el viento caliente mece el mundo.

Anochece sobre Arlanda, Estocolmo. Las sombras de las terminales se prolongan y funden con el largo anochecer primaveral, ocultando el aparcamiento. En la terminal de embarques, las luces son altas y blancas. Suena megafonía y susurros incontenibles de vocecillas y llamadas. La señorita tras el mostrador sonríe con cordialidad, labios frambuesa, y pregunta:

-¿Ventanilla o pasillo?

La señora, el abrigo descansando sobre el brazo, pequeños pendientes dorados en sus lóbulos, pasada la sesentena, responde:

-Ventanilla, por favor.

-Muy bien.

La chica toca en su teclado y después pulsa un botón. Una cinta adhesiva es vomitada por la ranura del aparato junto a ella, marcada por el logo de BA y NWC. Estocolmo Arlanda - Londres Heathrow – Newcastle. Desde allí, un coche a Carlisle. Una hambruna necesaria.

La señorita sonríe y le tiende su billete.

-Que tenga buen viaje, señora Maple.

-Gracias, hija –sonríe Ágata.

Y se aleja.

Maletín de mano y el abrigo en el brazo, con calma, hacia las escaleras mecánicas y hacia las indicaciones de: ADUANA.

-Nosotros, entre todos, Etelle, fuimos confiados para la preservación de la maravilla. Aquí. Invitados a custodiar el lugar en el que se formó la primera forma de vida del planeta... –Levay hace un gesto hacia el exterior y la espesura: las ramas se mece en el cálido viento nocturno-. Te diré una cosa: si en tu vida, un día, te encontrases frente a la opción, ¿qué harías? La elección, cada mínimo cambio afecta a la estructura. Qué harías. Vivir hasta el fin una existencia intermedia, nunca realizando aquello que en tu interior se esconde, bajo la tierra, esa luz en las arenas de tu alma, o morirías en el acto de llevar acabo el desentierro de la luz, permitiéndola ocuparte, formarte, empujarte a aquello sientes que has sido llamado a hacer. ¿Cómo elegirías? ¿Has pensado alguna vez cómo sería el mundo si cada uno de sus integrantes eligiese precisamente así, optase por desenterrar su luz? Nosotros elegimos. Y nos concedieron la protección del Agujero. Y gracias al Agujero hoy desenterramos la luz de nuestros semejantes… Es un inmenso honor. Soy tan feliz. Somos todos tan felices... Lo sé. Lo siento. El

Agujero. Ahí —señala a los ventanales y el bosque al otro lado-. De ese Agujero procedemos... Tras la cena, te llevaré a él.

La luna avanza en el cielo. Etelle mira con ojos negros la clara oscuridad. No dice nada. Respira. A cada palpitación de su sangre, un retumbar de tambor. Las siluetas a su alrededor aumentan definición. Mastica arroz y frutas, la herida, reina, viva, en el plato, aún sin tocar. Dulces postres.

-Los seres supremos comprendieron que éste debía ser el lugar. Sabían que el filtraje, la lluvia, las cuencas, harían brotar el río y el río, hoy Nilo, canalizaría, llevaría y daría vehículo a su aportación... Eso que tienes ahí —Levay señala la herida oscura en sus platos- no es otra cosa que, Etelle, una muestra condensada la materia común del Universo. Aquella que mantiene a todos los cuerpos unidos entre sí, una muestra de la auténtica sangre, el auténtico fluir del Universo. Los científicos de hoy la conciben como materia oscura, creen que es la responsable de la gravitación del cosmos. Es aquello que no ven y que debe estar, aquello que debe enlazar. ¿Hacia dónde cae el cosmos y sus cuerpos? ¿Cómo determinar el centro de gravedad de una masa infinita? Y si el Universo fuese, cómo creemos, una máquina. Un mecanismo. Una maquinaria. Cada planeta, cada ser, un   El Universo, un mecanismo, un inmenso, una inmensa esfera... y los todos absolutos engranajes internos, todas las cosas, su propulsión, actuamos, haciéndola rodar, avanzar... Rotar... ¿Hacia dónde? -Levay unta los dedos en la herida. reina. viva: -La pregunta final. Éste, Etelle, el ámbar real de los Dioses: el principio básico del mecanismo, su engrasa, su código... Hemos aprendido a obtener esto de Agujero. Queremos utilizarlo para cumplir mejor nuestra tarea. Todos juntos. Ahora te llevaré a su fuente. Al origen.

Etelle... ¿No notas que ya...

...ha empezado a actuar? No lo has probado, pero tan fuerte es, tan firme su fuerza, sólida su presencia, que ya me oyes en tu cabeza. Sí, así es. Y no sólo me oyes, dentro me tienes. Dentro te tengo. Estamos vinculados. ¿Te das cuenta? Todos. Por esta materia. Es aquello que se traslada y almacena y fluye en la cisterna de la cabeza... b3b3w.

Levay se pone en pie. Etelle siente cada átomo en su cuerpo vibrar. La vibración aporta sensibilidad. Consciente de cada vida y gesto, cada peso y movimiento: una definición general del Universo corporalmente imbuida. Tiene ganas de humanamente llorar. Tan increíble, la inmensidad.

-No tengas miedo, Etelle —las palabras llegan con formas geométricas cortando el aire-. Ahora, untemos los dedos en el maná, chupemos, debes ser consciente. Etelle... Gar, tú y yo, formaremos familia. La primera familia completa, según los preceptos de perfección que ellos pretendieron. Hemos hecho tanto daño... Progresivamente y hasta hoy... Pero ahora tengo el convencimiento de haber logrado el modo perfecto. Algo que nunca nuestros anteriores hicieron: nos valemos de la materia. La exraemos. Empleamos el mismo sistema de secreción común del que se valieron los egipcios para su hnkt. Cerveza. Hay permanentemente en los poros del Agujero una baba blanca-azulada reposando en los bordes. Sospechamos que es un tipo de flema o un néctar. Como sería la rebaba de una herida milenariamente abierta. Esa solución es la que empleamos, filtrándola al modo que filtraban ellos cebada, sobre los cedazos y a las tinajas cocidas. Nosotros, custodios, decidimos que debíamos ampliar, colaborar, corregir: mira este mundo. Formar, no, unir a nuestros semejantes de este tiempo, unirlos como en el Universo se unen los cuerpos, conectarlos entre sí, en una maquinaria general, cada uno una función, un servicio particular, alterar la situación y salvarnos al elemento superior. Etella, la Cisterna de la cabeza, las funciones desconocidas de nuestro cerebro y mente. El fluír. Una hoquedad, aquella trepanación por la que corre el conducto que a todos elementos nos une. Etelle... Aquí en la tierra, yo soy el Tercer Mundo, soy el eje de esta segunda Trinidad y contigo y tu niño... Formaremos familia...

Etelle unta los dedos en la herida. Y se los lleva a la boca. Sabor metal y azul, inmenso, intenso, se extiende por su paladar y a todas las terminaciones del ser. Deseo ampliado. Hambre azul.

...Soy feliz. Esta noche les ofreceremos la primera familia... La primera familia según lo que ellos desearon... ¿Te das cuenta? Ellos nos dieron el manjar de la Vida... Es... No tengo expresión... ¿Puede concebirse mayor bondad? A ello, mi querida, se debe la sensación de paz que presientes estando aquí... Ven —el obispo tiende la mano y fomenta el movimiento...

Te llevaré a la Cueva del Nacimiento. Te llevaré al Agujero.

Zinea atracamos en la órbita. Debes bajar. (Espejo entre la tierra y el cielo). Sigue este haz e r e   s b e l l a Z i n e   a   h

Zinea cae.

Fluye luz abajo hacia la tierra, África. El frío inmenso del espacio y el blanco calor envolvente. Cae, cae, cae. Un cuerpo en un rayo de luz. Cae, crece el suelo, se extiende el cielo. Cae Zinea. Celeste caída. De frente, cae.

El origen.

Los campos y claros de hierba y arena, las siluetas del bosque del Nacimiento, están completamente bañados por la luz lunar.

En silencio, cortando la cálida noche, Levay hombre y Etelle mujer cruzan la planicie hacia el pequeño bosque. Se han detenido todos los rumores y reina el silencio sobre el mundo. No hablan. El discurso es mental, agitado en la brisa cósmica. La materia ejerce su influjo, conectándolos. El mismo ente que mantiene a los astros en relación, unidos en gravedad, profundidad y espacio. Deseo. Es la traducción a términos humanos más próxima que siempre encuentro. Deseo. El deseo nos une y el deseo guía nuestros vínculos. El deseo ampliado. El deseo mantiene a los hombres urdidos entre sí, como la materia oscura mantiene a los cuerpos celestes entre sí. El flujo de la gravedad.

Etelle siente su cuerpo flotar apenas sobre la hierba y arena. Sin reflujo gravitacional, percibe cada pequeña vida alojada en cada hueco y los movimiento subterráneos, la fría piedra terrestre, los filamentos acuosos del Nilo. El peso de las estrellas, sus rayos, la abrazan al tiempo que la hieren. Flotando sobre la hierba, cubren la distancia, se aproximan. Se funden con las sombras lunares de los árboles, y tras los árboles, en el claro, apartado del centro, hay un montículo de roca gris. No tiene la altura de un hombre, la anchura de varios, gris y porosa. Como una fuente de jardín. La fuente de este inmenso jardín terrestre. Es la Cueva del Nacimiento... Bañada en la luna. En estas rocas fuimos concebidos. El ácido regurgitaba en los lodos y en el cielo vibraban las tormentas secas, rayos y sin llover. Se formó por condensación un charco, borboteante. Primer Agua. Un charco gris y brillante esparciéndose por los huecos de esta roca. El charco: la primera gota de savia de una atmósfera naciente. Atmósfera. Sistema. Podía ser Vida. Uno de ellos, en ese momento, desprendió una brizna de sí y la dejó caer, una gota, en ese pequeño charco; la brizna, gota celeste, se estiró, disolvió en el agua primera, y en uno de los poros de la roca, en uno: el Agujero, brotó la primera forma de Vida.

Zinea siente el tacto inmediato del gran suelo en las plantas de sus pies. Tierra. África. Ama la tierra. Ante ella, un bosque. Sobre ella, los cielos. No hay sonido. El silencio es reverencial. Avanza hacia los árboles.

Llamada entrante. 100% Conectado... El rostro de Dolores Omtrek. Los ojos abiertos e hinchados, parecen mandarinas. Hay sangre en sus dientes. Y más que hablar, al abrir la boca, balbucea.

-Lefai... Lefai...

Gira el cuello, mirando a su flanco izquierdo. Las sillas de mimbre en su salón, digitalmente reproducidas, caídas como ruinas.

-¡¡Piegg!!

Ha sido abusada. Digitalmente mostrado el brillo del llanto brotando en su lagrimal. Restalla un chasquido ascendente por los canales de audio.

Skone Terugbesorg se encuentra en la planta de abajo, sentada en el inmenso sofá de blanco algodón. Las piernas cruzadas y apoyada con elegancia en el respaldo, los brazos extendidos. Viste una larga bata de seda gris que cae como una catarata de acero, abriéndose, las firmes, finas, largas piernas egipcias. Está atendiendo a un vídeo que se reproduce en pantalla. Concentrada, ante ella únicamente percibe su respiración. Más allá, los códigos en las imágenes. Columnas de presos cruzan un arrozal, las manos en la nuca, el agua sobre la cintura, custodiados por soldados desde los márgenes y pasarelas, cielo asiático. Juncos. Corte. Otra imagen. Una anciana, una carretera y picos rocosos brillantes, polvo, líquenes, polen, arbustos; la anciana está tirando de un carro, sacos en él. Corte. Lo oye.

<< Es tgaición, un ejjoj... Ggeevoluggion>>

El comunicador. Tan concentrada estaba que no ha percibido. Pero ahora lo recibe. Como un aliento digital en su nuca. Descruza las piernas, se vuelve, hincando una rodilla en el sillón, la bata abriéndose. El visor del comunicador está abierto. Una obturación: el rostro de Omtrek.

<< Lefai... >>

Sangre en los dientes. Skone siente un vuelco de náusea. Excesivo dolor. La mujer ha visto mermada su capacidad de razonar.

<< Donde Lefai ... Necezito ayu da"

Un latigazo envuelve su cuello y chasca en su rostro. Grita. De una ceja, empieza a manar un reguero de sangre, grueso y negro ocre como un gusano. El látigo ha quedado amarrado al cuello de Dolores Omtrek. Sus ojos se nublan. El reguero de sangre alcanza el mentón y gotea. Suena otro chasquido. Y otro, y de un tirón, Dolores Omtrek, vencida, es desplazada hacia el pecho de la mujer que ahora entra en escena.

Enfundada en negro. El rostro descubierto, el pelo recogido. La cabeza de Omtrek apoyada, rendida entre su pechos, una niña apóstata, y ella, la Reina, mirándola frente a frente en el visor.

Inge Ingeborg.

Su voz, digital, se difunde en el salón de Skone.

<< La estoy matando a latigazos. >>

Sus largas pestañas aletean. Sus ojos brillan y es inmensa la tristeza que empoza en ellos. La más dura redención. Por un instante sobre la figura de la Reina es sobreimpreso como una proyección cinematográfica el espectro azulado, pacífico, limpio y

398

estático de la bella Joelene Karlson. Viva.

Un nuevo aleteo de las pestañas de Inge.

Dolores Omtrek se mece entre la conciencia y el coma. Cuando caiga rendida será ya pasto de la fusta. Será reducida. Anidada. Su cuerpo al límite.

Con semejante brutal severidad, llegará al fin a cortarse el último hilo.

-¿Por qué?

<< Nos estoy salvando, Skone, bella >>

Omtrek abre la boca inconsciente, derruida, su lengua asoma, por completo marcada por señales molares, gruesos puntos de sangre. Rendido el cuerpo, resbala sobre el latex del pectroal de Inge, como un fardo, cae. Desaparece de la imagen. Inge aprieta los labios. Imagen digital.

Inge aprieta los labios como rosas.

De un gesto libera el látigo del cuello de la mujer. Ahora queda la conciencia. Queda desvincularla. Cortarla al fin.

Su mirada digital, estática, muda, consciente, fija la mirada de Skone. En ese intante, un palpitar. Recorriendo el arrecife clitoriano. Skone gime. Los largos dedos arácnidos de Inge Ingeborg se estiran, enguantados, frente al visor. Una sonrisa ladeándose en su rostro como la marea en la tracción de la luna. Una sonrisa. Un gesto de sus dedos en el marco inferior. Un zumbido. Se corta la imagen. Pantalla en negro.

Un palpitar.

Las raíces se esparcen como flamentos por su interior, el placer se vuelve opresión en sus trompas, y bajo el estómago, alrededor del ombligo, en la corona de sus pezones. Así, Skone recobra movimiento y fluir. Cruza el salón. Sale al exterior: el niño. El Nilo. Debe proteger al niño.

Hay luces en el aire.

Llamaradas de luz lunar. Rayos. El silencio es impenetrable, apenas el ligero mecer del viento. Los astros transitan los cielos. La luz se cuela y envuelve los troncos. Luces sobre el bosque, sobre bahbahwue. Ellos. No es dolor lo que intuye. Bajo el cielo inmenso Skone propulsando con su remo contra el limo, en el borde de la barca Gar, los ojos ya secos, sus pies sumergidos en las aguas. El chapoteo. El Nilo. Viento a favor, vela henchida, remontarán: ¿por qué pirámides Skone? El sol brillante. Mi querido joven Gar rht Precioso Los cuatro puntos del tetraedro definen una esfera. A partir de aquí no existe el dolor.

Las estrellas se desplazan en el cielo como lucernas. Zinea oye el crepitar de la hierba bajo sus pies. Pende un profundo silencio alrededor en el mundo y el cielo cada vez más agitado y azul. Voces resuenan en el techo del cielo, ecos de bóveda. Serpentea entre los árboles, sigue su forma y silueta proyectadas, el claro, levanta la vista. La roca. Y allí los ve. Él está de pie, ella arrodillada ante él. Es el pálpito caliente y la saliva.

Hinchado el capullo, lamido, surcando el cielo de la boca y atracando en el puerto de la garganta. Los labios, rodeando, salivando, alimentando, el tacto dental sobre las venas. Pasar la lengua sobre el hinchado conducto seminal. El cañón germinal. La eyección conductora para la Vida. Adelante y atrás, como por marea, tracción, las olas, las ondas, la espuma, la espera... El cálido deseo de la vida. Un palpitar. El fluír. La engrasa. Abierta la cisterna, fluyendo el maná.

Para Zinea es como desplegar un clima.

Abre los brazos, caminando a través del claro. Avanza, llevada por la luna, azules rayos que la estiran − nada de todo lo malo que se ha hecho importa, nada horrible entre lo horrendo − de nuevo sembrar, volver a empezar. Abrir el espacio...

Las manos llenas de clima.

Levay inclina la cabeza hacia atrás y ríe, se enrosca el placer como una cinta por sus terminaciones nerviosas, estirándolo, tensando su ser. La mujer arrodillada lamiendo, comiendo, Familia, mira al cielo, un conducto que se verá alto y arriba en los cielos. Ellos... Proveerán. Este inmenso placer.

Avanza.

Zinea avanza. Entre sus brazos extendidos y su cuerpo se crea un cielo, y bajo el cielo, barro y avanza como las praderas se mecieron en el fértil, y dieron limones y frutas y grano y arroz, el viento meciendo sobre la entera tierra, un inmenso amanecer. Desde este cielo...

Los primeros rayos de luz.

Siente un amanecer en el rostro. Los ojos cerrados, el cuerpo ondulando como una cinta al viento, ntr, los rayos...

Los abrazan.

Estos rayos todo lo abrazan.

La luz envuelve.

El gesto, el tacto trasciende. Su boca deja de sentir y así sus manos, la palpitación, siente su Naturaleza resbalar por un conducto elevado, succionada, por la cisterna: se desprende. Etelle es desprendida de su cuerpo. Laminada de él, siente la tracción, llevada atrás, fuera de sí y se eleva ahora flotante, fluyente, entiende cada conexión, la escena bajo sus transparentes pies de madre: su ella-misma cuerpo inclinado y batiente, arrodillada en el suelo, recogida la rubia melena, amorrada sobre la cintura del hombre, se aleja, se eleva, el hombre, el rostro vuelto al cielo, las palmas extendidas: qué minúscula, humana implorante escena de oración ahora vista desde arriba. De este modo ven los dioses nuestros rezos: somos maravillosos seres llenos de ron y amor.

Bondad.

Levay sólo siente bondad. El error es considerar que nuestras leyes rigen en el Universo entero. Lo entiende. Es por completo envuelto, su piel es abierta, fragmentada. Fragmentada su piel en la forma de un mármol milenario, egregio quicio resquebrajado su cuerpo, brota de él lechosa savia entre las muescas y grietas, se desprenden los trozos quebrados de su cuerpo, se desmenuza, cae, sus pedazos como derribo erosionado a polvo en la limpia subcorriente, y él: es arrastrado en la brisa de este cielo y remontado, al celeste, reventado, hecho agua, y aire, motas, ascendiendo, al aire, en los rayos, al cielo...

Zinea cae de rodillas.

El viento mece el mundo. La luz de la luna es disuelta participando de la luz del amanecer que corta ahora sobre la tierra. En lo alto: son torbellinos celestes, frenando en sus ciclos de movimiento, posándose, cayendo lentamente aquí y allí donde la vista alcanza. Preparan la tierra. La nutren. Silencio global. De rodillas, Zinea levanta la cabeza y en la distancia ve aparecer por el claro la egipcia con el pequeño Gar rht en sus brazos. Remontarán. Ahora ella necesita descansar. Volver al hogar. Un nacimiento en los cielos. Del mismo brillo charol de la noche azul, en lo alto, en los aires, brota una figura. Exuda del clima, sostenida. Toma corporeidad. Enfundada, las piernas separadas, el pelo recogido. Redimida. Hecha. Vacía y pura. Lentamente, como Elektra sobre las aguas, Inge Ingeborg comienza su descenso, sus párpados forman pequeños capullos nacientes bajo sus ojos. No-visible, un halo: de ella emana un halo en toda dirección: infinitas líneas -delgadas como hilos, azules como cielos-, que son la prolongación de los lados de las infinitas figuras resultantes de su total descomposición geométrica. Cada rayo prolongación de cada lado de cada figura. Infinito haz. Ella: cubierta por un entramado de trópicos, meridianos y paralelos; de ella: radia el haz, halo, cada rayo lanzándose al infinito hasta cortar, cada rayo, un punto, entre y por completo TODOS los puntos que conforman los límites del Universo; y en ella: apotemas: el punto de corte de las tres líneas trazadas desde los vértices del triángulo del equilibrio universal. Tal encuentro se realiza exactamente en el centro de ella, su ombligo, y al trasluz: victoriosa. La esfera. Inmensa luz. Sobre la era.

Zinea posa su rostro en tierra.

Se abraza a la tierra, la hierba y la arena. Por vida, por completo, por la tierra y las aguas, por los cielos, la tierra nítida, Zinea cierra los ojos y respira el mundo entero.

Caen.

Las primeras gotas. Agua. Más gotas. Más agua. AHORA la fresca, nueva, limpia, inmensa lluvia...

,,   ,, , , ,,, , , , ,,,, ,   ,   , ,, ,,,,, ,,   , , ,,,   ,, ,,   ,,,, ,

,   ,   ,,,, , , , , ,, ,,, ,, , ,   , ,,

, , , , , ,, ,, ,   ,   , , , ,,,,   , ,, ,, ,,   ,, , ,,, ,,

,, ,,   ,, , ,, , , ,,,,,, ,,,,, , , ,, ,,,,

,,, ,,,, ,,,, , ,,,, ,,, , , ,, ,, , , ,

, ,, ,,,,,, , , , , ,, ,

,, , ,, ,,,

,, ,, ,, ,,,,, , , , , , , ,,

, , , ,

,, ,,,, ,,,

, , ,, , ,

,, ,

** * * **** * * las nubecillas eran simpáticas representaciones algodonosas, perfectamente definidas contra un increíble cielo azul. ¡Qué bárbaro día limpio de sol! El inspector Igor Felps se encontraba desmenuzando un grupo de azucarillos en terrón sobre su mesa de trabajo. Utilizaba para ello el canto y la esquina de un bloc de agenda en cuya frontal se leía: Policía de Hoenberg. Maravilloso junio en la ventana. Apunto de inclinarse a aspirar la primera raya de azúcar, recién enrollado el canuto con un crujiente billete de 50 coronas, Ópera al viento, llamaron a su puerta.

Dos golpes secos. Toc-toc.

Igor Felps levantó la vista hacia la puerta. Una silueta oscura se perfilaba al otro lado del grueso cristal.

-Entre, oiga —indicó.

El pomo giró y la hoja de la puerta empezó a abrirse.

Aparecieron en un instante en el centro de su despacho tres tipos con gabardinas negras y sombreros como el de López, tres bombines, pero era un truco pues los tres tipos acabaron concentrándose en uno, el central, que levantando el bombín, saludó:

-Inspector Felps.

-Así es. Genio y figura. Que viste y calza.

"Y tan seguro como estoy vivo", declaró el Rey, "uno vendrá que es como Tabor sobre los montes, Carmel junto al mar", Jeremías 46:18.

-Soy Estable Perenne, de la división de aerolitos de la Instituto Astronómico de Suecia. Vengo en misión de investigación —le tendió la mano como un muñeco: ¡ping!

Felps se levantó, correspondiendo al gesto.

-Encantado, encantados, señor Perenne... Un placer.

-Igual digo.

-Bien. La Reina, usted, el Estado, ¿qué necesitan?

-Avistamientos.

-¿Es por la llamarada del otro día?

-Así es.

-Menudo chispazo fue, amigo. Mi hermana tuvo un ataque de llanto. Debería usted conocer a mi hermana. Sólo llora con su serie, ¿vale?, pero algo le pasó al ver aquel rayo azul.

-Vaya.

-Sí. Bien, lloró como una niña. Le pregunté, Helga, mi vida, ¿qué pasa, es la luz?, pero no supo decirme nada. Era una sensación, dijo. En fin. Como un retumbar en el estómago, dijo. Yo no entendí nada.

-Verá. Necesito recabar toda la información posible sobre la llamarada azul que se vio surcando los cielos de Hoenberg y toda la región. Estamos trazando el curso que ese objeto tomó.

-Pensamos que era un avión especial, algo del Estado.

-Entiendo. Sí, de hecho eso era Inspector, je-je, pero, dígame, ¿podría referenciar una tipología al respecto? ¿Qué dijeron sus vecinos haber visto ayer por la mañana volando sobre Hoenberg, Inspector?

Felps se rascó la frente y miró pensativo a sus montículos de azúcar.

-De todo tenemos, Perenne.

-Dígame.

-De todo tenemos. Suele pasar, cada uno cree una cosa, pero esta vez es francamente variopinto, amigo mío. Se van a reír en su central.

-¿Puedo ver los informes?

-Claro. En los cajones ahí a sus pies. Agáchese usted mismo Perenne, yo vigilo que no se le raje el trasero de los pantalones.

-Muy bien.

Sensacional. En relación al mismo cuerpo aerolítico, se habían reportado, en un pueblo medio como Hoenberg: cinco avisos de categoría OVNI (¡una esfera blanca sobrevolando mi tejado, envuelta en fuego azul!), tres relativos a apariciones marianas (¡la Virgen flotaba sobre mi tejado, envuelta en un halo azul!) y dos de orden aerolítica (¡un meteorito zumbaba sobre mi tejado, ¡era de piedra y gas azul!). ¿Qué cuerpo era aquel? En un instante una Virgen, después una roca celeste, un esférico OVNI, ¿qué era...? La era OVNI... Seres. Entes. Cuerpos. Lucernas. Ocultándose como muchachas tras sus abanicos, ¿qué surca nuestros cielos...? ¡¡Vírgenes, bólidos... !! ¡Ay! Teodora, Dorita... ¡te añoro tanto! ¿Dónde estás ahora que necesito como nunca tu abrazo? Volando toda tú en el huracán... Los vientos. Las corrientes.

Tanto por conocer.

A los anteriores reportes se sumaban la circular oficial asombrosa sobre fuegos aéreos documentados sobre las costas del norte, en Bothnia, y sobre el mar, cuerpos luminosos azules avanzando en formación circular, con un centro pendiente, como un tallo o una lágrima... Inspeccionando los surcos ennegrecidos sobre el suelo en la planicie junto al Bothnia se había aproximado a una solemne residencia. Tocó el timbre. Nadie abrió. Tal vez los habitantes pudieran decirle si habían visto qué causó esos cercos negruzcos en la hierba seca. Rodeó la casa con cuidado, buscando más trazos en el suelo o tal vez un habitante en una terraza, un habitante al que saludar e interpelar. Y sin darse cuenta, sin querer, se aproximó a una ventana y atisbó el interior sombrío del salón.

Dos mujeres, ataviadas con cuero y antifaces daban instrucciones a un hombre barrigudo que estaba de pie en el salón. A su lado, una mujer adulta, casi senecta, vestida de sirvienta, sostenía una bandeja. Dos piezas de goma sobre la plata. Una valoración. Una selección. El hombre estaba completamente desnudo salvo por la máscara-disfraz de burro que cubría su cabeza. Relinchaba. ¡Qué impresión! Era muy temprano para esas cosas y así se lo hizo saber su estómago, que se tensó. Decidió seguir su misión, la ruta de las luces. Ya volvería otro día a preguntar... Qué interesantes escenas además. Hummm...

Estable Perenne se puso en pie. Sus pantalones no se habían rajado y las ideas borboteaban en su cabeza, un frasco recién agitado.

Felps pegó la nariz a su escritorio y esnifó.

-Uaaaaah –expresó, una vez concluida la operación- . Oiga, esta mierda –señaló a los grumos sobre el escritorio- me mete unos chasquidos en las raíces del pelo ¡que me lo quema! ¡Jaajajaja! ¿Qué sabe usted de los sueños lúcidos...?

-Señor Felps... –el agente de aerolitos clavó su mirada en la de Felps que sonreía, los ojos húmedos y brillantes-. ¿Me mantendrá usted al corriente, querido Inspector?

Felps pone las palmas sobre la mesa, y se puso en pie. Sus ojos brillaban como farolillos en lo alto de la ladera de su nariz.

-Por supuesto, Perenne... Vaya tranquilo.

-Gracias, Felps.

Estable Perenne encontró el junio de Hoenberg de vuelta a sus pulmones. El sol que con suavidad calentaba sus mejillas en este mediodía. Miró al cielo. Azul eterno. Se extendía.

Azul inabarcable.

Seguiría el rastro. Uno, de la Humanidad, seguiría el rastro... El viento mecía el mundo. Vírgenes, bólidos. La era.

Amarilla.

Como las balas de trigo aquí y allí. Cálido viento de julio. Es otra vez verano. El viento ardiente agita su pelo pajizo según conduce sobre la loma, al otro lado del Espejo, la ciudad abajo y su casa en lo alto. Allá, limpia, libre, al otro lado del espacio entremedio y compuesto, sobre el valle. Por completo limpio en la limpia luz. Nadie sabe, nadie ve. Nadie sabe, excepto yo... Miranda. En Suecia, en la granja. Levantando un nuevo centro de adistramiento y emoción. Pero libre. Centro libre de seres humanos libres. Humano puro, sin control superior. Sin maniobra. Sólo humanos decidiendo a voluntad. Rodad, volad. Feliz. Había escrito. Conserva mi maqueta de Giza, Zinea, que seguiré con ello según vaya... Maravillosa hermana, sonríe. El viento acaricia sus labios y su rostro. Qué ojos más grandes mirando alrededor. Se abren las puertas del palacio y del interior y plaza de armas emana inmensa luz. La ligera vibración del volante y del asiento con el motor. El temblor. Vida. Alrededor. Un mundo mejor. Aumenta la marcha y enciende la radio: todavía Shakira, la estática crepita, los cielos se estiran. La carretera serpentea en lo alto por la loma, se extienden los campos fértiles por el mundo alrededor. Los árboles rozan el quieto inmenso azul. Tan limpio. Tan alto. Tan profundo... Por las corrientes celestes: ¿qué surca nuestros cielos? La luz, la brisa, la radiación. Rueda, acelera. Destella. Se eleva. Las ruedas en el aire. Las manos en el clima. Rodad. Vírgenes, bólidos: toda luz. Es.

La propulsión interior.

****